로크미디어가
유혹하는
재미있는 세상

우리 교황님 좀
말려 주세요

우리 교황님 좀 말려주세요 5

2023년 1월 5일 초판 1쇄 인쇄
2023년 1월 10일 초판 1쇄 발행

지은이 판미손
발행인 김정수 강준규

기획 이기헌 왕소현 박경무 강민구 조익현
책임편집 주현진
마케팅지원 이원선

발행처 (주)로크미디어
출판등록 2003년 3월 24일
주소 서울시 마포구 마포대로 45 일진빌딩 6층
Tel (02)3273-5135 Fax (02)3273-5134
홈페이지 rokmedia.com E-mail rokmedia@empas.com

ⓒ 판미손, 2022

값 9,000원

ISBN 979-11-408-0565-5 (5권)
ISBN 979-11-408-0095-7 04810 (세트)

우리 교황님 좀 말려 주세요

판미손 퓨전 판타지 장편소설 ⑤

Contents

노인과 난쟁이 (2)

다음 날.

"후우. 제가 아끼던 게이트였는데, 속상합니다."

"보상해 드린다니까요, 최 대표님."

"트롤들이 나오는 게이트는 언제나 돈이 되는데, 어째 우리 교황님께서는 맛있는 게이트만 꿀꺽하시는 것 같습니다."

"저희 편이 낙찰받은 게이트 중에서 가장 빨리 생성되는 게이트가 여기였던 걸 어떻게 해요?"

나는 내 옆에서 툴툴거리는 최 대표를 향해 한숨을 푹 내쉬었다.

이곳은 경기도 김포시에 생성된 어느 D급 중형 게이트.

원래 이곳은 도깨비 길드에 낙찰된 게이트였지만, 피치 못

할 사정으로 우리가 합류하게 되었다.

　이유는 다음과 같았다.

　─이번에는 특별히 시우가 원하는 곳으로 배송해 줄게. 아이들한테는 미리 말해 두었고, 당분간 추가 인력 파견은 힘들 거야. 차원 이동이라는 게 생각보다 복잡한 거니까! 알 겠지?

　지금까지 레오와 루나를 무작위 배송으로 보내 버렸던 리 멘이었지만, 이번만큼은 딱 내가 원하는 시기에 배송해 주기 로 했다.

　리멘에게 왜 게이트로만 배송이 되냐고 물어보니까 '열린 입구로 들어가야 하는 건 기본 상식'이라는 알 수 없는 말로 나를 꾸짖었다.

　그렇게 해서 결국 선택하게 된 것이 이곳, 도깨비 길드의 게이트였다.

　"생각해 보니까 이상하네."

　"뭐가 말입니까?"

　"어차피 저기서 나오는 트롤들은 싸그리 잡아 가실 거고, 저희는 그냥 두 명만 딱 챙기면 되는 건데…… 보통 그걸 보 고 '꿀꺽했다'는 표현은 안 쓰지 않나?"

　누가 보면 우리가 게이트의 모든 부산물을 독점하는 줄 알겠다.

게이트는 도깨비 길드 측에서 정상적으로 레이드를 하게 될 것이고, 우리는 단순히 손님만 데려갈 뿐이다.

이런 내 대답에 최 대표가 호탕하게 웃음을 터뜨렸다.

"흐하하! 소중한 친구가 한 입을 달라고 하는데 어찌 안 주겠습니까? 얼마든지 꿀꺽하셔도 좋습니다."

"아니, 그러니까 꿀꺽 안 한……."

"친구끼리 미안한 거 없습니다. 안 그렇습니까?"

말을 말자.

이 사람이나 저 사람이나, 요새 그냥 나를 놀려 먹는 데 재미를 붙인 것 같다.

교황의 권위를 위해서 조만간 신명 나는 칼춤 좀 춰 줘야겠어.

나는 다시 한번 한숨을 푹 내쉰 다음, 내 옆에서 묵묵히 서 있는 레오를 향해 말했다.

"오늘은 최 대표랑 싸우고 싶은 마음은 없냐? 너 게이트에서 처음 튀어나오자마자 최 대표랑 한바탕했잖아."

"왜 그러시는지요?"

"네가 최 대표랑 싸워야 최 대표를 그때처럼 땅바닥에 심을 명분이 생길 거 아니야. 아무런 명분 없이 바닥에 심어 버리면 그게 깡패지 교황이냐?"

그 말에 레오는 가만히 나를 바라보았다.

녀석의 눈빛에서 복잡한 감정이 전해지는 걸 보면, 방금 전 내 말에 동의하지 않는 듯했다.

그럼 정말 나를 깡패라고 생각하고 있는 건가?

속상하다.

나는 그저 레오의 뛰어난 능력을 고평가하여, 쉬지 않고 뺑뺑이를 돌렸을 뿐. 고작 그것 가지고 나를 깡패라고 생각하다니. 정말 억울했다.

"허흠."

하지만 나도 사람인 이상 양심이 찔리는 상황.

"레오야."

"예, 성하."

"화이팅하자, 우리."

"……예. 그런데 성하, 오늘 넘어오는 분들은 어떤 분들입니까?"

레오도 속으로는 궁금하긴 했나 보다.

에덴의 동료들이 그리워질 때가 되기는 했지. 아마 루나가 없었다면 에덴을 더 많이 그리워했을지도 모른다.

그래도 옆에 추억을 공유하는 사람이 있고 없고의 차이는 아주 큰 법.

나는 레오의 질문에 그저 어깨를 으쓱였다.

"선물은 까 보기 전이 제일 설레는 거야. 알려 줘서는 재미가 없지."

"그 말씀이 참 옳습니다. 오늘 넘어오는 인원들도 우리 연맹에 큰 도움이 되어 줄 게 분명합니다."

"연맹?"

"아직 딱히 이름이 없잖습니까? 편의상 연맹이라고 부르는 중입니다. 연합이라고 부르기에는 전각련이 생각나서 좀 불편하고, 연맹이 참 적절하지 싶었습니다."

도깨비 길드, 설화 길드까지 합류한 상황에서 언제까지 내편 내 편 이렇게 부를 수 없는 건 맞다.

연맹이라.

나중에 시간 내서 연맹 이름도 한번 궁리해 봐야겠다.

"아, 김 교황님. 제가 그때 말씀드렸던 경영밥 먹은 친한 동생 있지 않습니까? 그 동생이 한국에 들어왔는데, 이번 주중으로 교황님을 뵙고 싶어 하더군요."

"마침 잘됐네요. 모레쯤이면 괜찮을 것 같은데."

"다음 주부터는 중국 쪽과 논의가 시작될 테니, 확실히 빠르게 처리하면 좋을 것 같습니다. 동생 녀석에게 말 넣어 두겠습니다."

"저한테 따로 연락 달라고 해 주세요."

"전달해 두겠습니다."

그렇게 최 대표와도 이런저런 이야기를 나누다 보니까 어느새 시간이 되었다.

우우우우웅-!

아무것도 없던 허공에서 보라색의 마력 구체가 생성되었다. 그리고 그 마력 구체는 눈 깜짝할 사이에 팽창하기 시작했다.

붉은색의 경고 메시지와 함께 마력 구체가 거대한 문의 형상을 이루었고, 곧 그 너머에서 이질적인 마력이 흘러나왔다.

"새끼들아! 다들 일단 대기하고 있어라. 손님부터 받고 간다!"

도깨비 길드의 헌터들은 이미 대열을 갖춘 상태였다.

최 대표의 우렁찬 목소리에 그들은 절도 있는 자세로 일제히 대답했다.

"예!"

도깨비 길드는 다른 대형 길드들과는 확실히 차별화되어 있는 부분이 있다.

최 대표를 향한 맹목적인 신뢰 속에서 형성된 끈끈한 단결력. 마치 오랜 시간 동안 전장을 함께 구른 용병단을 보는 듯하다.

서로에 대한 신뢰로 똘똘 뭉친 군사 집단.

회사 느낌의 다른 길드와는 비교할 수 없는, 그런 특유의 끈끈함이 있었다. 여러모로 매력 있는 집단인 건 분명했다.

캬르르르르륵!

"이번에도 몬스터들이 먼저 나오는 것 같군요. 정리하지 않아도 괜찮겠습니까?"

최 대표의 말대로 게이트에서는 먼저 트롤들이 기어 나오는 중이었다.

푸른색의 피부를 지니고 있는, 가장 기본적인 형태의 트롤들.

녀석들이 들고 있는 조악한 창의 끝부분에는 초록색의 독액이 번들거리고 있었다.

저 트롤들이 일반인들에게는 분명 위협적인 존재인 건 틀림없다. 하지만 곧 저 게이트를 통해서 넘어오게 될 존재들은 결코 일반인이라고 부를 수 없는 존재들이었다.

"오늘 넘어오는 분들이 전투직이 아니라 사무직이랑 생산직이긴 합니다."

"그렇다면 더더욱 정리를 해 두는 게 안전하지 싶습니다."

"아, 그렇게까지 해 주실 필요는 없어요."

차원 간의 계약이 완벽하게 성사되었습니다.
당신이 보유한 신성 점수 33,500점을 지불하여 〈차원계: 에덴〉으로부터 〈라파르트 산테〉와 〈토비 아이언비어드〉를 소환합니다.
당신이 합당한 대가를 지불하였기에 인과율이 〈차원계: 에덴〉의 주신좌 〈리멘〉이 개입하는 것을 묵인합니다.

나는 우후죽순처럼 떠오르는 메시지 창을 닫으면서 게이트를 바라보았다.

파지지지직-!

게이트에서 새하얀 스파크가 튀기더니 곧 게이트의 우측 구석에 새하얀 균열이 생겨났다.

그리고 잠시 후.

그 균열 사이에서 한 노인과 한 난쟁이가 모습을 드러냈다.

백발을 깔끔하게 뒤로 넘긴 후, 하얀색 사제복-당장에라도 근육 때문에 터질 것 같은-을 입은 노인.

노인의 허리춤까지밖에 안 올 정도로 작은 키였으나, 두꺼운 판금 갑옷을 입은 채로 제 몸보다 큰 거대한 망치를 들고 있는 난쟁이.

나는 그 둘을 바라보면서 입꼬리를 슬쩍 올렸다.

끼에에에에에엑-!

그리고 그때였다.

난쟁이가 휘두르기 시작한 망치에 트롤들이 쓸려 나갔고, 노인이 맨손으로 트롤들의 대가리를 박살 내기 시작했다.

그 와중에도 노인의 하얀색 사제복은 여전히 깨끗했다.

순식간에 피 냄새로 가득 차기 시작한 전장.

그 압도적인 폭력을 두 눈으로 목격한 최 대표가 나를 바라보면서 물었다.

"사무직이랑 생산직이라 하지 않으셨습니까?"

"사무직이랑 생산직이라고만 했지, 전투 능력이 없다고 하지는 않았죠."

"저 모습은 마치…… 음? 레오 대주교?"

최 대표는 내 옆에 서 있는 레오를 새삼스러운 눈빛으로 쳐다보았다.

그도 그럴 것이, 조용히 입을 다물고 있던 레오의 표정이 새하얗게 질려 있었기 때문이다.

"레오 대주교, 괜찮습니까?"

"아아, 놔두세요, 최 대표님. 우리는 저걸 PTSD라고 부르기로 했어요."

"PTSD요?"

"예."

나는 나를 향해 묵묵히 걸어오고 있는 그 두 남자를 바라보면서 입꼬리를 올렸다.

"저기 보이는 저분이 우리 레오 대주교의 스승님이시거든요."

"……스승, 말입니까?"

"참고로 전성기 때는 레오보다 더 강했다고는 하는데, 글쎄요. 제가 저분의 전성기를 본 적은 없어서요. 제가 막 에덴에 떨어졌을 때, 저에게 훌륭한 꿀팁들을 전수해 주신 분이기도 하세요. 예를 들면 마족의 뇌는 반드시 파괴해야만 한다라든지."

라파르트 산테.

교황청 국무원장이자 리멘 교단 성의회를 이끄는 수장.

현재 에덴에서 내 대리인 역할을 맡고 있다는 바예르 총대주교가 아빠의 역할이라면, 이쪽은 교단의 살림을 도맡는 엄마의 역할.

군대로 따지자면 행정 보급관의 역할을 수행하던 살림꾼이다.

어찌 보면 인자하게 보이는 인상이었지만, 그의 별명은 전혀 인자하지 않았다.

"백색 공포."

백색 공포.

하얀색 사제복을 입고 마족과 이단자들을 손수 처형하는 모습을 보고 사람들이 붙여 준 무시무시한 별명.

그의 옆에서 살벌하게 망치를 휘두르는 토비조차도 귀여운 난쟁이로 만들어 버릴 정도로, 라파르트 대주교가 선사하는 위압감은 실로 어마어마했다.

그 위압감에 질려 버린 트롤들이 정신없이 도망치고 있는 것만 보아도 알 수 있었다.

라파르트 대주교는 마침내 내 앞에 도착했고, 곧바로 오른쪽 무릎을 바닥에 꿇으면서 나에게 인사를 건넸다.

"리멘을 모시는 종, 라파르트 산테가 리멘의 첫 번째 사도

이자 총주교회의의 의장이시며, 만천하의 신도를 이끄시는 교황 성하를 알현하나이다. 그간 강녕하셨습니까."

한 발자국 늦게 도착한 토비 역시 라파르트 대주교를 따라서 무릎을 꿇었다.

"하얀 산의 일족, 토비 아이언비어드가 교황 성하를 뵙습니다!"

나는 나를 향해 예의를 갖추는 그들에게 손을 가볍게 흔들어 주었다.

"라파르트 대주교. 토비 아이언비어드. 지구에 온 것을 환영합니다."

앞으로 우리 교단의 윤활유가 되어 줄 핵심 멤버들이 지구에 도착한 순간이었다.

⁂

─그러니까 지금 두 분의 신분을 마련해 달라, 그 말씀이십니까? 거기에 한 분은…… 이종족이고?

"혹시 이종족은 안 됩니까?"

─좀 복잡……하긴 할 것 같습니다.

"인종차별은 나쁘다고 생각합니다."

─……장관님께 보고를 드린 후, 빠르게 처리를 해 보도록 하겠습니다.

"감사합니다. 그럼 이만."

뚝一.

나는 김 실장과의 통화를 종료한 후, 스마트폰을 집무실의 책상 위에 내려놓았다. 그리고 찬바람이 쌩쌩 불고 있는 집무실 내부를 둘러보며 말했다.

"루나가 이렇게 조용한 것도 오랜만에 보네. 루나야, 평소처럼 해야지."

"평소대로 예의를 차리고 있습니다, 성하! 무슨 그리 섭섭한 말씀을…… 라파르트 대주교께서 오해하시겠습니다."

존재만으로도 천하의 루나 레벤톤을 제압할 수 있는 사람은 아마 라파르트 대주교가 유일할 것이다.

루나조차도 내 옆자리에서 차를 마시고 있는 라파르트 대주교의 눈치를 보고 있는 상황.

정작 라파르트 대주교는 여유로운 표정으로 차를 즐기는 중이었다.

"지구의 차도 풍미가 아주 좋은 것 같습니다, 성하. 바예르 총대주교가 안부를 전해 달라 했습니다."

"에덴은 평화롭나요?"

"리멘님께서 신탁을 몇 번 내리셨고, 불온한 움직임이 다소 관측되고는 있으나 큰 문제는 없습니다. 대륙의 국가들도 빠르게 전후 복구를 진행하는 중이라 다소 소란스럽기는 합니다. 하지만 그뿐입니다."

한마디로 크게 위험한 상황은 없었다는 뜻.

내 대리자인 바예르 총대주교를 비롯한 교단의 수뇌부가 교단을 잘 이끌어 나가고 있다는 의미기도 했다.

"그런데 토비는 어디로?"

"아, 토비 아저씨는 오자마자 신전 뒤쪽에 있는 신성석 광산 확인한다고 갔어요. 드워프들은 참 못 말린단 말이에요. 그렇죠?"

"루나 단장, 레오 대주교. 잠시 나가 주겠나? 성하와 긴히 나눌 이야기가 있어."

라파르트 대주교의 말에 루나와 레오가 기다렸다는 듯이 자리에서 일어섰다.

"그럼 좋은 시간 보내십시오!"

"밖에서 대기하고 있겠습니다. 그럼."

"야, 너희! 그렇게 도망치면……"

콰앙!

문을 닫으면서 순식간에 사라져 버린 둘.

나는 그 둘을 따라서 은근슬쩍 밖으로 나가려고 했으나.

"앉으시지요, 성하."

"……예."

라파르트 대주교의 말에 의해 다시금 제자리로 돌아올 수밖에 없었다.

그리고 잠시 후.

"제가 이곳까지 오면서 발견한 문제가 한두 가지가 아닙니다. 가장 시급한 문제부터 논의를 시작해야겠군요. 각오하시는 게 좋을 겁니다."

피를 토하는 잔소리 시간이 시작되었다.

⁂

라파르트 대주교의 잔소리는 무려 3시간 동안 이어졌다.

지금까지 교단을 주먹구구식으로 운영한 것부터 시작해서, 아무런 대책 없이 성지를 개방한 것까지.

레오가 지금껏 성실하게 정리해 둔 보고서를 기반으로 쉴 새 없는 질책이 이어졌다.

지옥과도 같았던 3시간이었다.

그렇게 나를 한참 동안 팩트로 두드려 팬 라파르트 대주교는 식어 버린 차로 입술을 축인 후, 처음과 똑같은 목소리로 말했다.

"가장 시급한 것은 조직을 정비하는 일입니다. 성하 혼자서 모든 것을 해결하시기에는 부담이 너무 큽니다. 그렇기에 성하를 뒷받침해 주는 강력한 조직이 필요합니다."

라파르트 대주교는 현실주의자였다.

교단도 결국 사람들이 모여서 이루는 집단이다. 신앙심만으로 그들을 이끌어 나가겠다는 것은 그저 이상주의적인 이야기일 뿐, 전혀 현실적이지 않았다.

애초에 그것은 모두를 세뇌해서 광신도로 만들지 않는 이상, 결코 성립할 수 없는 이야기였다.

"그래서 제가 우리 라파르트 대주교를 모셔 온 게 아니겠습니까?"

"에덴과는 다른 형태의 조직이 필요할 것 같습니다. 에덴과 지구의 문명 수준은 엄청난 차이를 보이고 있습니다. 에덴의 것을 지구에 그대로 이식해서는 안 됩니다."

사람들은 보통 나이가 들수록 생각이 보수적으로 변화한다. 바꾸는 것보다는 현재에 안주하는 것을 선호하게 될 수밖에 없다.

하지만 라파르트 대주교에게서는 그런 모습을 찾아볼 수가 없었다.

그는 교단을 위해서라면 그 어떤 파격적인 아이디어도 받아들인다. 이제 막 수행 사제가 된 이들의 의견일지라도, 교단에 도움이 된다면 얼마든지 받아들일 준비가 되어 있는 사람인 것이다.

"성하께서 에덴에 도착하기 전부터 제게 주어졌던 사명은 끊임없이 학습하여, 교단을 융성케 하는 것이었습니다. 선지자인 제게 리멘님께서 학습의 은총을 내려 주신 것은 그러한 이유였겠지요."

학습의 은총.

말 그대로 끊임없이 학습할 수 있게 해 주는 은총. 그에게 있어서 '배움'이란 일생을 함께한 존재였다.

그렇기 때문에 라파르트 대주교는 지구에서도 쉽게 적응하게 될 것이다. 지구에 와서도 끊임없이 학습을 이어 나갈 테니 말이다.

그리고 그런 것들이야말로 내가 라파르트 대주교를 지구로 데려온 이유였다.

"새로운 것을 배울 수 있게 되었으니, 인생의 늘그막에 염치없이 가슴이 뜁니다. 저를 이곳으로 보내신 리멘님의 은혜에 감사할 따름입니다."

나는 사뭇 진지한 노인의 이야기를 들으며 고개를 천천히 끄덕였다.

"제 지인으로부터 사람 하나를 소개받기로 했어요. 기업…… 그러니까 거대한 상단 조직을 운영하는 데 유능한 사람이라고 합니다. 만나 보고 괜찮으면 데려올 생각입니다."

사람을 깐깐하게 보는 최 대표가 장담을 할 정도라면 분명 뛰어난 능력의 소유자일 것이다.

직접 만나 봐야 알 수 있겠지만, 개인적으로 거는 기대가 컸다.

내 말에 담긴 의미를 짐작한 라파르트 대주교가 부드러운 목소리로 대답했다.

"이 늙은이에게 있어서 젊은 사람과 일하는 건 언제나 기쁜 일입니다. 성하께서 직접 모셔 오려는 분이니 능력은 당연히 출중할 거라 생각합니다. 그러니 걱정하실 필요가 없습니다."

"하하…… 걱정했던 건 아닌데."

"그러니 전 신경 쓰지 마시고, 성하께 필요한 인재들을 데려오시지요."

라파르트 대주교는 인자하게 웃으면서 고개를 끄덕였다.

"편하게 쉬셔야 할 분을 이세계로 불러들여서 마음이 참 무겁습니다."

"항상 느끼는 거지만, 성하께서는 속에도 없는 말씀을 참으로 잘하십니다. 이 늙은 놈을 부려 먹게 되어 참 기쁘다, 솔직하게 말하셔도 좋습니다."

예리한 할아버지 같으니라구.

최대한 티를 안 낸 편인데, 내 표정이 그렇게 잘 읽히나?

"저는 그럼 신전을 좀 둘러보도록 하겠습니다, 성하. 토비 님과도 이야기를 나누셔야 하지 않습니까?"

"그래야죠."

"그럼 이따가 다시 뵙도록 하겠습니다."

어느새 자리에서 일어난 라파르트 대주교가 나를 향해 고개를 숙였다.

그리고 여유로운 발걸음으로 집무실 밖으로 나갔다.

나는 180cm를 훌쩍 넘기는 라파르트 대주교의 장대한 기

골을 바라보면서 가볍게 숨을 뱉어 냈다.

다시 생각해도 이곳으로 데려오길 잘했다.

라파르트 대주교는 앞으로 우리 교단의 훌륭한 컨트롤 타워가 되어 줄 것이다.

그에게 부족한 경영학 지식을 보충해 줄 파트너만 잘 고른다면, 교단 경영에 대한 부담도 한껏 덜어낼 수 있겠지.

"후우."

라파르트 대주교와의 면담은 끝이 났으니, 이제는 우리의 장비를 책임져 줄 드워프, 토비를 만나러 갈 시간이었다.

나는 자리에서 일어나 신전 뒤쪽에 있는 신성석 광산으로 향했다.

❧

신전 뒤쪽에 위치한 신성석 광산.

민수 씨를 통해서 계약을 맺었던 〈아나키〉 마이스터 길드에 소속된 플레이어들이 작업을 도맡고 있는 곳이다.

최상급 신성석을 채굴하는 장소기도 했는데, 이곳은 지금 아주 소란스러웠다.

"그렇게 채굴하면 안 된다니까! 그렇게 채광하면 신성석에 흠집이 날 수도 있잖아? 이게 얼마나 귀한 건데! 이렇게, 이렇게 곡괭이질을 해야 한다고!"

〈아나키〉 길드의 플레이어들 사이에서 버럭버럭 소리를 지르면서 몸소 시범을 보이는 드워프 한 명.

두꺼운 갑옷을 입고 있음에도 불구하고 그의 곡괭이질은 정확하다 못해 아름답기까지 했다.

도대체 언제 친해진 건지는 모르겠는데, 이곳에 있던 다른 플레이어들은 눈을 빛내면서 드워프의 곡괭이질을 눈에 담고 있었다.

나는 열심히 신성석을 캐고 있는 드워프의 뒤로 조용히 다가갔다.

"그러니까 곡괭이질은 이렇게…… 아이쿠! 성하! 이렇게 귀신같이 오시면 어떻게 합니까? 간 떨어질 뻔했습니다!"

"여전히 목청 좋네요."

"잠시만 기다려 주십쇼! 제가 이 친구들에게 곡괭이질을 제대로 교육해 줘야겠습니다. 금방 끝납니다!"

드워프다운 투철한 장인 의식이었다.

그렇게 나를 잠시 뒤로 물린 토비는 15분 동안 '곡괭이란 무엇인가?'에 대한 강연을 하고 나서야 만족스럽다는 듯이 고개를 끄덕였다.

아나키 소속의 플레이어들은 방금 배운 노하우를 익히기 위해 곧바로 흩어져서 작업을 시작했고, 토비는 만족스럽게 자신의 갈색 수염을 쓰다듬었다.

"최상급 신성석을 마구잡이로 파내는 걸 보고 가만히 넘어갈 수가 있어야지요. 안 그렇습니까?"

"저 사람들이 토비 보고 안 놀랐어요?"

"처음에는 놀라긴 했는데, 제가 이것저것 알려 주니까 금방 친해졌습니다. 채광 레벨이 빠르게 오른대나 뭐래나? 하하! 아까 저들이 몰래 가져왔다는 술도 슬쩍 한 모금 했습니다. 소주라는 술인데……."

생산 계열 플레이어, 특히 채광 스킬이 있는 플레이어들에게는 드워프가 귀인일 수밖에 없을 거다.

지도를 받고 안 받고는 하늘과 땅 차이니까.

그나저나 사람들이 생각했던 것보다 훨씬 오픈 마인드다. 딱 봐도 종족이 다른데, 호들갑을 떨어야 정상 아닌가?

"성하가 지구로 넘어오신 이후로도 아주 화끈하게 돌아다니셨던 모양입니다."

"음?"

"리멘 교단의 땅이면 뭐든지 일어날 수 있다, 그렇게 받아들이는 듯했습니다. 이계인들도 있는 마당에 크게 이상할 것 없다던가?"

"……묘하게 설득력 있네."

이미 레오와 루나라는, 이계에서 건너온 존재들도 버젓이 활동하고 있는 마당에 드워프 하나 추가되었다고 해서 이상할 게 딱히 없긴 하다.

게다가 귀환자들의 존재도 공인되었고, 다른 세계가 존재한다는 것도 널리 알려진 사실이었다.

특히, 대한민국의 경우에는 레오와 루나를 통해서 '게이트에서 나온 이종족은 모두 적대적이다.'라는 가설이 폐기된 상황이니, 보다 수월하게 토비를 받아들였던 걸지도 모르겠다.

"자세한 건 가면서 이야기합시다."

"알겠습니다, 성하."

신성석 광산은 현재 우리 교단에서도 기밀로 취급되는 장소였다. 당연히 신전의 지하와 연결되는 비밀 통로가 있었기 때문에 그걸 이용하면 조용히 빠져나오는 것이 가능했다.

통로를 따라 20분 정도 걷자 신전의 지하에 도착할 수 있었고, 곧장 집무실로 향했다.

그렇게 토비를 데리고 집무실로 돌아온 나는 의자에 앉으면서 토비에게 말했다.

"차라도 드릴까요?"

"다른 거 없겠습니까? 차는 아무래도 밍밍해서, 영 입이 가지 않습니다. 신전이니까 맥주는 힘들 테고……."

"제가 마시려고 사 둔 건데, 이거 한번 드셔 보시죠."

나는 내 책상 밑에 있던 미니 냉장고에서 붉은 라벨의 콜라를 꺼내 토비에게 건네주었다.

"위에 뚜껑을 돌리면 열립니다."

"신기한 재질의 병입니다. 음, 이렇게 여는 건가?"

치이이—.

토비가 두툼한 손으로 뚜껑을 돌리자, 탄산이 새어 나오는 소리와 함께 병과 뚜껑이 분리되었다.

토비는 그 모습을 신기하다는 듯이 관찰했다. 그리고 곧바로 콜라를 벌컥벌컥 들이켰다.

500ml 페트병에 담긴 콜라가 사라지는 데 걸린 시간은 단 2초.

"꺼어어어억."

콜라를 순식간에 해치워 버린 토비가 한층 흥분된 목소리로 말했다.

"살면서 마셨던 음료 중에서 이게 맥주 다음입니다. 이게 뭡니까?"

"콜라라고 하는 음료예요. 탄산음료 중 하나인데, 지구에서 인기가 많습니다."

"콜라! 혹시 더 없습니까?"

"여기, 하나 더."

"감사합니다!"

토비는 내 미니 냉장고에 꽉꽉 채워져 있던 콜라들을 전부다 해치우기 시작했고, 나는 그런 토비를 바라보면서 웃을 수밖에 없었다.

"토비, 여전히 성수를 이용해서 맥주를 양조해요?"

"꿀꺽. 크으, 예. 안 그래도 지구로 넘어오기 전에 제 동료놈들한테 양조법 전수해 주고 왔습니다. 성수로 양조한 맥주

우리교황님좀
말려주세요

야말로 일품 아니겠습니까! 하지만 이 콜라라는 음료도 그에 뒤지지 않는 훌륭한…… 꺼어어억. 어우 좋다."

갑옷을 입고 있는 드워프가 짜리몽땅한 팔로 콜라를 연신 들이켜는 모습이 왜 이렇게 웃긴지 모르겠다.

"후우. 갈증이 좀 사라졌습니다. 감사합니다, 성하."

토비는 무려 13병의 콜라를 연달아 마신 다음에야 만족스럽게 배를 두드렸다.

"슬슬 일 이야기를 해 봅시다. 토비."

"일 이야기랄 게 있습니까? 걱정하지 마십쇼. 성하가 만들어 달라는 건 뭐든지 만들어 드릴 겁니다."

"따로 필요한 건 없습니까?"

"장비를 제작할 대장간과 신성석을 녹일 수 있는 성화로만 있으면 됩니다. 성하께서도 아시겠지만, 신성력을 극대화시키는 장비를 만들기 위해서는 제련 과정에서 신성석을 섞어야만 합니다."

대장간 같은 경우에는 DLC 상점을 통해서 건설할 수 있었다. 이번에 라파르트 대주교랑 토비를 데려오면서 신성 점수를 많이 소모하기는 했지만, 대장간을 지을 정도는 남아 있었다.

문제는 성화로였다.

"교황청에서는 리멘께서 직접 축복을 내리신 성화로를 사용했었습니다. 신성석을 녹이기 위해서는 성화가 필요하기 때문이지요."

"리멘이 직접 축복을 내린 거라면……."

"성유물입니다. 교황청의 대장간에는 총 일곱 개의 성화로가 있었습니다. 성유물이 일곱 개나 배치되어 있던 셈입니다. 저도 그 부분이 걱정돼서 리멘께 기도를 드려 보았는데, 리멘께서는 성하에게 답이 있을 거라 하셨습니다."

"쓰으읍."

이번에 퀘스트를 완료하면서 받은 성유물 선택권이 하나 남아 있었는데, 그걸 사용하란 소리였다.

새로운 신전을 위해서 선택권을 최대한 아끼려고 했건만.

"성화로는 별도로 제작 안 되나?"

"당연히 제작이 가능합니다! 완성품에 리멘님께서 직접 축복을 내려 주시면 되지요!"

"오."

"대신! 제작을 위해서는 필히 성화로가 필요합니다! 성화로 역시 신성석이 가장 중요한 재료이기 때문입니다."

닭이 먼저냐, 달걀이 먼저냐.

이 희대의 난제와 비슷한 형태의 문제인 듯한데, 아무래도 이번 경우에는 닭이 먼저인 것 같다.

결국, 성화로 하나는 반드시 소환해야 해결될 문제인 듯 보였다.

하지만 선택권이 아쉬운 상황이었기에 나는 은근한 목소

리로 물었다.

"저도 성화를 피워 올릴 수 있는데, 이걸로 어떻게 안 되겠습니까?"

"만약에 성하께서 신성석을 녹일 수 있는 수준의 초고열 성화를 한 달 내내 유지하실 수 있다면 가능할지도 모르겠습니다. 이거 아주 도전 의식이 생기는군요. 만약 성하께서 그렇게 하시겠다면 이 난쟁이 놈도 기꺼이 함께하겠……."

"성화로를 소환하도록 합시다."

성화는 신성력을 매개체로 불을 피워 올리는 권능이었기에 신성력을 말도 안 되게 잡아먹는다.

마기에 오염된 것들을 불태우기에는 적합하지만, 평소에도 마구잡이로 남용하기에는 살짝 무리가 간다는 뜻이다.

아무리 나라고 해도 신성석을 융해시킬 정도의 성화를 한 달 동안이나 유지하는 것은 빠듯하다.

"불가능하다기보다는 제가 일이 너무 많아서 그래요. 토비, 오해하는 건 아니죠?"

"암요, 암요. 제가 어찌 성하를 의심하겠습니까?"

신전은 성유물 점수를 모은 다음에 추가하는 걸로 하고, 우리 신입들의 안전을 위해서라도 이쪽에 선택권을 투자하는 게 맞지 싶다.

나는 연거푸 한숨을 내뱉은 후, DLC 상점을 열어서 〈시설〉 카테고리에 있던 〈대장간 Lv. 1〉을 구매하였다.

가격은 신성 점수 1만 점.

그렇게 대장간을 구매한 후, 곧바로 성유물 선택권을 사용했다.

> 현재 〈리멘 교단〉에게 허용된 인과율에 따라 선택할 수 있는 성유물을 제한합니다.

무작위로 선택되었던 지난번과는 달리 〈선택권〉이었기 때문에 내가 원하는 성유물을 선택하는 것이 가능했다.

그러나 이미 선택해야 할 성유물은 결정된 상태.

> [일곱 번째 불꽃]
> ●아이템 종류: 성유물 – 리멘 교단
> ●출신 차원계: 에덴
> ●설명: 태초의 불꽃을 통해 제작된 일곱 번째 성화로. 리멘이 직접 축복을 내렸다.
> *〈성유물 선택권〉으로 본 성유물을 소환할 시, 신성 점수 3,000점이 소모됩니다.
>
> 〈성유물 선택권〉을 사용하여 〈일곱 번째 불꽃〉을 〈대장간 Lv. 1〉에 배치합니다.
> 신성 점수 3,000점이 소모됩니다.
> 현재 잔여 신성 점수: 500점

"아주 그냥 신성 점수를 싹싹 긁어가라, 싹싹."

나는 47,000점에서 500점이 되어 버린 신성 점수를 바라보며 씁쓸한 미소를 지었다.

　이로써 교단의 미래를 위한 과감한 투자 포트폴리오가 완성되었다.

　……떡상하겠지?

개가 짖어도 기차는 간다

라파르트 대주교와 토비가 교단에 합류하게 된 이후로, 시간은 아주 빠르게 흘러갔다.

〈청와대 대변인, '동북아시아의 친선을 위한 동북아 교류전이 1월 마지막 주, 서울에서 개최될 예정.'〉

〈중국의 이레귤러 '검귀' 왕 웨이가 중국 측 명단에 합류할 가능성이 높다〉

〈민족의 배신자 류진영, 한국 땅을 다시 밟게 되나?〉

〈격동하는 동북아시아. 태풍의 중심에 선 대한민국〉

원래는 한중 간의 친선전으로 시작된 일이, 어느새 일본까지 참여하게 되는 동북아시아 3국의 외교 각축장으로 진화했다.

서 대통령의 계획이 뭔지는 모르겠지만 확실히 일 하나만큼은 시원시원하게 벌이는 사람이었다.

거기에는 복잡한 정치적 이해관계가 얽혀 있겠으나, 거기까지는 내가 관여할 바가 아니었다.

나로서는 그저 이번 교류전을 빌미로 중국에 자리 잡고 있는 정화자에 대한 정보를 얻어 내면 그만이었기 때문이다.

내가 교류전에 참가하는 건 당연한 일이었고, 정부 측에서는 루나와 레오도 참가해 줄 수 있겠냐며 문의를 해 왔다.

현재 국적법상 루나와 레오 둘 다 한국인으로 등록되어 있기 때문에 아예 불가능한 일은 아니었다.

문의에 대한 대답은 일단 보류시켜 두었으나 긍정적으로 생각할 예정이다.

이왕 교류전에 참가할 거, 우리 교단의 힘을 확실하게 보여 주는 것도 나쁘지 않았다.

정화자에 대한 정보도 캐고, 중국에 명분도 쌓고, 우리 교단도 홍보하고.

우리로서는 남는 장사긴 했으니까.

아무튼.

그렇게 국제 정세가 복잡하게 흘러가고 있을 무렵, 나는 여전히 나의 집무실에서 면접을 보는 중이었다.

사실 면접이라고 할 것도 없긴 했다.

"솔직하게 한 말씀 드리겠습니다."

"예, 교황님."

"제가 회사에 취직한 적이 없긴 해도, 이 스펙이 말도 안 되는 수준이란 건 잘 알고 있거든요? 그런데 어째서 우리 교단에 취직하려 하시는지 잘 모르겠네요. 게다가 최 대표님에게 전해 듣기로는 후계자 수업도 받으신 분이라고……."

이름 박지원.

올해 나이 36세.

미국 유명 아이비리그 대학교 경영대학원 박사 과정을 수료하였으며, 귀국하고 나서는 태산 그룹 소속으로 활발하게 경력을 쌓은 인물이었다.

특이 사항으로는 최 대표와 마찬가지로 재벌 4세이며, 최 대표와는 이종사촌지간이라고 한다.

키는 180cm를 조금 넘는 듯 보이며, 보기 좋은 잔근육들이 붙어 있는 탄탄한 몸매.

외모도 딱 인텔리 느낌이 물씬 풍기는 상이었다.

엘리트라는 단어 그대로 사람을 만들어 내면 저런 모습이 아닐까 싶다.

근데 이렇게 귀한 인물이 어째서 우리 교단에 자원하려는 건지는 잘 모르겠다.

그룹 내부에 있으면 알아서 승승장구할 인물임에 틀림없

는데, 고작 종교 단체에 와서 좋을 게 뭐가 있냐 이 말이야.

"하하…… 경영권 다툼에서 패배한 비운의 주인공보다는 리멘 교단의 전성기에 기여한 최초의 기업인이라는 타이틀이 훨씬 낫다고 생각합니다."

"교단 사업의 전반적인 경영뿐만 아니라 저희 교단의 만학도에게도 경영과 관련된 것들을 가르쳐 주셔야 합니다. 참고로 그 만학도의 나이는 68세이고, 화가 나면 건물이고 뭐고 박살 내는 위험천만한 성격의 보유자입니다."

"문제없습니다. 아니, 오히려 더욱 흥미가 동합니다. 목숨을 거는 짜릿한 수업! 전 평생 이날만을 기다려 왔습니다."

……이 사람도 정상은 아닌 게 틀림없다.

저 번들거리는 눈빛 좀 봐라. 저런 눈빛은 뭔가에 미쳐야지만 가질 수 있는 눈빛이다. 도대체 뭐에 미쳐 있는 거지?

"저희가 기업이 아니라 종교 단체라서 교리에 위배되는 행위도 제한됩니다. 당연히 불법, 편법 행위도 안 되고요. 그래도 진짜 괜찮으시겠어요?"

"정직하고 투명한 운영은 제 전문 분야입니다. 자신 있습니다! 저 박지원, 믿어 주신다면 최선을 다해 보겠습니다."

이건 재벌 4세라기보다는 그야말로 성실한 면접생의 표본이 아닌가?

최 대표도 그렇고, 이 박지원이라는 사람도 그렇고.

하나같이 내 오래된 편견을 깨부수는 사람들이다.

우리 교황님 좀
말려 주세요

〈멸악의 의지〉가 발동되지 않는 걸 보면 근본이 나쁜 사람도 아니었고, 최 대표의 강력한 추천이 있었기 때문에 신뢰도에도 큰 문제는 없어 보였다.

나는 손가락으로 책상을 두드리면서 잠시 고민했다.

그리고 그것을 부정적인 신호로 보았는지, 박지원이 뜨거운 눈빛으로 열변을 토해 내기 시작했다.

"정 못 미더우시다면 한 달 동안 월급을 받지 않고 제 능력을 보여 드리도록 하겠습니다. 보고 나서 결정하셔도 좋습니다."

"아니, 도대체 왜 그렇게까지?"

이쯤 되면 리멘이 직접 이 남자의 꿈속에 강림해서 세뇌를 시킨 게 아닌가 걱정될 정도였다.

하지만 박지원은 내 예상을 아득히 벗어나는 인물이었다.

"낭만에는 이유가 없습니다. 안 그렇습니까, 교황님."

미친 척을 하고 있는 걸까, 아니면 진짜 미친놈인 걸까.

나는 애써 표정을 관리한 다음, 최대한 미소를 지으면서 말했다.

"면접 결과는 빠른 시일 내로 통보해 드리겠습니다."

"예! 저는 당장 내일이라도 출근할 수 있습니다. 꼭 긍정적인 검토 부탁드리겠습니다."

박지원은 끝까지 강렬한 인상을 남기면서 집무실에서 퇴장했다.

그렇게 박지원이 나가고 난 다음, 레오가 조심스레 집무실로 들어왔다.

"성하. 면접은 어떠셨습니까?"

그 말에 나는 손으로 얼굴을 쓸면서 답했다.

"레오야."

"예, 성하."

"······아니다. 내가 잘못 산 죄지. 하여간에 대단한 사람인 것 같다. 우리한테 딱 어울릴 사람이긴 해."

우리 교단의 주요 멤버들이 하나같이 개성이 확실한 사람들이란 걸 고려한다면, 그 누구보다 우리 교단에 적합한 인재라고 할 수 있겠다.

하지만 다들 이렇게 캐릭터들이 독보적이어서야 화합이 잘될지는 모르겠네.

만약에 이 박지원이라는 남자가 교단에 합류하게 된다면, 결국 라파르트 대주교, 토비, 박지원. 이렇게 세 명이 새로운 인재로 합류하게 된다는 소린데······.

"아찔하다."

그 셋과 기존 인원들이 만들어 내게 될 케미를 떠올리니 벌써부터 정신이 아득해진다.

그렇게 나는 책상을 두드리면서 아주 오랫동안 고민에 잠겼다. 그리고 마침내 한 가지 깨달음을 얻을 수 있었다.

"어떻게든 되겠지."

모로 가도 서울만 가면 된다고, 애초에 교황이라는 자리에 내가 올라 있는데, 여기에 미친놈 하나 더한다고 뭐 달라지는 게 있겠어?

　띠리리리링-.

　때마침 전화가 울렸다. 발신자를 확인해 보니 '고생하는 우리 김 실장'이라고 적혀 있었다.

　어쩌면 김 실장이야말로 내 고민을 해결해 줄 최적의 인재가 아닐까?

　일단 받아 보도록 하자.

　"김 실장님. 안 그래도 전화하려던 참이었거든요."

　-예?

　"지난번에 제가 드렸던 스카우트 제안은 유효합니다. 연봉 최대한 원하시는 만큼 드릴 테니까, 진지하게 고려를 해 주셨으면…….'

　-제안은 정말 감사합니다만, 지금은 그 제안을 논의할 때가 아닌 듯합니다.

　나는 그 목소리를 듣자마자 직감했다.

　새로운 사건이 생겼다는 것을.

　"무슨 일입니까?"

　-새롭게 제정된 이레귤러 특별법에 의거하여, 이레귤러 김시우와 레오 루멘, 루나 레벤톤을 긴급 징집합니다. 자세한 사항은 헬기를 통해 이동하면서 전달하도록 하겠습니다.

헬기는 5분 뒤에 도착할 예정입니다.

어쩐지 요새 너무 평화롭다 했다.

❧

자승자박.

자신이 한 말과 행동에 자신이 얽혀 들어감을 의미하는 사자성어다. 지금 내 상황이 딱 그랬다.

원래 이레귤러 특별법은 내 자의에 따라 빌런이나 마기 보유자들을 처리할 수 있게 해 주는, 아주 강력한 사법 특권을 위해서 제정된 법안이었다.

하지만 모든 권한에는 책임이 따른다.

대한민국 정부는 나에게 그러한 특권을 챙겨 줌과 동시에 위기 상황에서 나를 임의로 징집할 수 있는 명분을 챙겼다.

그 법률에 의거하여 나를 징집했다는 소리는 곧 위기 상황이 발생했다는 것을 의미했다.

"강원도 춘천시에 생성될 예정이었던 B급 게이트에서 이상 징후가 발견되었습니다."

김 실장은 헬기의 헤드셋을 통해 빠르게 상황을 브리핑했다.

"돌발 게이트인가요?"

"돌발 게이트는 아니지만, 왜곡 현상이 발생하여 게이트의 생성지가 도심 지역으로 변경되었습니다. 그리고 파동 측정기를 통해 두 가지의 파동이 측정되기 시작했습니다. 통상적으로 게이트는 한 종류의 파동만 측정되는데, 두 가지 이상의 파동이 측정되는 경우는 딱 한 가지뿐입니다. 귀환자가 돌아올 때."

귀환자.

내가 지구로 귀환한 이후로 대한민국에서는 추가적인 귀환자가 등장하지 않았다고 들었다.

그렇게 보면 이번 귀환자는 내 다음 순번의 귀환자인 셈이다.

"또한 마력 감지기를 동원하여 마력을 검사해 본 결과, 마력 감지기의 범위를 벗어난 마력이 검출되었습니다."

귀환자라고 해서 전부가 위험한 수준의 귀환자는 아니라고 들었는데, 이렇게 정부에서 나를 긴급하게 징집했을 정도면 답은 하나였다.

"디재스터급이겠네요."

"예, 그렇습니다. 기존의 매뉴얼대로라면 대한민국의 모든 S급 헌터들을 비상대기 시키지만, 이레귤러 특별법 이후로 매뉴얼이 바뀌었습니다."

"그때 김 실장님이 직접 설명해 주셨잖아요? 기억하고 있습니다."

그들이 나를 징집하는 이유는 아주 간단했다.

최악의 상황을 막기 위해서.

귀환자라고 해서 모두가 순순히 정부의 지시에 따른다는 보장이 없다. 미국의 경우만 보더라도 이미 이레귤러들에 의해 몇몇 귀환자가 제거되었다고 한다.

통제되지 않는 강자는 그 자체만으로도 재앙이다.

이계에서 높은 경지를 이룩하고 돌아온 귀환자라고 해서 반드시 호의적이라는 보장이 없었다.

최악의 경우, 증오심과 적개심에 물든 괴물이 귀환할 수도 있는 것이다.

"귀환자의 존재로 인해서 게이트의 생성 예정 시간이 대폭 단축되었습니다! 현장에서는 아직 시민들의 대피 작업이 이루어지고 있으나, 시간 내에 완료되지 못할 것으로 보입니다. 만약 귀환자의 상태가 좋지 않을 경우…… 심각한 인명 피해가 발생할 가능성이 높습니다."

상황이 좋지 않았다.

디재스터급 귀환자. 거기에 대피가 완료되지 않은 도심 지역.

자칫하다가는 일본에 출현했던 야마타노오로치처럼, 끔찍한 재난이 발생할 수도 있었다.

"작전 계획은요?"

"가장 먼저 이능관리부의 특수조사국에서 대화를 시도할 예정입니다. 하지만 대화에 불응하거나 적대적인 반응을 보

우리 교황님좀
말려 주세요

일시, 최우선순위는 무력화입니다. 무력화가 불가능하다고 판단된다면 즉각 사살하셔도 좋습니다."

회유만 할 수 있다면 대한민국으로서는 훌륭한 전력을 손에 넣게 되는 셈이다.

디재스터급 각성자가 진영이 형 이후로는 끊겨 있던 상태였으니, 정부로서도 욕심이 날 수밖에 없었다.

예전에 비해 극적인 수준으로 권한이 강해진 정부에게 디재스터급 귀환자까지 주어진다면 나로서도 환영이다.

우리가 부담해야 할 부분이 줄어들기 때문이다.

하지만 어째서인지 기분이 좋지가 않았다. 아니, 정확히는 불쾌했다.

그리고 이것은 그다지 좋은 신호가 아니었다.

"시우 님! 도착했습니다. 내리십시오!"

불안감과는 별개로 우리는 목적지에 도착했다. 나는 김 실장의 말을 듣자마자 헤드셋을 벗은 후, 레오와 루나를 데리고 헬기에서 내렸다.

"임시 캠프로 이동하겠습니다. 이쪽으로!"

급히 도착한 춘천의 시내는 아비규환이 따로 없었다.

공포에 질린 채로 대피하는 시민들.

굳은 표정으로 시민들의 대피를 돕는 경찰과 군인들.

그 인파 사이로 뛰어다니고 있는 헌터들까지.

마치 구로구 게이트에 도착했을 때를 보는 것만 같았다.

대피 작업이 이루어지고 있었지만, 그때처럼 미처 대피하지 못한 인원들이 남아 있을 가능성이 높았다.

"레오. 루나."

"예, 성하."

"말씀만 하셔요."

"귀환자는 내가 알아서 처리할 테니까 가서 대피 작업 도와. 노약자들을 최우선으로, 알겠지?"

내 명령에 둘은 동시에 고개를 끄덕인 후, 빠른 속도로 이탈했다.

"가시죠."

"알겠습니다."

김 실장은 내 선택을 의심하지 않았다. 그저 조용히 나를 임시 캠프로 데려갈 뿐.

그렇게 나와 김 실장은 늦지 않게 임시 캠프에 도착할 수 있었고, 내가 캠프에 들어서자 모든 인원이 일제히 나를 쳐다보았다.

"김시우?"

"김시우다."

곳곳에서 들리는 목소리.

그리고 잠시 후, 이능관리부 소속의 헌터들이 빠르게 다가오더니 곧바로 상황을 보고하기 시작했다.

"김동식 실장님! 교섭조의 준비는 끝났습니다. 현재, 2차

저지선까지 배치가 완료되었으며…….”

나는 그의 보고를 들으면서 묵묵히 하늘을 바라보았다.

마력으로 인해 보랏빛으로 물든 하늘.

잔뜩 모여든 먹구름으로 인해 대낮인데도 불구하고 저녁처럼 어둑어둑했다.

불과 1시간 전까지만 하더라도 신전에서 농담을 주고받고 있을 정도로 여유로웠는데, 하루의 굴곡 한번 예술이다.

그나저나 단순히 기분 탓이었을까?

'피 냄새?'

코끝으로 비릿한 혈향이 전해져 오는 것만 같았다.

나는 조금씩 모습을 드러내는 게이트를 바라보며 인상을 잔뜩 구겼다.

❧

현 지역에 게이트가 생성됩니다!

붉은색 테두리의 메시지를 시작으로 몸집을 불려 나갔던 게이트가 본격적으로 활성화되기 시작했다.

“다들 준비해!”

“게이트의 메인 몬스터들이 확인되었습니다! 타입은 마수종! 그레이트 울입니다!”

"바로 접근하지 마! 귀환자가 나온다. 본격적인 토벌은 귀환자와의 접선 이후다!"

헌터들은 경거망동하지 않고 상황을 주시했다.

게이트에서는 이빨이 달린 벌레 같은 마수가 기어 나오기 시작했다.

하나같이 어지간한 단독주택 수준의 몸집을 지닌 마수.

그레이트 웜.

나는 끝도 없이 기어 나오고 있는 그 벌레 놈들을 바라보면서 가볍게 몸을 풀었다.

"명색이 B급 게이트라고, 위협적인 놈들이 기어 나오네요. 저놈들 땅속으로 파고들면 위험해요. 지반도 침식시키고, 무엇보다 체액이 강한 산성이라서 건물들에도 큰 타격을 주는 놈들입니다."

"그레이트 웜. 데이터베이스에 있는 마수종입니다. 하지만 쉽사리 움직일 수는 없습니다. 디재스터급 귀환자가 출현한 게이트에서는 1차 저지선에서 몬스터를 막아 내야 합니다."

"현명하네요."

헌터들을 막무가내로 투입시켰다가는 게이트에서 나온 귀환자한테 휩쓸릴 가능성이 있다.

내가 보기에도 적절한 전략이다.

설사 그레이트 웜이 땅속으로 숨어든다고 한들, 내가 있는 이상 큰 문제는 안 된다.

여차하면 땅에다가 신성력과 성화를 때려 박으면 되니까.
게다가 다른 종류의 몬스터들과는 달리, 그레이트 웜은 분명
한 마수.

패시브 스킬 〈마수의 천적〉이 발동하고 있습니다.

마수 놈들은 내 앞에서 제정신을 유지할 수가 없다. 실제
로 게이트에서 기어 나온 대부분의 그레이트 웜들은 위축된
상태였다.

그레이트 웜들은 부차적인 문제.

이번 게이트의 분수령은 저 게이트에서 등장하는 귀환자
의 태도였다.

"넘어옵니다."

나는 게이트를 넘어오기 시작한 강대한 마력을 바라보면
서 중얼거렸고, 김 실장은 목젖을 꿀꺽이는 소리와 함께 고
개를 끄덕였다.

"시우 님. 최악의 경우에는……."

"아직 대피를 하지 못한 시민들이 많아요. 저도 알고 있으
니까 걱정 마십쇼."

나로서는 디재스터급 귀환자가 넘어오는 모습을 처음 목
격하는 순간이었다.

내가 지구로 넘어왔던 과정을 되짚어 보자면 크게 특출 났

던 건 없었다.

리멘의 힘을 이용해서 지구로 건너왔고, 리멘과 또 다른 계약을 맺었다.

그게 끝.

마치 마실이라도 나온 것처럼 조용히 귀환했으며, 순순히 이능관리부에 협조했다.

하지만 지금 눈앞에 펼쳐지고 있는 장면은 단순히 '마실'이라고 부르기에는 큰 어폐가 존재하는 것 같았다.

파지지지직-.

우우우우우우우웅!

거대한 게이트 전체에서 붉은빛의 스파크가 잔뜩 튀긴다. 지난번 라파르트 대주교와 토비가 건너왔을 때와는 비교도 할 수 없을 정도로 흉폭한 기세였다.

게이트의 중앙에서 번져 나가기 시작한 붉은색 반점은 순식간에 게이트의 보랏빛을 잡아먹는다.

그것은 게걸스럽다고 부르기에 충분한 모양새였다.

파지지지직!

눈 깜짝할 사이에 보랏빛을 싸그리 먹어 치운 반점이 곧 게이트 전체를 잠식했다. 그리고 잠시 후.

뚜벅.

붉은빛의 게이트에서 누군가 천천히 걸어 나오기 시작했다.

그 순간만큼은 그레이트 웜의 괴성도, 헌터들의 고함도 멎었다. 시간이 멎은 듯한 긴장감 속에서 울려 퍼지는 것은 오로지 누군가의 구두소리뿐이었다.

구두소리가 한참 동안 울려 퍼졌다. 그리고 그 구두소리가 멈췄을 때에는 이미 붉은색에 물든 게이트를 뒤로하고 있는 앳된 얼굴의 소년이 서 있었다.

"애매하네."

저 녀석을 소년이라고 부르는게 과연 맞나 싶기도 하다. 소년과 청년, 그 사이 어딘가.

높게 쳐줘도 20대 초반이나 되었을 법한 액면가.

소년의 티를 얼굴에서 벗어 내지 못한 녀석의 외관은 꽤 그럴듯했다.

검은색의 폴라티 위에, 무릎까지 내려오는 버건디 색상의 코트.

창백하다고 느낄 정도의 하얀색 피부와 무심한 듯 이쪽을 쳐다보는 검은색 눈동자에서는 그 어떠한 동요도 느껴지지 않았다.

다만, 녀석에게서 느껴지는 마력과, 녀석의 허리 쪽에 달려 있는 검은색의 검집을 통해서 그가 검을 사용한다는 것 정도만 추측할 수 있을 뿐이었다.

"교섭조. 시작해라."

김 실장은 나지막하게 명령을 전달했다. 그러자 우리의 옆에서 대기하고 있던 교섭조의 조장이 확성기를 들어 올렸다.

교섭조라고 하더라도 디재스터급 귀환자에게 접근하지 않는다라?

아주 현명한 판단이었다.

무턱대고 접근해서 개죽음을 당하는 것보다는 이쪽이 훨씬 낫지.

마침 그레이트 웜들의 괴성도 멈춘 상황이라 확성기를 통해서 교섭조장의 목소리가 크게 울려 퍼졌다.

"대한민국에 돌아오신 것을 환영합니다. 귀하는 대한민국의 국민이 맞습니까? 맞다면 오른팔을 들어 올려 주십시오."

그 말에 귀환자는 아무런 표정의 변화 없이 오른팔을 들어 올렸다.

나는 그 모습을 바라보면서 김 실장에게 넌지시 물었다.

"호재입니까?"

"……일단은 한국어를 알아듣는다는 점에서는 호재입니다. 일부 귀환자들은 한국어조차 알아듣지 못하는 경우가 있습니다. 적어도 말은 통할 것 같습니다."

"그렇다면 호재로군요."

일단 첫 단추는 잘 끼워졌다, 그렇게 판단할 수 있겠다.

하지만 아까부터 느껴지는 이 끈적한 불길함은 무엇일까? 절로 미간이 찌푸려진다.

"교섭조장. 계속 진행해."

"예, 알겠습니다."

한국어가 통한다는 것을 확인했으니 그다음 단계는 본격적으로 대화를 시작하는 것이다.

"적대 의사가 없다는 것을 증명해 주셨으면 합니다. 무장을 해제해 주실 것을 정식으로 요청합니다. 만약 저희의 지시에 따라 무장을 해제해 주신다면, 본격적인 절차를 밟아 나가겠습니다. 귀하에게 그 어떠한 해를 가하지 않을 것을 약속합니다."

검수에게 있어서 검이란 제 몸이나 다름없는 존재였다. 놓으라고 해서 쉽게 놓을 수 있는, 단순한 물건 따위가 절대 아니란 뜻이다.

그러나 귀환자는 교섭조장의 요청에 순순히 검집을 풀러 자신의 발밑에 내려놓았다. 그리고 천천히 무기와 거리를 이격했다.

그뿐만이 아니었다.

시키지도 않았는데 알아서 바닥에 무릎을 꿇고 손을 뒤로 했다.

전투 의지가 아예 없음을 표명하는 행위.

그 모습을 본 교섭조는 곧바로 다음 절차에 들어갔다.

"협조에 감사드립니다! 이제부터 저희 직원들이 접근하여 귀하를 안전한 곳으로 모셔 갈 예정입니다. 그리하여도 괜찮습니까?"

끄덕.

남자는 그 질문에도 순순히 고개를 끄덕였다. 겉으로만 보았을 때는 아무런 꿍꿍이도 없고, 정부 측에 굉장히 협조적인 모습이었다.

그리고 그 모습을 본 김 실장이 긴장을 살짝 풀면서 말했다.

"3년 전의 류진영 씨보다도 훨씬 협조적입니다. 류진영 씨의 경계심을 풀기 위해서 꽤 애를 먹었습니다만, 저 남자는 의외로 순순히 따르는군요. 괜한 걱정이었던 걸지도 모르겠습니다."

"플래그 함부로 세우시면 위험합니다, 김 실장님."

교섭조장을 포함한 네 명의 교섭조가 조심스럽게 앞으로 전진하기 시작했다.

이미 게이트에서 튀어나온 그레이트 웜들은 그들이 접근하자마자 소스라치게 놀라면서 길을 연다.

흉측한 마수들 틈으로, 남자에게까지 도달하는 길이 열렸다.

"……혹시 시우 님께서?"

"아닙니다."

"그렇다면 저 몬스터들이 어째서……."

"녀석들이 두려워하는 대상이 저뿐만은 아닌 겁니다."

마수들 중에서도 흉폭하기로 유명한 그레이트 웜조차 저

남자에게 압도당해 있는 상태였다.

　교섭조의 인원들은 최대한 평정을 유지한 채로 천천히 앞으로 나아갔다.

　한 발자국, 한 발자국.

　그렇게 아주 조심스럽고 신중하게 발걸음을 내디뎌 갔고, 남자는 교섭조가 지근거리에 올 때까지도 무릎을 꿇은 채로 가만히 멈춰 있었다.

　아까 전에 느꼈던 직감이 정말 틀렸던 걸까?

　'……그럴 리가.'

　직감이 틀렸던 적은 없었다. 하지만 저 남자는 나조차도 내 직감을 의심하게 만들 정도로 고분고분한 자세였다.

　하지만 그때였다.

> 상대방이 〈차원계: 지구〉의 시스템에 완전하게 동기화되었습니다. 그에 따라 당신의 스킬들이 정상적으로 적용됩니다.
> 액티브 스킬 〈멸악의 의지〉를 발동합니다.
> 플레이어 〈이은혁〉의 악행을 나열합니다.
> 〈대량학살〉 등 ???건
> 경고! 해당 대상은 수많은 혈겁을 쌓은 인물입니다. 〈멸악의 의지〉가 즉결 심판을 권고합니다!

　수많은 메시지 창들이 순식간에 눈앞에 떠올랐다.

　그와 동시에 멀리 보이는 남자, 이은혁의 등 뒤로 붉은색의 아우라가 관측되기 시작했다.

나는 그것을 보자마자 다급하게 김 실장에게 말했다.

"빼요."

"예?"

"저 사람들 뒤로 빼라구요."

"시우 님, 그게 지금 무슨……."

김 실장의 말이 채 끝나기도 전이었다.

손을 뒤로하고 있던 이은혁의 눈에서 붉은빛이 번뜩였다. 그와 동시에 멀찌감치 떨어져 있던 검집이 녀석의 손으로 빨려들어 갔다.

이은혁은 아무런 망설임 없이 검집에서 검을 뽑아냈고, 나는 곧바로 몸을 움직였다.

1초도 채 되지 않는 찰나의 순간.

콰아아아아아아앙!

"이 씹새끼 봐라."

순식간에 거리를 좁힌 나는 장검의 검신을 손으로 막으면서 얼굴을 찌푸렸다.

부우우우욱!

녀석의 발검에서부터 파생된 검풍이 내 주위의 모든 것을 찢어 버린다.

방금 전까지 조심스럽게 접근하던 이능관리부의 교섭조 전원이 피를 흩뿌리면서 뒤로 나가떨어졌다.

그나마 다행인 건 그들이 가까스로 목숨을 부지했다는 것.

우리 교황님 좀
말려주세요

만약 한 발자국이라도 더 나아갔다면 그들은 갈기갈기 찢겨 나갔으리라.

아아아아아아아악!

내 손에 가로막힌 검신을 타고 검붉은 마력이 요동친다.

마력이 요동칠 때마다 끔찍한 비명이 귀를 때렸고, 검신 위로 고통스러워하는 인간의 얼굴들이 투영되었다.

정신력이 약한 사람이었다면 순식간에 공포에 잡아먹힐 수밖에 없는, 끔찍한 현상들이었다.

"너도 보이는구나."

검신 너머로 이은혁의 목소리가 들려왔다.

끔찍한 비명 틈 사이로 스며드는 녀석의 목소리는 귀신의 것과 다르지 않았다.

"네가 짐작하는 게 맞아. 내 검에 목이 잘려 나간 희생자들의 원혼이야. 정확히 10년어치의 원혼들이지. 어때, 짜릿하지? 보는 것만으로 즐겁지 않아? 지구의 인간들에게 자랑하고 싶어서 죽는 줄 알았어."

위험했다.

그라운드 제로에서 상대했던 유세혁? 아니면 테러의 주범이었던 이세희?

그 누구를 데려오더라도 이놈과 감히 비교할 수 없었다.

녀석의 공허한 눈빛 너머로는 한 가지만 보일 뿐이었다.

영혼마저 뒤틀리게 만든 증오.

이 녀석으로부터 느껴지는 것은 오로지 밑도 끝도 없는 증오심뿐이었다.

"너는 내가 오늘 이날을 얼마나 오랫동안 기다렸는지 모를 거야. 오늘, 오늘 이날만을 위해서 내가 얼마나 많은 놈을 죽여 왔는지 알아? 죽이고, 또 죽이고, 다 죽였어. 지구에 돌아오면 더 많이 죽여 버리려고!"

이은혁의 증오심을 매개체로 삼는지, 검붉은 마력이 다시한번 요동쳤다.

파아아아아아앙—!

검신에서 방출된 반발력이 내 몸을 뒤로 밀어냈고, 이은혁은 그 틈을 놓치지 않고 빠르게 자세를 재정비했다.

녀석으로부터 더 이상 무표정한 얼굴은 찾아볼 수 없었다.

이은혁은 웃고 있었다.

"너만 아니었다면 기분좋게 시작했을 건데, 왜 나를 막는 거야. 너 따위가 뭔데? 너 따위가 뭔데 내가 행복해지는 걸막아? 드디어 행복해질 기회가 찾아왔는데, 왜 막는 거냐고."

"애새끼같이 생겨 가지고는, 더럽게도 징징거리네, 씨발."

나는 검은 장갑을 착용하면서 입꼬리를 올렸다.

"교섭은 결렬되었다. 내가 정부로부터 받은 부탁은 하나야. 무력화시키는 것을 최우선으로 하되, 무력화가 불가능할 경우 즉각 사살할 것."

교화의 여지?

저딴 새끼를 교화시킬 바에야 차라리 마족을 교화시키는 것이 더 쉬울 것이다.

이미 영혼의 밑바닥까지 증오로 잠식된 자는 다시는 돌아오지 못한다.

어쩐지 기분이 더럽더라니.

"그러게 김 실장님, 플래그 좀 세우지 말라니까."

나는 비릿하게 입꼬리를 올린 다음, 이은혁을 향해 손가락을 까닥였다.

"보통 드라마나 소설 속에서 중2병은 사망 플래그더라."

"무슨 소리를 하는 거야?"

"무슨 소리긴? 너도 다를 바 없다는 소리지."

⁂

이은혁은 자신이 불행하다고 생각했다.

그에게 있어서 불행이란 일상이었다.

학교 폭력으로 점철되어 있던 학창 시절.

음주 뺑소니에 의해 돌아가신 부모님.

부모님의 사망 보험금을 두고 싸우던 친척들.

그가 머무르거나 스쳐 지나갔던 곳 모두는 폐허가 되었다. 그렇기 때문에 이은혁에게 있어서 세상이란 오로지 불행으로 가득 찬 곳이었다.

그의 인생에서는 행복이란 단어를 찾아볼 수가 없었다.

죽을 용기조차 없어서 살아가는 인생.

이은혁은 자신에게 몰아치는 불행을 피할 수도, 피할 생각도 없었다. 그저 묵묵히 그 불행들을 몸속에 담아 두었을 뿐이다.

그리고 그것은 그가 파르데스라는 이름의 세계로 전이된 후에도 마찬가지였다.

여느 때처럼 길거리에서 잠들었다가 깨어난 이은혁이 마주한 광경은, 눅눅하고 시체 썩는 냄새가 풍기는 지하 감옥이었다.

인간의 비명이 쉴 새 없이 울려 퍼지는 도살장.

이해할 수 없는 상황이었지만, 그래도 이은혁은 그 불행조차 기꺼이 받아들였다. 그러자 그의 눈앞에 묵빛의 검신을 지닌 얇은 장검 하나가 나타났다.

─지독히도 불행한 아이야. 너의 불행과 증오로 나를 피워 내거라. 그리하면 내가 너의 소원을 들어주겠다. 십만의 영혼을 먹어 치우게 해 다오.

훗날 자신의 손에 죽어 나간 성기사들이 그 검을 보고 '마검'이라고 불렀지만, 그것이 성검이든 마검이든, 이은혁에게는 아무런 상관이 없었다.

이은혁은 기꺼이 그 검을 손에 쥐었고, 그날부터 그는 끊임없는 살인 속에서 살아갔다.

파르데스는 그가 수도 없이 읽었던 웹소설 속에 흔히 등장할 만한 세계였다. 마법과 기사, 성녀 같은 존재들이 존재하는 뻔한 클리셰 같은 세계.

마검의 도움으로 지하 감옥에서 탈출한 이은혁은 곧 인심 좋은 시골 가정을 마주하게 되었다. 얼굴도 다르고, 말도 통하지 않는 이들이었지만 그들은 이은혁에게 따뜻한 정을 베풀었다.

따뜻한 음식과 아늑한 침대. 이은혁은 그들의 호의에 대한 대가로 죽음을 선사했다. 단란했던 다섯 가족은 그렇게 이은혁의 첫 피해자가 되었다. 그리고 이은혁은 그 뒤로 10년이라는 세월 동안 쉴 새 없이 마검에게 영혼을 먹였다.

가끔씩 그의 악행을 저지하기 위하여 기사들이나 모험가들이 찾아오기는 했으나, 마검이 건네주는 힘을 이용해서 얼마든지 이겨 낼 수 있었다.

감당할 수 없는 적들로부터는 과감하게 도망쳤고, 감당할 수 있는 적들은 반드시 죽였다.

그의 목표는 단 한 가지였다.

지구로 돌아가 모두를 불행하게 만드는 것.

그는 마검을 통해 흡수한 힘을 이용하여 1만 명이 살아가는 도시 하나를 싸그리 학살한 것을 마지막으로, 마검이 요구했던 십만의 영혼을 10년 만에 충족시킬 수 있었다.

－너의 세계로 돌아가 더 많은 영혼을 먹여 다오.

영리한 마검은 지구라는 세계에 더 많은 영혼이 살고 있다
는 것을 알고 있었다. 마검은 처음의 약속을 지켜 주었고, 그
렇게 해서 이은혁은 다시 지구로 돌아오게 되었다.

더 이상 그는 10년 전의 무력한 고등학생이 아니었다.

10년 동안 마검을 통해 흡수해 온 마력은 그 어떤 세계를
가더라도 강자라고 불릴 수 있는 수준이었다.

마검이 열어 준 게이트를 넘어오면서 그는 드디어 자신의
사명을 깨달을 수 있었다.

남들에게도 자신과 같은 불행을 선사하는 것.

그것이야말로 그가 진정으로 행복해질 수 있는 유일한 방
법이었고, 그 모습을 상상할 때마다 흥분감을 감출 수가 없
었다.

그러나 그가 마침내 게이트를 넘은 순간, 모든 계획이 무
너져 내렸다.

"죽어어어어어!"

검은색의 사제복을 입은 남자.

겉으로 보기에는 특별할 것도 없는 남자였으나, 이은혁은
아주 오랜만에 공포감을 마주하게 되었다.

그래서 그는 마검이 인도하는 대로 검을 휘둘렀다.

마검의 끝에서 붉은색의 꽃이 피어나고, 날카로운 가시가 쉴 새 없이 남자의 몸을 찌른다.

마검의 유려한 검신은 계속해서 남자의 피를 탐했다. 마력을 통해 한계치까지 끌어올린 속력으로, 숨조차 쉴 틈 없이 거칠게 몰아쳤다.

'그런데 왜?'

수십의 검격이 이어졌음에도 살을 베는 감각이 전해지지 않았다.

인간의 살을 검으로 베는, 그 묘하고도 흥분되는 쾌감이 없었다.

상대는 얼마든지 베어 보라는 듯이 그저 자신을 내려다보고 있을 뿐이었지만, 이은혁의 마검은 사제복의 옷깃조차 베어 내지 못했다.

"왜! 왜!"

파르데스에서 열 손가락 안에 든다는 검수조차 견뎌 내지 못했던 연격이다. 또한 도시의 성벽조차 두부 가르듯이 갈랐던 자신의 마검이다.

하지만 어째서인지 그의 검은 가만히 있는 상대조차 베어 내지 못했다.

마치 무너지지 않는 철옹성에 나뭇가지를 찔러 넣는 것만 같았다.

-도망쳐라.

머릿속에서 마검의 음산한 목소리가 울려 퍼졌다. 그러나 이은혁은 이번만큼은 마검의 목소리를 무시하기로 했다.
'지랄하지 마!'
아직 복수는 시작되지도 않았다.
대한민국에 사는 모든 인간을 칼로 베어 넘기고, 드디어 행복해질 수 있었다.

-보고도 못 느끼는 거냐? 도망쳐라. 더 많은 영혼을 먹어야 한다. 지금으로서는 일말의 가능성조차 없다. 우리의 격으로는 이자에게 도달할 수 없다.

다시 한번 마검이 말했다.
이은혁은 그 목소리를 애써 무시하면서 전신의 마력을 검 끝으로 끌어모았다. 그리고 활짝 열려 있는 상대의 가슴팍에 전력을 담아 찔러 넣었다.
그런데 도대체 왜일까.
자신이 담을 수 있는 모든 힘을 담아 넣었음에도,
"마력이 아깝다. 하긴. 게걸스럽게 마력을 처먹어 대기만 했지, 효율적으로 사용하는지도 모르는 풍선 새긴데. 뭐."
상대는 그저 손바닥을 들어서 검끝을 멈춰 세웠다.

이은혁은 그 어처구니 없는 방어를 보고 난 다음에야 이성을 되찾을 수 있었다.

이길 수 없다.

지금의 자신으로서는 그 어떤 방법을 사용해서라도 이길 수 없는 상대다.

도망쳐야만 한다.

파르데스에서 그랬던 것처럼, 마검을 통해 힘을 모은 다음에 죽이면 된다.

뒤늦게나마 정신을 차린 이은혁은 다시 한번 아까처럼 검신을 통해서 마력을 방출했다. 그리고 지체 없이 몸을 돌려서 반대쪽을 향해 달려 나갔다.

'아직이야. 아직⋯⋯.'

–⋯⋯늦었다.

콰지지지직–!

기괴한 소리와 함께 이은혁의 몸이 무너져 내렸다. 그 순간, 이은혁은 자신의 다리를 바라보았다.

다리가 바깥으로 꺾여 있었다. 마치 나무토막이 꺾인 듯, 하얀색의 뼈가 외부로 돌출되어 있었다.

그리고 그 순간, 생전 느껴 본 적이 없는 고통이 전신을 꿰뚫었다.

"끄아아아아아아악!"

고통에 의해 흐릿해진 시야 사이로 방금 전의 그 괴물 같은 남자가 뚜벅뚜벅 걸어왔다.

여유롭게 이은혁의 옆에 도착한 그 남자는 이은혁의 목을 움켜쥔 채로 들어 올렸다. 그리고 능글맞은 목소리로 이은혁의 귓가에 속삭였다.

"도망칠 수 있을 줄 알았어?"

⚜

검수를 상대하는 건 꽤 오랜만이었다.

무기를 잘 사용하지 않는 마족들의 특성상, 검수와 상대한 적이 그리 많지 않았다.

기껏해야 마족 편에 선 인간들을 통해 경험했을 뿐.

하지만 무기가 무엇이든 간에 공평하게 통용되는 법칙이 하나 있다.

싸움은 그냥 강한 놈이 이기는 거다.

검이든, 도끼든, 철퇴든, 창이든.

그냥 더 센 놈이 이긴다.

"같은 수법에 한 번 더 당해 줄 리가 없잖냐."

나는 이은혁의 목을 움켜잡은 채로 조소를 지었다.

이은혁.

분명 이 녀석이 보유한 마력량은 방대했다. 일본에 있는 진영이 형이 보유한 마력보다 훨씬.

일반적으로 마법사들이 비슷한 수준의 다른 마력 사용자보다 방대한 마력량을 보유하고 있다는 것을 고려한다면, 이 녀석이 지니고 있는 마력이 얼마나 방대했는지 짐작할 수 있었다.

만약에 이 녀석이 그 마력을 효율적으로 활용했다면, 꽤 까다로운 적이 되었을 수는 있었다.

하지만 이놈은 자신의 마력을 제대로 사용하지도 못하는 병신이었다.

"끄으으으!"

"너 같은 놈들이야 뻔해. 넌 지금까지 너보다 약한 사람들을 상대로만 싸워 왔을 거야. 조금이라도 강한 상대를 만나면 지금처럼 도망갔겠지. 안 그래?"

자신에게 아무리 좋은 무기가 있다고 한들, 그 무기를 활용하지 못하면 차라리 없느니만 못하다.

그릇을 뛰어넘는 힘은 도리어 독이다. 그 독에 취해 눈이 가려지고, 자만하게 된다.

그리고 그 그릇이란 건 한계에 맞닿은 싸움을 통해서만 성장한다. 만약 내가 평화 속에서 시간을 보냈다면, 일곱 마왕을 이길 수 없었을 것이다.

리멘 역시 그 사실을 알고 있었기 때문에 나를 끝도 없이 사지로 몰아넣었고, 그랬기 때문에 지금의 내가 존재할 수 있었다.

"너 때문에 안 좋은 기억을 떠올려 버렸어. 네가 책임져라."

나는 녀석이 검을 쥐고 있는 오른팔을 꺾어 버렸다.

그러자 녀석의 손에 들려 있던 묵빛 장검이 바닥에 굴러떨어졌다.

그것은 흔히 마검이라고 부르는 물건이었다.

반드시 마기가 깃들어야지만 마검이 아니다. 사악한 의지가 깃들어 있다면 그 어떤 기운이 담겨 있든 마검인 것이다.

"끄으으으윽. 왜…… 왜 나를 막는 거야? 나는 그저…… 내가 받은 걸…… 돌려주려고…….."

고통이 녀석의 증오를 거두어 내자, 그 자리를 차지하는 건 억울함이었다.

이은혁은 허공에 매달린 채로 눈물을 흘려 대기 시작했다.

나는 그 웃기지도 않는 모습을 바라보며 싸늘하게 물었다.

"뭐가 그렇게 억울한 거냐."

"너희 때문이잖아…… 내가 이렇게 된 거, 다 너희 때문이잖아…… 너희가 나를 이렇게 만든 거잖아……. 전부 다 너희가…….."

사연 없는 사람은 없다.

열 명의 사람이 있다면, 열 개의 사연이 있다.

인간이 이렇게까지 증오로 망가질 정도라면, 이 녀석에게도 분명 그럴 만한 사연은 있을 것이다.

내가 가족들을 다시 보겠다는 의지로 버텨 왔듯, 이은혁은 증오를 통해 버텨 왔겠지.

그건 굳이 이 녀석의 이야기를 듣지 않더라도 알 수 있었다.

그러나 내 눈에는 저 마검에 담긴 원혼들이 보였다. 셀 수 없이 많은 원혼들. 저들 모두가 이 녀석에게 살해당한 자들이었다.

심지어 그들은 죽어서도 평안하지 못했다. 저 저주스러운 마검에 갇혀 끝도 없이 고통받는 중이었다.

"네가 나였으면…… 안 이랬을 것 같아? 나를 이렇게 만든 세상은……."

"이기적으로 남을 죽이고 다닌 새끼가, 이제 와서 나에게 공감을 바라는 게 말이 된다고 생각하냐? 착각하지 마. 내가 지금 너를 죽이려는 이유는 정의 구현 같은 거창한 이유가 아니야."

으드드득ㅡ.

"끄으으으."

나는 녀석의 턱을 잡은 채로 천천히 으스러뜨렸다. 그리고 나지막한 목소리로 말했다.

"너 같은 것을 이런저런 핑계로 살려 두면 내 사람들에게 아주 큰 위협이 된다. 그러니까 억울해하지 마라. 네가 너만의 이유로 사람들을 학살했듯, 나 역시 나만의 이유로 너를 죽이는 거니까. 단지 그뿐이다."

그 말을 끝으로 이은혁의 몸이 축 늘어졌다.

녀석의 숨은 여전히 붙어 있었다. 목을 꺾어서 목숨을 거둘 수 있었지만, 그 방식은 내가 녀석에게 바라는 최후가 아니었다.

나는 녀석의 몸을 대충 바닥에 던져 둔 다음, 바로 옆의 마검을 손으로 움켜쥐었다.

검의 그립을 잡자마자 사악한 의지가 내 정신 속으로 들어오기 위해 꿈틀거렸으나.

패시브 스킬 〈신성 보호 Lv. Max〉에 의해 정신 간섭이 무효화됩니다.

그 시도는 내 몸을 보호하고 있는 신성력에 의해 가차 없이 차단되었다.

"시우 님."

어느새 내 곁에 도착한 김 실장이 내 이름을 불렀다.

"……이대로 생포는 불가능하겠습니까?"

"이번만큼은 안 될 것 같습니다."

나는 김 실장을 향해 검을 살짝 흔들어 보였다.

"이 검에 잡아먹힌 분들이 애타게 기다리고 있어서요."

"그 검은……."

"마검이라고 부릅니다. 인간의 정신을 좀먹고, 끝내는 파국으로 이끄는 저주받은 검이죠. 일이 끝나는 대로 성지의 대장간으로 가져가서 녹여 버릴 겁니다."

성화로라면 사악한 의지를 소멸시키는 것은 물론이며, 마검에 의해 오염된 영혼들에게 평안한 안식을 선사할 수 있을 것이다.

김 실장은 내 단호한 대답을 듣고는 그저 묵묵히 고개를 끄덕였다. 그리고 조용하게 말했다.

"이곳의 작전권은 현재 시우 님에게 있습니다. 원하시는 대로 하시죠."

"이해해 주셔서 감사합니다."

푸우우욱-.

성창을 소환하여 이은혁의 가슴팍에 찔러 넣었다. 그러자 녀석의 몸이 잠시 움찔거리다가 멎었다.

성창에서 뻗어 나간 신성력은 이은혁의 몸에 남아 있던 방대한 마력을 완벽하게 흩트렸다. 그리고 나는 곧바로 신성 결계를 이용해서 마검까지 완전하게 봉인시켰다.

나로서는 최선의 마무리였다.

김 실장은 그 장면을 끝까지 지켜본 후, 무전기를 들며 말했다.

"타깃 사살 성공. 현 시간부로 상황 종료. 부상자 네 명 발생하였으니, 호송팀 파견 바람. 이상."

　그렇게 상황이 종료되었다.

⚜

　이능관리부 본청에 위치한 장관실.

　유선호 장관은 창문 너머로 펼쳐진 저녁노을을 바라보며 조용히 숨을 뱉어 냈다.

　똑똑똑―.

　"들어오게."

　장관실의 문이 열리며 방금 막 이능관리부에 도착한 김동식 실장이 방 안으로 들어섰다.

　"장관님."

　"대강 보고받았네. 일단 앉게나."

　김동식 실장은 고개를 숙인 후 의자에 앉았다. 유선호 장관은 자신의 성실한 부하 직원에게 녹차를 내어 준 다음, 부드러운 목소리로 말을 이어 나갔다.

　"김시우 각성자는?"

　"헬기를 통해서 신전으로 복귀시켰습니다."

　"우리 김 실장이 항상 고생이 참 많아. 그래도 자네 덕분에 김시우 각성자와 정부의 관계가 매끄럽게 유지되고 있네. 항상 고마울 따름이야."

"해야 할 일을 했을 뿐입니다."

"겸손하기도 해라. 가끔은 티를 좀 내는 것도 좋아. 너무 겸손하기만 하면 밥맛 없다는 소리를 들을 수도 있으니까 말이야."

유선호 장관이 작게 웃으면서 말했다.

상사의 장난 섞인 조언에 김동식 실장은 상사를 따라 희미하게 미소를 지었다.

그렇게 회의실에 살짝 내려앉았던 긴장감이 녹아내렸고, 유선호 장관은 부드럽게 본론으로 들어갔다.

"사후 처리는 어떻게 되었나?"

"타깃의 무기였던 검은 김시우 각성자가 회수해 갔습니다. 그의 말에 따르면 인간의 정신을 지배하는 사특한 물건이라고 합니다."

"자네가 보기에는 어땠는가?"

"바라보고 있는 것만으로도 끔찍한 비명이 귓가에 울려 퍼졌습니다. 저희로서도 쉽사리 감당하지 못했을 겁니다."

김동식 실장의 보고에 유선호 장관은 천천히 고개를 끄덕였다.

"그렇다면 리멘 교단 측에서 알아서 해결하겠군. 처리할 방법이 있으니 가져갔을 터."

"그런 것으로 사료됩니다."

"그런 위험한 물건이 다른 자의 손에 들어갈 바에야 확실하게 처리하는 게 맞겠지. 그래, 그게 끝인가?"

"예. 그렇습니다. 부상당한 교섭조 네 명을 제외하고서는 추가적인 사상자는 없습니다. 재산 피해 역시 우려했던 것만큼 크지는 않습니다."

"고생했네."

"아닙니다."

김동식 실장의 보고는 그렇게 끝이 났고, 유선호 장관은 입을 다문 채로 다시 창밖을 바라보았다.

'아이러니하게도 우리가 이레귤러 특별법의 도움을 받았군.'

김시우의 활동을 지원해 주기 위해서 제정되었던 법이었으나, 결국 그 법을 통해 먼저 득을 본 것은 정부였다.

그가 도와주지 않았다면 디재스터급 귀환자는 디재스터라는 명칭에 걸맞은 재앙을 일으켰으리라.

'그동안 내가 아등바등 싸워 온 것이 무색해지는구먼.'

불과 반년 전까지만 하더라도 게이트 하나를 처리하기 위해서 전각련을 비롯한 길드들의 의견을 조율해야만 했다.

전각련과 끊임없이 신경전을 주고받았고, 그 무엇 하나 쉽게 진행할 수 없었다.

하지만 김시우가 나타난 이래로 모든 것이 변했다.

그를 오랜 시간 동안 괴롭혔던 전각련은 분열하기 시작했으며, 정부의 권한도 대폭 늘어났다. 일본과의 관계 역시 마

우리 교황님 좀
말려 주세요

찬가지였다. 자존심 높던 그들이 먼저 고개를 숙이고 들어왔을 정도였으니까.

그 모든 것이 결국 김시우의 존재로 인해 이루어진 일들이었다.

'차라리 그가 종교 집단의 수장인 게 다행이야.'

길드 같은 이익 집단의 수장이었다면, 정세는 또 다르게 흘러갔을지도 모르는 일이다.

그렇게 유선호 장관은 저녁 노을을 바라보며 자신의 생각을 천천히 정리했다. 그리고 김동식 팀장에게 말했다.

"대통령께는 내가 직접 보고를 드리겠네. 자네에게 3일의 특별 휴가를 주도록 하지."

"휴가 말씀이십니까?"

"근래에 정신없지 않았는가? 이번 기회에 아내와 자식에게 점수 좀 따고 오게나. 지금이 아니면 당분간 쉴 기회가 없을 것 같아서 주는 거야."

서 대통령의 주도하에 동북아 교류전이라는 희대의 이벤트가 확정되었다. 준비 기간이 그다지 여유롭지 않았기 때문에 얼마 뒤부터는 이능관리부의 전력을 쏟아부어야만 했다.

"배려해 주셔서 감사합니다."

"자네의 휴가가 끝나면 정신없는 나날들이 시작될 것 같으니. 우리 이능관리부에 있어서도 아주 중요한 분기점이 되어줄 교류전이네. 대통령께서 강력하게 추진하고 계신 만큼,

우리 역시 최선을 다해서 지원해야만 해."

김시우의 등장으로 인해 동북아의 세력 균형이 크게 뒤틀려 있었다. 이런 상황에서 서신우 대통령이 동북아 교류전이라는 빅 이벤트를 진행한다는 것은, 김시우를 중심으로 새 판을 짜겠다는 의지기도 했다.

유선호 장관은 의자에 등을 기대면서 작게 숨을 뱉어 냈다.

"추경예산이 통과되면, 그 예산을 이용하여 각성자 전력을 증강시킬 생각이야. 이번에 큰 위기에 빠진 하이브 길드의 몇몇 헌터들과도 물밑 협상이 시작되었어."

"바쁘신 것 같습니다, 장관님."

"은퇴가 머지않았는데 족적은 남기고 가야지 않겠나? 그때까지 자네가 날 좀 잘 도와주게."

은퇴라는 단어를 항상 입에 달고 다녔던 유선호 장관이었으나, 어쩐지 김동식 실장은 이번만큼은 그 말이 농담이 아닐지도 모른다는 생각을 했다.

"후후. 그래, 이제 나가 봐도 좋네."

"그럼 이만 물러가 보겠습니다."

"가족들과 좋은 시간 보내시게. 언제나 남는 건 가족뿐이니 말일세."

톡.

유선호 장관은 방에서 나가는 김동식 실장을 바라보면서 흐뭇하게 미소를 지었다.

우리 교황님 좀
말려 주세요

그의 뒤를 이어 줄 사람들을 위해서라도 아직 해야 할 일
이 남아 있었다.

"그래도 좋군."

그러나 그로서는 이력의 막바지에 찾아온 이 부산함이 썩
싫지가 않았다.

노인은 차갑게 식어 버린 차를 마시며 고개를 끄덕였다.

❧

헬기를 타고 성지로 돌아왔다.

성지라고 하기에는 거창하긴 하지만, 실제로 사람들은 이
곳을 성지라고 부르고 있었다.

레오와 루나가 인터뷰를 통해 몇 번 언급하기도 했고, 구
그라운드 제로라고 부르는 것보다는 이쪽이 훨씬 간편했기
때문이다.

헬기에서 내린 나는 마검을 든 채로 곧바로 새롭게 건설된
대장간으로 향했다.

고등학교 체육관만 한 크기의 대장간에서는 미리 연락을
받은 토비와 라파르트 대주교가 성화로의 불을 피워 둔 채로
나를 기다리고 있었다.

"오셨습니까."

"그래요, 준비는 다 된 겁니까?"

내 질문에 토비가 고개를 끄덕였다.

"예. 성하께서 말씀하신 대로 충분히 성화로를 달구어 두었습니다."

"이걸 녹여야 합니다."

나는 신성결계에 의해 완벽하게 봉인되어 있는 마검을 조심스럽게 바닥에 내려놓았다.

그 검을 본 토비의 표정이 잔뜩 찌푸려졌다.

"마검이군요. 이렇게나 끔찍한 피 냄새가 날 정도면, 셀 수 없이 많은 피를 묻힌 모양입니다. 그리고……."

"검에 사로잡힌 불쌍한 영혼들이 보입니다."

라파르트 대주교가 안타까워하는 목소리로 말했다.

내가 그를 이곳에 대기시켜 둔 이유도 전부 저 영혼들 때문이었다.

"라파르트 대주교께서 위령기도를 해 주셨으면 합니다."

"얼마든지 그리하겠습니다."

그들은 마검에 잡아먹혀 오랜 시간 고통받은 영혼들이다. 무저갱 속에서 고통받던 그들을 위로해 주는 일은 당연히 우리가 해야만 하는 의무기도 했다.

화르르륵.

토비가 몇 번 풀무질을 하자 곧 성화로 내부의 새하얀 불길이 거세게 타올랐다.

화로에 넣어 둔 최상급 신성석으로부터 피어오른 성화였

다. 최상급 신성석을 원료로 삼은 만큼 화로 속의 성화는 무척이나 뜨거우면서도 강렬했다.

"이제 넣어 주시면 됩니다."

"예."

나는 조용히 마검을 들어 성화로의 입구로 다가갔다. 마지막을 직감한 마검의 의지가 최후의 발악을 시작했지만, 달라지는 것은 없었다.

"끝까지 지저분하기는."

투우욱.

마검을 성화로에 던져 넣자 잠시 후 끔찍한 비명이 터져 나왔다.

─끼아아아아아아아아악!

수많은 혈겁을 단숨에 정화할 수는 없었는지, 마검은 성화로 속에서 꽤 오랜 시간 동안 형태를 유지했다.

그 시간 내내 비명이 이어졌지만, 이곳에 있는 그 누구도 입 밖으로 말을 내뱉지 않았다.

그리고 마침내 비명이 멎었을 때쯤.

사르르르륵.

드디어 마검이 조금씩 융해되기 시작했고, 검신에서부터 새하얀 불씨가 흘러나왔다.

불씨는 천천히 성화로 주위로 퍼져 나간다. 그리고 그 장면을 가만히 지켜보고 있던 라파르트 대주교가 조심스럽게 위령기도의 첫 운을 뗐다.

"자비로운 리멘님이시여. 제 기도를 들으시어, 이 길 잃은 자들에게 문을 열어 주시옵소서."

묵묵히 뻗어 나가는 대주교의 목소리에, 허공으로 퍼져 나간 새하얀 불씨가 환하게 빛을 내뿜었다

나는 그 모습을 바라보면서 두 손을 모았다. 그리고 슬며시 눈을 감았다.

"깊은 구렁 속에 갇혀 있던 영혼들이 당신의 자비를 구하나이다. 부디 이들을 불쌍히 여기시어 그들을 죄악에서 구원하소서. 그들에게 영원한 안식을 주소서. 영원한 빛을 그들에게 비추소서. 당신의 크신 사랑과 우리들의 신실함에 기대어 기도를 드리나이다."

라파르트 대주교가 나지막하게 위령기도를 끝마쳤을 때였다.

대장간의 천장에 설치된 유리창을 통해서 노을빛이 내려앉았다.

그리고 그 노을빛은 허공에 떠올라 있던 새하얀 불씨들을 따뜻하게 비추었다.

불씨에 닿은 노을빛이 반사되어 빛줄기를 만들었고, 그 빛줄기를 통해 불씨들이 서로 연결되었다.

우리 교황님 좀
말려 줘세요

참으로 아름다운 모습이었다.

나를 제외한 나머지 인원들도 그 기적과도 같은 절경을 그저 말없이 바라볼 뿐이었다.

> 당신의 주신이 기도에 응답합니다.
> 다른 차원계의 영혼들입니다. 〈차원계: 지구〉의 시스템이 〈차원계: 에덴〉의 주신좌 〈리멘〉의 개입을 묵인하며, 수많은 영혼을 구원한 당신의 선행을 존중합니다. 해당 사건은 〈인과율 적합 심사〉의 대상에서 제외됩니다.
> 십만의 영혼을 구원한 당신의 선행이 〈신목〉을 성장시킵……

새하얀 불씨가 노을빛에 천천히 녹아 들어갔고, 나는 마지막까지 불씨를 바라보면서 숨을 죽였다.

그렇게 얼마나 시간이 지났을까.

어느새 우리의 주위에는 단 하나의 불씨조차 남아 있지 않았다.

리멘이 검으로부터 해방된 영혼들을 하나도 남김없이 거두어 간 것이다.

"고생하셨어요, 라파르트 대주교."

"저에게 이런 영광스러운 일을 맡겨 주셔서 감사할 따름입니다. 교황 성하."

라파르트 대주교가 고개를 숙이면서 겸손하게 답했다.

이로써 모든 일이 마무리되었다.

길었던 하루였다. 아침에는 면접도 보고, 오후에는 디재스터급 귀환자를 처리하고, 마지막에는 희생자들을 위로하고, 간만에 찾아온 다이내믹한 날이었다.

"그럼 다들 이제 퇴근을……."

이렇게 많은 일이 있던 날에는 침대에 누워서 백설이의 볼을 만지작거리는 것이 최고다.

영혼을 해방시켜 주는 과정에서 신목이 성장했다고 하니, 가는 길에 들러서 확인하는 것도 좋을 것 같았다. 백설이도 아마 조금 더 컸겠지?

하지만 그때,

"성하, 아직 다 끝난 게 아닙니다."

토비가 새하얗게 빛나는 금속 덩어리를 든 채로 나에게 다가왔다.

어디서 난 건지는 모르겠지만, 아주 순수한 신성력이 느껴지는 금속이었다.

"성화로를 통해 마검을 융해시킴으로써 얻게 된 결과물입니다. 사악한 기운과 마력은 성화에 의해 완벽하게 소멸한 상태입니다. 검의 제작에 사용된 금속이 무엇인지는 모르겠으나, 제련 환경에 따라 금속의 성질이 바뀌는 것 같습니다. 손을 한번 올려 보시겠습니까?"

토비의 말에 따라 나는 그 금속 위에 손을 올렸다.

그러자 익숙한 뜨거움이 전해져 왔다.

"성화?"

"그렇습니다! 이건 이 난쟁이 놈조차 살면서 처음 보는 금속입니다. 성화를 품은 금속이라니! 당장에라도 제련해 보고 싶어서 몸이 근질근질합니다."

"이걸로 뭘 만들 수 있습니까?"

"말씀하시는 뭐든지요. 성검을 만들어 달라면 성검을 만들어 드릴 수 있고, 방패를 만들어 달라 하신다면 방패를 만들어 드릴 수 있지요."

성화를 품은 금속이라?

정말 예상외의 소득이었다.

성화는 신성력을 통해 발현되는 힘이었지만, 발현된 이후로는 신성력과는 사뭇 다른 성질을 보유하게 된다.

사악한 것을 불태우는 힘.

즉, 강력한 파마의 성질을 획득하는 셈이다.

그러한 성화의 특징을 지닌 금속이라면 신성석을 통해 만드는 다른 합금과 비교하더라도 강력한 수준의 파마력을 발휘할 것이 분명했다.

"땡잡았네."

역시 이래서 사람은 착하게 살아야 하는 모양이다. 길 가다가 금 송아지를 줍게 된 기분이었다.

"성질을 잘 이용한다면 재밌는 작품을 많이 만들 수 있을 것 같습니다. 말씀만 하십쇼! 밤을 새워서라도 만들어 드릴

라니까."

나는 통통한 주먹으로 자신의 가슴을 두드리는 토비를 바라보면서 슬며시 미소를 지었다.

뭘 만들어야 잘 만들었다고 소문이 나려나.

겨울방학

디재스터급 귀환자가 출현했던 사건 이후로는 별다른 일 없이 시간이 흘렀다.

전각련은 내부의 계파가 나뉘어 하루가 멀다 하고 서로 싸우고 있었고, 백명교 녀석들은 의외로 의료 봉사를 다니면서 자중하는 모습이었다.

덕분에 나 역시 아무런 고민 없이 신전과 집을 오가면서 휴식을 취했다.

정부에서는 동북아 교류전이 개최되기 이전에 전국의 빌런들을 뿌리 뽑겠다며 나날이 살벌한 행보를 이어 가고 있었다.

하이브 길드 소속의 헌터들이 대거 이능관리부로 넘어가

고, 끊임없이 각종 비리 사건들이 보도되고.

대한민국의 연말은 매일같이 터져 나오는 빅 이슈로 인해 그 어느 때보다 뜨겁게 달아오르는 중이었다.

외신에서는 이런 한국의 모습을 두고 '크레이지 코리아' 등의 별칭으로 부른다던가?

아무튼.

세상이 미쳐 버리건 말건, 나의 연말은 10년 만에 만끽하는 크리스마스 덕분에 아주 행복하다 할 수 있었다.

그토록 돌아오고 싶었던 지구에서 맞이한 크리스마스.

지난번 회식 멤버에다가 토비, 라파르트 대주교까지 더해서 아주 거창하게 파티를 열었다.

파티를 준비하느라 힘들긴 했어도 시연이가 아주 행복한 표정을 지었기 때문에 나 역시 뿌듯했었다.

오랜만에 연말 분위기를 즐겼달까?

"흐으음."

나는 토비가 만들어 준 하얀색의 너클을 손으로 만지작거리면서 한숨을 내쉬었다.

이 너클은 지난번에 마검을 융해시키면서 얻은 금속, 일명 불카늄(Vulcanium)으로 제작된 특수 너클이다.

신의 불꽃을 머금은 금속이라고, 인욱이가 붙여 준 이름이다. 내 동생의 네이밍 센스가 꽤 탁월하다는 걸 처음 알았다.

내 전투 방식이 무기보다는 주먹으로 싸우는 무투파에 가까웠던 탓에 토비는 나에게 두 가지 무기를 만들어 주었다.

너클과 건틀렛.

그 무기들은 한 가지 공통적인 기능을 지니고 있었는데.

화르르륵-!

성화를 압축시켜서 방출해 낼 수 있는 기능이 탑재되었다. 즉, 성화의 위력을 대폭 강화시켜 주는 촉매제가 되어 주는 셈이다.

불카늄 자체가 성화를 응축하는 성질을 지니고 있었기에 가능하다던가? 토비가 아주 열성적으로 설명을 해 주었지만, 워낙 쓸데없이 많은 정보였던 탓에 한 귀로 흘려 버렸다.

남은 불카늄은 추후 제작되는 장비에 첨가할 예정이라는 것만 들었다.

나는 너클에 손가락을 넣은 채로 가볍게 돌리면서 슬쩍 내 집무용 책상 너머를 바라보았다.

"저기요."

"예! 교황님."

"기도실도 있고, 지하 공간도 있고, 하물며 조금만 걸어 나가면 카페도 있는데. 왜 하필이면 제 집무실에서 과외를 하고 계시는지?"

회의를 위하여 가운데에 배치해 둔 넓은 책상에는 양복을 입은 젊은 남자와 하얀색 사제복을 입은 노인이 앉아 있었다.

젊은 남자의 정체는 우리 교단의 경영 고문 역할을 맡게 된 박지원 씨였다. 지난번에 면접을 봤던 그 남자 맞다.

박지원 씨에게 현대의 경영 지식을 전수받고 있는 노인은 당연히.

"쯧. 섭섭합니다, 성하. 꼭 이 늙은 놈을 신전 밖으로 내쫓으셔야 마음이 편하십니까?"

"저봐, 저봐. 꼭 자기가 불리할 때만 노인이래. 라파르트 대주교. 너무 비겁한 거 아니에요?"

68세의 만학도, 라파르트 대주교였다.

라파르트 대주교는 볼펜을 움켜쥔 채 한숨을 푹 내쉬었다.

"성하께서 이리도 매정하시니, 힘없는 늙은 놈은 그저 서러울 따름입니다. 어디 하소연할 곳도 없는 처지이온데……."

"……제가 미안합니다. 계속하세요, 과외."

"성하의 하해와 같은 자비로움에 감사드립니다. 지원 군? 계속합시다."

"좋습니다, 대주교님. 대주교님이 워낙 스펀지같이 지식을 빨아들이셔서 매번 감탄을 할 수밖에 없습니다."

"허허, 부끄럽군요. 그저 성실히 배울 뿐입니다. 이게 다 스승이 훌륭해서 그런 것 아니겠습니까?"

"하하하!"

"허허허."

둘이 성격이 안 맞으면 어쩌나 걱정했건만. 이쪽도 전혀 예상치 못한 찰떡의 케미를 자랑하는 중이었다.

　서로를 칭찬하는 그 모습이 어찌나 거북하던지, 사제 간의 끈끈한 정을 보고 있는 것만으로도 밥맛이 사라진다.

　"어후."

　절이 싫으면 중이 떠나랬다. 나는 차마 그 상호 그루밍의 현장을 끝까지 볼 자신이 없어서 자리에서 일어났다.

　그러자 사제지간이 동시에 나를 쳐다보았다.

　"어디 가십니까?"

　"급한 일도 없으니 잠시 외출 좀 하려구요. 날씨 좋잖아요."

　"교황님. 오늘 아침 뉴스를 보니 역대급 한파주의보가 발령되었다고 하던데……"

　"역대급 한파를 이때 아니면 언제 경험할까 싶군요. 그리고 오늘 시연이가 방학하는 날이라서 오래간만에 데리러 갈 생각입니다."

　그 말에 라파르트 대주교가 흐뭇하게 미소 지었다.

　"시연 아가씨를 데리러 가시는 거군요. 알겠습니다. 수행원은 딱히 필요 없으십니까? 레오 대주교라도 데려가시지요. 루나 단장은 견습 성직자들을 데리고 실습을 나갔습니다. 저녁이 되어서야 돌아온다더군요."

　우리 교단의 1기 교육생들도 정상적인 궤도에 올라섰다. 오준우 씨와 루나가 쉴 새 없이 교육생들을 갈아 넣은 덕에, 아주 기초적인 호신술 정도는 구사할 수 있게 되었다.

걸음마를 겨우 할 수 있는 수준이 되자마자 곧바로 지옥의
던전 뺑뺑이가 시작되었다.

토비가 직접 〈아나키〉 길드의 플레이어들을 데리고 공장
마냥 갑옷을 찍어 낸 덕분이다.

빵빵한 장비발이 아니었다면 병아리들을 던전으로 몰아넣
는 미친 짓은 못 했을 터였다.

"그렇게 해야겠네요. 그럼 레오를 데리고 다녀오겠습니
다, 라파르트 대주교. 그동안 신전을 잘 부탁드립니다."

"예, 성하."

나는 간단하게 코트를 챙겨 입었다.

그리고 나가기 전, 책상 옆 유리병에 담겨 있던 〈꿈틀거리
는 조각〉을 확인했다.

[꿈틀거리는 조각]
*성장률: 58%

내가 지금 여유로울 수 있는 이유 중에는 메인 퀘스트의
부재라는 이유가 포함되어 있었다.

기존의 메인 퀘스트는 클리어되거나 정지되어 있는 상태.

아마 이 녀석이 완전히 성장하기 전까지는 현재 상황이 유
지될 가능성이 높았다.

"그 전에 마음껏 즐겨야지."

바쁠 땐 바쁘더라도 즐길 땐 즐겨야지.

일이 닥치지도 않았는데, 나중의 걱정을 당겨서 할 필요까지는 없었다.

"다녀오겠습니다."

"다녀오십시오, 성하."

"조심히 다녀오십시오, 교황님."

나는 그들에게 가볍게 손을 흔들어 준 다음, 집무실의 문을 열고 나갔다.

꙳

시연이가 다니는 '서울제일초등학교'는 성지로부터 걸어서 20분 정도 거리에 위치해 있었다.

이름부터 심상치 않은 그 학교는 여러 가지로 유명했다.

대형 길드 소속 헌터들의 자제들이나, 고위직 공무원들의 자제 같은 사회 상류층이 주로 다니는 사립 초등학교.

그런 특수성 때문인지 헌터들을 경비로 고용하고 있었고, 여러모로 보안도 확실했다.

학비가 엄청 비싸다는 단점은 있었지만, 마침 우리가 이사 간 집에서 멀지 않은 편이어서 길게 고민하지 않고 그곳으로의 전학을 결정했다.

처음에는 적응하지 못하면 어떻게 하나 걱정하기는 했다.

시연이가 아직 10살이고, 저학년 때의 전학은 대부분이 싫어할 테니까.

하지만 시연이는 고맙게도 싫은 티를 하나도 안 냈다.

새로운 시연이네 담임 선생님의 말을 들어 보면 곧잘 적응을 하고 있다고는 하는데, 글쎄.

다음 학기까지는 두고 봐야 하지 않을까?

"성하, 도착했습니다."

창문 밖을 바라보면서 상념에 잠겨 있을 때쯤, 레오가 나를 불렀다.

"어, 그래. 레오야. 너 요새 운전 실력 엄청 많이 늘었다? 잘 뺀했어."

면허를 딴 이후로 나날이 운전 실력이 늘어나고 있는 레오였다.

인간을 뛰어넘는 운동신경의 소유자였으니, 어쩌면 운전 쯤이야 레오에게 무척이나 쉽게 느껴질 것이다.

참고로 루나는 요새 3억짜리 스포츠카 끌고 다닌다.

루나가 직접 병아리들을 데리고 토벌하는 던전에서 나오는 부산물들이 제법 짭짤했고, 그에 따라 막대한 양의 인센티브가 지급된 덕분이었다.

"주차장에 빈자리가 없어, 좀 멀리 주차해야 할 듯합니다."

"그래 보이네. 뭔 놈의 학교 앞이 이래?"

"하교 시간에는 보통 이렇습니다. 보통 부모님보다는 기사로 보이는 사람들이 아이들을 데리러 오더군요."

잘사는 집 자제들이라 이거지.

딱 봐도 경호원처럼 보이는 사람들이 정문 주변에서 대기 중이었다.

마력도 은은하게 느껴지는 것이, 하나같이 각성자, 그것도 헌터들인 것이 틀림없었다.

"먼저 내리시지요, 성하. 여기에 잠시 주차를 해 둘 테니, 시연 님을 이곳으로 모셔 오면 될 것 같습니다."

"그래."

차에서 내리자 곧 칼날 같은 바람이 얼굴을 스쳐 지나갔다. 한파주의보답게 아주 매서운 칼바람이었다.

오늘 최저 온도가 영하 16도라고 했나?

등교 시간을 낮으로 변경했기에 망정이지, 아침에 등교를 하라고 했으면 아마 대부분이 등교를 거부했을 것 같다.

그 정도로 추운 날씨였다.

아마 나도 신성력이 아니었다면 쌀쌀하다고 느꼈을 듯싶었다.

"그래도 타이밍 잘 맞춰 왔네."

때마침 정문에서 학생들이 걸어 나오는 중이었다. 방학식이 끝난 모양이었다.

그리고 나는 곧 하교 문화의 신세계를 경험하게 되었다.

학생 한 명 한 명이 나올 때마다 정문에서 미리 기다리고 있던 사람 중 하나가 달려가서 가방을 건네받았다.

정문 밖으로 나온 학생들 중에서 수행원이 없는 아이는 단 한 명도 없었다.

열이면 열, 백이면 백.

정문 앞에 거대한 크기의 주차장이 괜히 있는 게 아니었던 것이다.

"……신기하네."

나나 인욱이가 초등학교를 다닐 때만 하더라도 본 적이 없던 광경이다.

그때는 친구들이랑 같이 하교하는 낭만이라도 있었지, 이게 뭐람.

물론 그렇다고 해서 저렇게 아이들을 챙기는 것이 나쁘다는 뜻은 아니었다.

돈이 많고 여유가 있으니까 저렇게 해 주겠다는 건데, 그것을 두고 뭐라고 할 사람이 어디에 있을까?

다만, 아이들다운 맛이 없다는 게 아쉬울 뿐이었다.

그렇게 얼마나 기다렸을까.

드디어 노란색 떡볶이 코트를 입은 시연이가 정문 밖으로 걸어 나왔다.

다른 아이들과는 다르게 시연이는 나오자마자 곧장 우리 집이 있는 방향으로 걸어가기 시작했다.

나는 그런 시연이의 뒤로 다가간 다음, 시연이의 눈을 가리면서 말했다.

"누구게?"

"큰오빠! 헤헤, 나 데리러 왔어?"

"생각보다 안 놀라는 것 같네. 깜짝 놀래켜 주려고 한 건데."

"헤헤, 정문에서 나오자마자 오빠가 있는 걸 봤지! 일부러 모르는 척했어!"

요새 내 정신 나간 동료들이랑 자주 놀아서 그런가, 시연이 역시 나를 놀리는 맛에 빠져 버린 것 같다.

하지만 시연이는 귀엽고, 또 귀여우니까 봐주도록 하자.

나는 시연이를 꼭 껴안아 주었다.

"시연이 안 추워?"

"웅! 백설이 덕분에 하나도 안 추워."

스르르륵-.

미야아아아아.

아무것도 없던 바닥에서 아깽이 크기의 백설이가 모습을 드러냈더니, 내 다리에 머리를 비볐다.

이것은 지난번에 신목이 대폭 성장하는 과정에서 백설이에게 탑재된 일명 스텔스 기능이었다.

"오늘도 잘했어. 집 가서 츄르 먹자, 백설아."

미야아아!

츄르라는 단어 앞에서는 귀엽게 꼬리를 쳐 대는 백설이였지만, 저래 보여도 지금 마음만 먹으면 호랑이만큼 거대해질 수 있는 상태였다.

지난번 마검의 영혼을 해방시켰던 일이 신목에게 엄청난 영양분이 되어 줬던 것이다.

지금의 백설이 정도면…… 하위 S급 헌터와도 한바탕할 수 있을지도 모른다. 명색이 신수니까 말이다.

"오늘 방학식은 어땠어?"

"음, 별거 없었어! 큰오빠. 우리 이번 겨울 때 다 같이 눈썰매장 가면 안 돼?"

"인욱이 데리고 셋이서? 좋……."

"아니아니. 가족들 다! 아까 새로 사귄 친구들이랑 이야기했는데, 누구는 스키장을 빌린다고 하더라구. 나는 스키는 싫어. 옛날부터 오빠 손잡고 눈썰매장 가고 싶었어!"

'가족들 다'라고 하는 건 리멘 교단의 식구까지 모두 포함이겠지?

그것참 대가족일세.

하지만 저렇게나 좋아하고 있는데, 안 된다고 말할 수는 없었다.

나는 새끼손가락을 올리며 말했다.

"가자. 오빠가 약속할게."

"약속!"

시연이는 해맑게 웃으면서 내 새끼손가락에 자신의 새끼

손가락을 걸었다. 그리고 그때, 시연이의 배에서 귀여운 소리가 울려 퍼졌다.

꼬르르륵-.

"헤헤. 배고프다."

"우리 떡볶이나 먹으러 갈까? 레오 아저씨가 차에서 기다리고 있어."

"좋아!"

떡볶이라는 소리에 시연이가 힘차게 대답했다.

그렇게 나는 시연이의 손을 잡고 차가 있는 곳으로 되돌아갔다. 그리고 탑승하려던 찰나.

우우우웅-.

코트의 주머니에 넣어 둔 스마트폰이 울렸다.

"시연아, 잠깐만."

폰을 꺼내 확인해 보니 전화가 오는 중이었는데, 액정에는 꽤 오랜만에 보는 이름이 표시되고 있었다.

-서신우 대통령

요새 동북아 교류전 때문에 바쁘다더니만. 이 아저씨가 웬일로 전화를 했을까?

"시연아, 먼저 차에 들어가 있을래?"

"알았어, 오빠. 추우니까 빨리 들어와!"

나는 시연이를 먼저 차에 들여보낸 다음, 여유롭게 전화를 받았다.

그러자 스마트폰 너머로 힘 있는 목소리가 들려왔다.

-오랜만에 전화드립니다, 김시우 각성자. 날이 부쩍이나 추워졌는데 잘 지내십니까? 문득 생각이 나서 전화를 드렸습니다.

"저야 항상 잘 지냅니다. 그런데 어쩐 일로?"

-동북아 교류전에 관한 몇몇 사항이 확정되었습니다. 혹시 식사는 하셨습니까? 안 하셨다면 함께 식사를 하면서 가볍게 이야기를 나누고 싶습니다. 마침 리멘 교단의 성지와 가까운 곳에 있기도 하구요.

아무래도 편하게 쉴 날은 다 지나간 것 같다.

나는 전화기 너머로 안 들릴 정도로 작게 한숨을 내뱉었다. 그리고 나지막한 목소리로 말했다.

"어디십니까?"

⚜

시연이를 픽업한 지 30분 후.

"떡볶이가 입에 맞는지 모르겠어요, 시연 양. 먹을 만해요?"

"맛있어요! 감사합니다, 대통령 아저씨."

우리 교황님 좀 말려 주세요

"그래요. 많이 먹어요. 그 나이 때는 무엇이든 많이 먹는 게 좋습니다."

서 대통령은 시연이가 열심히 떡볶이를 먹는 모습을 흐뭇하다는 듯이 바라보았다.

나는 그가 손수 덜어 준 떡볶이를 포크로 찍어서 입에 집어넣었다.

우리가 흔히 사 먹는 배달 떡볶이와는 확연한 맛의 차이가 있었다. 떡도 아주 탱글탱글했고, 씹을 때마다 고추장을 비롯한 양념들의 풍미가 쏟아져 내렸다.

확실히 맛있는 떡볶이였다.

"맛이 어떻습니까?"

"아주 맛있습니다."

"하하! 저희 한식 조리장의 솜씨가 아주 훌륭합니다. 분식도 잘 만드는 편이라, 저도 매번 신세를 지고 있지요. 제 안사람보다 훨씬 나아요."

"대통령께서 말씀하셨던 가까운 곳이라는 게 이곳일 줄은 꿈에도 몰랐습니다."

시연이도 함께 데려와도 좋다기에 어디 음식점인 줄로만 알았다.

하지만 대통령이 불러 준 주소는 바로 이곳, 구청와대였다.

한때 대통령들의 거처였기도 한 이곳은 디멘션 오프닝 이후로 완전히 폐쇄되었다고 들었는데, 막상 와 보니 그렇지도 않았다.

곳곳에 관리가 제대로 되지 않은 흔적은 있었지만, 많은 인력이 투입되어 재단장이 이루어지는 중이었던 것이다.

"곧 개최될 동북아 교류전의 공식 행사를 이곳에서 진행할 계획입니다. 그래서 급히 시설 보수를 진행 중이었습니다."

"그렇군요."

"이곳을 저희에게 돌려주신 분이 바로 시우 님 아니겠습니까? 그래서 가장 먼저 시우 님을 초청하고 싶었을 뿐입니다."

이곳은 그라운드 제로와 꽤 가까운 곳에 위치한 장소였다. 만약 리멘이 아크를 해체해 주지 않았다면, 이곳의 창문을 통해 여전히 검은색의 장벽을 볼 수 있었을 것이다.

"그렇다면 이제 아예 이쪽으로 이사를?"

"하하, 임기 중에 집무실을 옮기는 건 힘든 일입니다. 세종시 청사를 계속 사용할 예정입니다. 이미 그쪽에 정부 기관 대부분이 자리 잡은 상태기도 하구요. 아마 이곳은 국가적인 행사가 있을 때만 사용하게 될 것 같습니다."

확실히 외부의 행사를 위한 장소로 이곳만 한 곳이 없기는 했다.

한때 대한민국 권력의 심장이었던 장소였으며, 지금에 와서는 대한민국이 디멘션 오프닝이라는 상처를 극복했음을 상징하는 장소가 되었다.

바로 앞에 펼쳐진 경복궁과 그 왼쪽에 자리 잡은 리멘 교단의 성지까지.

대한민국이 지니고 있는 여러 상징들과 맞닿은 장소임에는 틀림없었다.

그 이후로 나와 서 대통령은 가볍게 이야기를 주고받으면서 식사를 이어 나갔다.

그렇게 슬슬 식사가 마무리되어 갈 때쯤.

입가에 소스를 잔뜩 묻히며 먹고 있던 시연이가 포크를 내려놓으면서 말했다.

"잘 먹었습니다!"

"맛있었나요, 시연 양?"

"네! 그런데 대통령 아저씨! 저 부탁 하나만 드려도 될까요?"

만난 지 1시간 정도밖에 안 되었는데 대통령에게 부탁을 한다?

시연이에게 이런 뻔뻔함이 있었을 줄이야.

서 대통령은 갑작스러운 질문이었음에도 인자한 미소를 잃지 않았다.

"우리 귀여운 숙녀분의 부탁이라면 얼마든지 들어드릴 수 있지요."

"혹시 레오 아저씨랑 같이 이 건물 둘러봐도 될까요? TV에서만 보던 곳이라 엄청 궁금해요!"

"마침 본관에는 사람이 많이 없으니까 이번 기회에 실컷 뛰어놀아도 됩니다. 이 비서관? 우리 꼬마 숙녀님과 레오 대주교에게 이곳을 안내해 주게나."

"예, 대통령님."

그렇게 시연이는 신나는 발걸음으로 청와대 모험을 시작하였고, 레오와 함께 빠른 속도로 퇴장했다.

서 대통령은 그런 시연이의 뒷모습을 바라보며 작게 감탄사를 내뱉었다.

"……일부러 자리를 피해 준 것이군요. 시연 양은 정말 또래답지 않은 것 같습니다. 참으로 총명해요."

"원체 눈치가 빠른 아이거든요. 가끔은 또래다웠으면 좋겠다, 그렇게 생각할 때도 있습니다."

시연이는 아마도 내가 자신 때문에 서 대통령과 편하게 이야기를 나누지 못하고 있다 생각했을 것이다.

시연이라면 그러고도 남을 아이였다.

가끔은 나에게 떼를 좀 쓰고, 어리광을 부려도 좋을 텐데, 나를 다시 만났을 때 이후로 우는 걸 본 적이 없는 것 같았다.

"가끔 어른이 아이들을 배려해 주는 게 아니라. 아이들이 어른들을 배려해 주는 것 같다고 느낄 때가 있습니다."

서 대통령은 어느새 조리장이 내어 온 차를 나에게 권하면서 미소를 지었다.

"안 그렇습니까, 김시우 각성자?"

"동감합니다."

나는 고개를 끄덕였다. 그리고 은은한 국화 향을 풍기는 차를 한 모금 목으로 넘겼다.

차의 따스함이 몸으로 퍼져 나갔다. 긴장이 풀리는 듯한 기분이었다.

"식사 시간도 끝났으니, 슬슬 일 이야기를 시작해 봅시다."

"좋습니다."

"교류전 기간 동안 중국 측과 물밑 대화가 진행될 예정입니다. 잃어버린 땅, 즉 구 북한 지역이 주요 화제로서 논의될 것 같습니다. 그때 말씀드렸던 그대로 확정되었습니다."

그동안 자신들이 꽁꽁 싸맸던 이레귤러까지 움직일 정도라면, 확실한 이익을 염두에 두지 않고서는 셈이 맞지 않는다.

실력을 견주자는 애매모호한 목적보다는 차라리 이쪽이 훨씬 말이 된다.

"결국, 교류전의 결과에 따라서 대화의 방향도 달라지겠군요. 하여간에 양아치 같은 새끼들."

하루 이틀이 아니라서 이제는 별로 이상하지도 않다.

국제 관계에서 양아치가 아닌 관계가 있겠냐마는, 하는 짓을 보면 옛날부터 참 일관되었다.

남의 집에 들어와서 행패를 부린 다음, 돈을 뜯어 가는 놈들이 양아치가 아니면 대체 뭘까?

"교류전의 방식은 아직 확정되지 않았으나, 각국마다 10명의 각성자를 뽑은 다음, 5명씩 나누어 겨루는 방식으로 결정될 것 같습니다. 명단에 들어가는 10명 모두 최소 S급 헌터 이상의 실력자들로 구성될 예정입니다."

한 중 일 3국의 내로라하는 S급 헌터가 10명씩 모여서 실력을 겨룬다?

"아수라장이 되겠네요."

"일본 측과의 대련은 사실 크게 중요하지 않습니다. 적당히 유망주끼리 겨루는 선에서 조정될 겁니다. 메인 이벤트가 아니기 때문입니다."

"김 실장에게 듣기로는 대통령께서 일본의 참가를 밀어붙이셨다는데……."

"곤궁한 상대에게 빚을 주는 것만큼 남는 장사가 없습니다. 일종의 고리대금이라고 생각하시면 될 것 같군요. 제 이자는 비싼 편입니다."

체면을 세워 주는 대가로 더 많은 것을 뜯어낸다라.

이쯤 되면 대통령이 아니라 사채업자 같다. 왜 이 사람이 장사꾼이라고 불리는지 다시 한번 실감했다.

"리멘 교단 측에서 김시우 각성자를 포함하여 총 세 명을 지원해 주셨으면 합니다."

이 남자의 생각이 뭔지도 대충 예상이 간다.

"제가 교류전에 참가하는 것은 확답을 드릴 순 있지만, 다른 인원들의 참가에 대해서는 확답을 드리진 못하겠군요. 저희가 이래 보여도 종교인이라⋯⋯."

"저희 대신 싸워 달라는 게 아닙니다. 그저 평화를 위해서, 약간의 도움을 부탁하고 있는 겁니다."

서 대통령이 염두하고 있는 인원은 레오와 루나일 터. 나에게만 참가를 요청했던 지난번과는 조금 달라진 내용이다.

그만큼 서 대통령은 이번 기회에 확실히 하고 싶은 것이다.

그러나 나만 참가하는 것과, 레오와 루나까지 참가시키는 것은 엄청난 차이가⋯⋯.

"신전에 돌아가셔서 한번 읽어 보신 후, 여유롭게 답을 주시지요. 저희 측에서 리멘 교단에 합법적으로 제공할 수 있는 것들을 정리해 두었습니다."

그는 그 말과 함께 나에게 깨끗하게 정리된 서류 파일 하나를 건네주었다. 그리고 나와 눈을 똑바로 마주했다.

나는 그 서류 파일을 바라보면서 한숨을 푹 내쉬었다.

"장사꾼 맞으시다니까."

"최고의 칭찬, 감사합니다."

이 사람은 혹시 밥 대신에 구렁이를 먹는 게 아닐까.

⁂

대통령과의 식사가 끝나고 집으로 돌아가는 길.

나는 백설이를 꼭 껴안고 있는 시연이에게 넌지시 물었다.

"떡볶이 맛있었어?"

"응! 그런데 나는 엽전 떡볶이가 더 맛있는 것 같아."

한식 조리 경력 22년이라는 조리장의 떡볶이조차 프랜차이즈의 떡볶이를 이겨 내지 못했다.

참으로 안타까운 일이었다. 대통령에게는 비밀로 해야지.

"그래도 예쁜 건물 많이 구경했어. 나도 나중에 그런 건물 짓고 싶어."

"건물 짓고 싶어?"

"응. 엄청 예쁘고 크게 지어서 다 같이 살 거야. 특별히 큰 오빠한테 가장 큰 방 줄게. 할머니는 그다음으로 큰 방, 작은 오빠는 세 번째."

"역시, 대한민국은 혈연이지. 우리 시연이 다 컸네, 다 컸어."

"헤헤."

나는 시연이의 머리를 쓰다듬으면서 만족스럽게 미소를 지었다. 그리고 대통령이 마지막으로 해 줬던 말을 잠시 떠올렸다.

─중국에서 사전 답사를 위하여 각성자들을 파견했습니다. 금일 오전에 입국한 것으로 확인되었습니다. 그들이 찾아올 수도 있으니, 인지하고 계셨으면 합니다.

우리 고향 님 좀
말려 주세요

느낌이 살짝 싸했다.

지구로 귀환한 이후로 축적한 빅 데이터에 따르면, 보통 저렇게 말할 경우에는 대부분 문제가 발생하더라.

그렇기 때문에 아예 문제가 발생할 것이라고 가정하는 것이 훨씬 속이 편했다.

중요한 건 그 문제가 언제 발생하냐는 것인데…….

"성하, 도착했습니다."

"시연이만 집에 데려다주고 올게."

"예."

1층에 내려서 시연이를 집까지 데려다주었다. 그리고 인욱이에게 시연이를 인계한 다음, 다시 1층으로 돌아왔다.

마음 같아서는 이대로 퇴근하고 싶었지만 집무실로 돌아가서 확인해야 할 것이 이래저래 많았다.

대통령이 준 서류들도 한번 검토해 봐야 했고, 무엇보다 이 싸한 느낌이 마음에 걸렸다.

"가자."

"예."

차를 이용하면 성지까지는 5분쯤 걸린다. 다만, 여전히 성지에는 전국 각지에서 온 사람들이 가득했기 때문에 신전 앞까지 차로 이동하는 것은 불가능했다.

그래서 차선책으로 신전과 가장 가까운 주차장에 차를 댄 후, 도보를 통해 이동하는 수밖에 없었다.

평소 같으면 나와 레오를 알아본 사람들이 호들갑을 떨 만 도 한데, 어째서인지 성지의 분위기가 좀 묘했다. 어수선하 다고 해야 할까?

한파주의보가 발령돼서 그런가, 평소보다 사람이 적은 편 이라서 더욱 그렇게 느껴지는지도 모르겠다.

"분위기가 좀 이상합니다, 성하."

"나만 그렇게 느낀 건 아니었나 봐."

레오 역시 수상하다고 하는 걸 보면 단순한 기분 탓만은 아닌 것 같았다.

우리는 조금 더 빠르게 걸음을 옮겼고, 곧 신전의 입구가 보이는 곳까지 도달했다.

외곽 지역과는 다르게 신전 주위에는 사람들이 꽤 많았다. 그런데 그들은 하나같이 무언가를 보면서 웅성거리는 중이 었다.

"쟤네 뭐야?"

"갑자기 등장해서는……."

"아까 중국 말을 하는 걸 들었어."

웅성거리는 사람들 너머로 열댓 명쯤 되어 보이는 마력이 감지되기 시작했다.

나와 레오는 조용히 인파들을 헤쳐 나갔고, 곧 신전 앞에 서 펼쳐지고 있던 기묘한 대치 상황과 마주할 수 있었다.

신전의 계단 위, 하얀색 사제복을 입은 라파르트 대주교가 뒷짐을 진 채로 아래를 내려다보는 중이었으며, 그 밑에서는 누가 봐도 중국 국적의 각성자로 보이는 놈들이 라파르트 대주교를 노려보는 중이었다.

들려오는 말로는 대치 상황이 그리 오래 이어지진 않은 것 같았다.

"다시 한번 말한다. 교황 성하의 허락 없이는 날붙이를 든 채로 신전에 들어설 수 없다. 너희에게 우리의 교리를 강요하진 않겠으나, 성스러운 곳에서 무례를 범하는 것은 좌시하지 않을 것이다."

라파르트 대주교의 목소리는 부드러우면서도 묵직한 힘이 담겨 있었다.

그가 내뿜는 위압감에 중국의 각성자들은 모두 무기에 손을 올린 채로 라파르트 대주교를 경계하고 있었다.

그리고 그들 중 대장 격으로 보이는 여자가 잔뜩 얼굴을 찌푸리며 말했다.

"너희의 교황을 만나러 왔을 뿐이다."

"성하를 알현하고 싶다면 즉시 무장을 해제하고, 순순히 협조해라."

"말도 안 되는 소리! 너희에게는 우리의 무장을 해제시킬 권한은 없다. 당장 교황을 불러라. 우리의 인내심은 그리 깊지 않아."

어쩐지 아까 서 대통령의 말을 듣자마자 뒤통수가 싸하더

라. 내 몸은 이미 이런 상황이 벌어질 것이란 걸 직감하고 있었나 보다.

"성하, 제가 해결을……."

나는 레오가 나서려는 것을 손을 들어 멈춰 세웠다. 그리고 입꼬리를 히죽거렸다.

"나를 만나러 왔대잖아? 신전까지 찾아온 성의가 있으니, 이야기나 한번 들어 보자고."

생각해 보면 귀환한 이후론 처음 조우하게 된 중국 정부 소속 각성자가 아니던가.

도대체 어떤 개소리를 지껄일지 기대된다.

나는 천천히 앞으로 걸어 나가면서 말했다.

"우리 라파르트 대주교를 고생시켜서야 쓰나. 너희는 노인 공경이라는 것도 모르냐? 라파르트 대주교가 분명히 알아듣기 쉽게 얘기해 준 것 같은데. 뭐…… 알아듣지 못했다면 어쩔 수 없지."

중국의 각성자들이 일제히 나를 향해 시선을 돌렸고, 나는 그런 그들을 향해 싱긋 미소를 지어 주었다.

"알아듣게 해 주는 수밖에."

⚜

중화인민공화국 초인부 국제협력국 동북아 4팀 팀장 리

지에.

그녀는 국제 기준으로는 S급에 해당하는, 자(子)급의 헌터였다. 그 말은 십이지로 헌터의 등급을 분류하는 중국에서 충분한 강자로서 인정을 받은 사람임을 의미했다.

리 지에는 자신의 실력에 자신이 있었다.

비록 중국의 자랑이라고 할 수 있는 네 명의 초월자에 비해서는 손색이 있었지만, 그들을 제외하면 그 어디를 가더라도 떳떳한 수준이라 자신했다.

실제로 그녀가 초인부에서 근무해 온 4년 동안 그녀에게 맞설 수 있는 실력자는 그다지 많지 않았다.

그녀의 실력이 자급 헌터들 사이에서도 유난히 빼어난 편이었기 때문이다.

'어디서부터 잘못된 거지?'

이곳은 리멘 교단이라는 종교 집단의 신전.

상부의 명령에 따라 대한민국의 이레귤러인 김시우를 만나기 위해 도착한 곳이다.

처음에는 기세 좋게 도착한 곳이었고, 그다지 어려운 임무가 아닐 거라 생각했다.

디멘션 오프닝 이후로 한국이라는 나라는 세가 급격하게 기울었으며, 지금에 와서는 이빨 빠진 호랑이로 취급받고 있었던 상황이다.

비록 그들이 최근에 들어 반전을 노리는 중이었으나, 아무리 그렇다고 해도 소국 따위가 대국의 행사를 대놓고 방해할 것이란 생각은 못 했다. 불과 몇 달 전까지만 해도 그랬으니까.

그러나 귀신처럼 나타난 이상한 노인이 자신들을 가로막았으며, 그로 인해 대치 상황에 놓여 있던 상태였다.

노인에게서는 아무런 마력이 느껴지지 않았다. 그러나 그녀의 발달된 기감은 그녀에게 노인이 위험하다는 신호를 보냈다.

그래서 그녀는 쉽사리 신전 내부로 진입하지 못했다. 상부에 연락을 넣고, 계단 앞에서 대기하고 있었을 뿐.

상부에 지시에 따라 다음 행동을 결정하려고 했었던 그녀였지만, 안타깝게도 상황은 그녀가 원하는 대로 흘러가지 않았다.

"우리는 이 성지 안에서만큼은 너희에게 무장해제를 강제할 수 있는 특권을 가지고 있다. 대한민국 정부로부터 공식적으로 부여받은 권한이기도 하지."

숨 막히는 대치가 이어지고 있을 때쯤이었다.

뒤쪽에서 나타난 한 젊은 남자가 앞으로 걸어 나오고 있었다.

리 지에 그녀 자신이 남자의 접근을 눈치채지 못했던 것도 놀라웠지만, 더욱 놀라운 것은 그 남자를 보자마자 머릿속에서 피어오르는 감정이었다.

'……공포?'

저 위의 노인처럼 남자로부터는 아무런 기운이 느껴지지 않았다. 초인이 아니라 일반인처럼, 무색무취의 인물이었다.

덜덜.

하지만 남자를 바라본 순간, 그녀의 다리가 사시나무 떨리듯 후들거리기 시작했다. 그녀의 생존 본능이 당장에라도 이자리에서 멀어지라고 소리를 질러 대고 있었다.

리지에는 곧 그 검은 사제복을 입은 남자가 김시우라는 것을 깨달았다.

'저딴 게…… 교황일 리가.'

검은 교황이라는 별명이 붙은 이레귤러. 그러나 김시우에게는 종교 지도자가 으레 지니고 있을 법한 부드러움이나 인자함 따위란 없었다.

섬뜩함, 공포, 두려움.

눈빛만으로도 그러한 감정들을 끄집어내는 자에게 교황이라는 칭호가 어울릴 리가 없었다.

차라리,

'야차. 저놈은 야차다.'

수많은 생명을 잡아먹었다는 살인귀, 야차에 가까웠다.

바라보는 것만으로 공포를 일으키게 만드는 존재를 본 적이 있던가?

그녀는 머릿속을 되짚어 보았지만, 아무리 떠올려 봐도 없었다.

심지어 그녀의 직속상관이라고 할 수 있는 초월자 〈검귀〉 조차도 이 정도 수준의 공포감을 안겨 주지는 못했다.

"무기를 버려라. 나는 우리 라파르트 대주교처럼 오래 기다려 주지 않아. 1분. 딱 1분 준다. 그전까지 무장을 해제하지 않는다면, 대화고 뭐고 더는 없다. 내 인내심도 딱히 깊지 않거든."

김시우가 중국어가 가능했던가?

아니, 그렇지 않다. 김시우의 입 모양을 보았을 때, 그가 중국어를 하고 있던 건 아니었다.

아마도 김시우가 가지고 있는 능력 중 하나일 것이다.

리 지에는 침을 꿀꺽 삼키면서 주위를 둘러보았다.

이미 셀 수도 없이 많은 사람이 이 장면을 지켜보고 있었다. 일부는 스마트폰을 들고 사진까지 찍고 있었다. 이대로라면 위대한 대국의 자존심이 뭉개질 것임에 틀림없었다.

'그렇다고 저 끔찍한 괴물한테 달려들라고?'

이길 가능성이 없다.

둔감한 부하 놈들은 모르겠지만, 리 지에는 김시우에게 이빨을 드러낸 순간 이빨뿐만이 아니라 목까지 뽑힐 수도 있다고 생각했다.

저 위험한 남자라면 그리하고도 남았다.

"팀장, 어떻게 합니까?"

그녀의 뒤에 서 있던 팀원이 조용히 물었다.

"마력 감지기가 작동을 안 하는데, 어떻게 합니까?"

"저자는 검귀님과 같은 이레귤러다. 마력 감지기가 작동하지 않는 건 당연한 거야, 이 머저리 같은 새끼야."

리 지에는 부하에게 쏘아붙인 다음, 침을 꿀꺽 삼켰다.

"하지만 팀장! 저 한국 놈이 정말로 손을 쓰겠습니까? 아무리 이레귤러라고 하더라도 우리는 중화인민공화국의⋯⋯."

"진짜 그렇게 생각하냐? 진짜 저 괴물이 우리를 가만히 놔둘 것 같아?"

"30초 남았다. 팀원 간의 호흡이 그다지 좋지는 않은가봐."

김시우가 조롱하듯 말했다.

리 지에는 선택을 내려야만 했다. 조국의 자존심을 위해 무장을 해제하지 않든가, 아니면 자존심을 내려 두고 순순히 따르든가.

고민은 길지 않았다.

"다들 무기 버려."

"팀장님."

"닥치고 버려! 문책이야 당하겠지만, 이딴 외지에서 뒤지는 것보다는 나아."

그녀의 팀원들 모두가 불만스러운 표정이었으나 그녀의

명령을 거스르는 사람은 아무도 없었다.

채채챙-!

챙-!

리 지에는 부하들이 무기를 땅에 내려놓는 것을 확인한후, 마지막으로 자신의 단검 두 자루를 바닥에 내려놓았다. 그리고 김시우를 향해 조용히 말했다.

"무장을 해제했다."

"그러게 좋게 말할 때 들었으면 서로 기분 좋았잖냐? 좀 아쉽긴 하네. 너희가 차라리 내 말을 안 들었으면 더 재밌을 뻔했는데."

그때였다.

김시우가 눈 깜짝할 사이에 그녀의 앞으로 다가왔다. 눈으로 결코 좇을 수 없는 속도였다.

"지금 뭐⋯⋯."

"내가 성격이 좀 나빠서, 틀린 말을 들으면 꼭 정정하고 넘어가. 잘 봐라."

김시우는 입가를 히죽이면서 방금 전에 '한국 놈이 정말로 손을 쓰겠습니까?'라고 말한 그녀의 부하의 어깨 위에 손을 올렸다.

그러자 부하가 무릎을 꿇으면서 비명을 질러 대기 시작했다.

"끄아아아아아아악!"

김시우의 갑작스러운 무력행사에도 그녀는 아무런 말도 할 수 없었다.

그리고 그런 그녀를 향해 김시우가 조용한 목소리로 속삭였다.

"리멘 앞에서는 모두가 공평해. 한국인이든, 중국인이든. 신성한 신전 앞에서 무례를 저지르면 이렇게 되는 거야. 명심해라."

리 지에는 김시우의 말에 그저 고개를 필사적으로 끄덕일 뿐이었다.

김시우는 리 지에의 모습을 보며 만족스럽다는 듯이 어깨를 두드려 주었다. 그리고 천천히 등을 돌리며 말을 맺었다.

"이제야 대화할 자세가 된 것 같네. 따라와라."

그녀는 김시우의 등을 바라보면서 입술을 깨물었다.

'우리가 호랑이 굴에 제 발로 들어왔구나.'

그것을 깨달았을 때는 이미 늦어 있었다.

❧

꼭 똥인지 된장인지 찍어 먹어 봐야 아는 놈들이 있다.

내 앞에서 지금 잔뜩 움츠린 이 중국 여자만 봐도 그렇다.

아니지, 이 여자 정도면 그래도 찍어 먹기 전에 알아차리기는 했다. 다만 부하의 경솔한 말에 연대책임을 지고 있을 뿐이다.

"표정 안 펴?"

"예, 예."

리 지에라고 자신을 소개한 그녀는 내 말에 화들짝 놀라면서 고개를 끄덕였다.

'이 정도면 S급 헌터 중에서도 좀 치는 수준이겠네.'

최 대표에 비해서는 손색이 있는 수준이었으나, 확실히 오준우보다는 강할 것 같다.

하기야 중국의 선발대로서 사전 답사하러 온 건데 어중이떠중이를 보냈을 리야 없겠지.

게다가 아까 전의 일로 적의를 지니고 있을 법도 한데 저렇게 저자세로 나오는 걸 보면 눈치까지 장착했음을 의미한다.

실언을 최대한 방지하겠다는 강력한 의지.

이 녀석이 실언을 조금이라도 더 내뱉었다면 그것을 핑계로 손 좀 봐줄 생각이었다만, 아쉽게 되었다.

"차 들어. 국화차야."

"감사……합니다."

나는 서 대통령이 선물로 준 국화차를 그녀에게 대접해 주었다.

리 지에는 떨리는 손으로 차를 마셨다. 중국인이라서 차를 좋아할 줄 알았는데, 그것도 아닌가?

"차 싫어해?"

"좋아, 좋아합니다."

"그럼 좀 기분 좋게 마셔."

"예."

그 말에 리 지에가 힘겹게 입꼬리를 올리면서 차를 마셨다. 얼굴은 울상인데, 입꼬리만 올라가 있는 모양새가 꽤 코믹했다.

전형적인 한족 미녀의 느낌을 주는 리 지에였으나, 역시 사람은 표정이 반은 먹고 들어간다. 이도 저도 아닌 표정을 짓고 있으니 그저 웃길 따름이었다.

"미리 말하자면, 지금 너희에게 시간이 그렇게 많지는 않다. 우리 라파르트 대주교가 루나에게 복귀하라는 명령을 내렸다더라고. 전속력으로 오고 있을 테니까…… 30분? 30분 안에 이곳에 찾아온 용건을 끝내야 할 거야."

만약 신전에 라파르트 대주교가 아니라 루나가 남아 있었다면 결과는 달라졌을 것이다.

루나라면 일단 철퇴부터 휘두르고 봤을 거다.

리 지에의 부하들은 현재 신전의 앞에서 대기하고 있는 상태.

그들이 돌아온 루나와 조우한다면? 아마 살아 있는 것이 더 괴로울 정도로 박살 날 것이 분명했다.

"너희가 우리 신전에 기도를 드리러 오지는 않았을 테고. 뭐 때문에 온 거야?"

"제안을…… 제안을 하나 드리려고 왔을 뿐입니다."

"제안을 하러 온 놈들치고는 너무 불순하던데, 중국은 원래 이런 식으로 일을 처리하나?"

내 지적에 리 지에는 그저 고개를 숙일 뿐이었다.

"……정말 죄송합니다."

"당연히 죄송해야지."

어떤 제안을 하려는지는 모르겠다만, 아마 그것만이 전부는 아니었을 거다.

딱 봐도 이 여자는 상대를 탐색하는 것에 능한 각성자였다. 그리고 이런 사람을 나에게 보냈다는 것은, 내 힘을 파악하고자 했던 의도라고 보아도 무방했다.

도둑이 제 발 저린다고, 그렇기 때문에 이 여자가 이렇게 잔뜩 위축되어 있는 것이다.

나는 찻잔을 책상 위에 가볍게 내려놓았다.

"제안이나 한번 들어 보자. 무슨 이야기를 할까 궁금하긴 하네."

"이것은 저희 쪽의 비공식적인 제안입니다. 외부에는 되도록 이야기가 안 나갔으면 합니다."

"알겠으니까 본론이나 꺼내. 루나 복귀까지 27분 남았다."

리 지에는 크게 숨을 들이쉬었다. 그리고 한층 정돈된 목소리로 이야기를 시작했다.

"리멘 교단 같은 신흥 종교들에 가장 필요한 것은 많은 신도라고 생각합니다."

"그건 모든 종교가 마찬가지야. 그런데 그게 왜?"

신도 숫자는 곧 종교의 교세와 직결된다.

여기까지는 당연한 이야기다.

그런데 이 당연한 이야기를 이 녀석들이 갑자기 왜 꺼내는 걸까?

"이미 알고 계시겠지만, 저희 중국은 디멘션 오프닝 이후로도 세계에서 가장 많은 인구를 보유한 국가입니다. 리멘 교단의 신도가 되어 줄 수도 있는 인구가 전 세계에서 가장 많다는 뜻입니다."

"재밌네. 계속해 봐."

"비록 지금은 당에서 리멘 교단이 중국에 들어오는 것을 막고는 있지만…… 리멘 교단의 태도에 따라서 정책은 얼마든지 바뀔 수 있습니다. 어쩌면 당 차원에서 전폭적인 지지를 보내 줄 수도 있습니다. 정부의 힘이 약한 대한민국은 모르겠지만, 저희 당의 힘은 건재합니다. 아니, 오히려 디멘션 오프닝 이전보다 더욱 강력해졌습니다."

14억 인구에게 포교를 할 수 있게 해 주겠다.

제안을 정리하자면 그랬다.

꽤 탐스러운 당근이기는 했다. 14억이라는 숫자가 뉘 집 개 이름도 아니니까. 디멘션 오프닝이라는 재앙 이후로도 그 정도의 인구를 유지했다는 것도 신기했고.

그러나 저 녀석들이 아무런 목적도 없이 그걸 내어 줄 리가 없었다.

"셀링 포인트가 뭔지는 알겠고. 조건은?"

"리멘 교단에서 이번 동북아 교류전에 참가하지 않는 것입니다. 리멘 교단은 어디까지나 종교 단체. 국가의 행사에 참여할 의무는 없지 않겠습니까? 단지 그 조건뿐입니다. 그렇게 해 주신다면 저희 본토에 신전을 짓는 것도 허가해 드릴 예정이고, 당 차원에서 리멘 교단의 포교 활동을 적극 지원하도록 하겠습니다."

겉으로 보기에는 달콤하게 들릴지도 모르는 제안이었다.

14억 인구, 적극적인 포교 허가.

교세를 말도 안 되게 확장할 수 있는 기회.

참 중국다운 제안이다 싶었다.

그러나 나는 대답 대신에 그저 리 지에의 눈을 들여다보았다. 나와 눈을 마주친 그녀의 눈빛이 쉴 새 없이 흔들리고 있었다.

"네가 봐도 병신 같은 제안이긴 하지?"

"……저는 그저 전달자일 뿐입니다."

"자, 정리해 보자고."

나는 천천히 자리에서 일어섰다. 그리고 리 지에의 등 뒤로 다가갔다.

"대한민국의 뒤통수를 치고, 중국의 신도들을 받아들여

라. 우리가 걸어 주는 목줄만 순순히 착용한다면, 배가 터지도록 먹이를 주겠다, 이거 맞지?"

내 말에 리 지에는 아무런 대답조차 하지 않았다. 아니, '못 했다'가 더 맞는 표현이겠지.

눈이 달린 이상, 지금 내 기분이 어떤지 모를 리가 없으니까.

나는 얼음처럼 굳은 리 지에를 내려다보았다. 그리고 나지막한 목소리로 말했다.

"우리를 호구 등신처럼 취급하는 놈들에게 내가 도대체 뭐라고 대답해야 할까? 리 지에, 네가 한번 대답해 봐."

답은 이미 정해져 있었다.

꙰

"그래도 손님 대접한다고 내준 차인데, 끝까지는 마시지. 쯧."

나는 찻잔에 반쯤 남아 있는 국화차를 보면서 혀를 찼다.

리 지에는 돌아갔다.

마음 같아서는 싹 다 엎어 버리고 싶었지만, 나중을 위해서 잠시 참았다.

인내는 성직자의 미덕.

게다가 고작 S급 헌터 나부랭이 하나 잡는 선에서 이번 일을 마무리하고 싶지 않았다.

그딴 쓰레기 제안을 들은 순간, 이미 마음을 굳혀 버렸다.

그 제안은 제안이라기보다는 차라리 모욕이었다. 중국에서 종교를 어떤 식으로 관리하는지 익히 들어 알고 있었기 때문이다.

녀석들은 겉으로 종교의 자유가 있다고 주장한다.

하지만 실상을 까 보면 그렇지 않다. 어디까지나 '당에 반하지 않는 종교의 자유'일 뿐이다.

14억 인구에게 포교를 하는 대가로 녀석들은 자신들의 입맛에 맞게 교단을 억죌 것이다.

불 보듯 뻔한 미래였다.

14억을 대가로 교단을 한 국가에 종속시키라는, 그런 말도 안 되는 제안이었다.

"분을 삭이시지요, 성하."

"라파르트 대주교가 아니었다면 아마 저놈들, 신전 내부로 쳐들어왔을 겁니다."

"그런 일이 벌어지지 않게 하는 것이 제 역할입니다."

라파르트 대주교가 부드러운 목소리로 말했다.

아까 신전 앞에서 전투가 벌어졌다면 아마도 라파르트 대주교 선에서 마무리되었을 것이다.

하지만 라파르트 대주교는 자신의 힘을 드러내지 않았다. 그저 신전의 입구를 막고 서 있었을 뿐.

"성지에서 일어나는 모든 일은 리멘의 사도이신 성하만이 주관하실 수 있습니다. 저희는 그저 성하와 리멘의 뜻을 섬길 뿐입니다."

"저쪽에서 먼저 공격했으면요?"

"벌어지지 않은 일을 굳이 생각할 필요가 있겠습니까, 허허. 그런데 성하, 저들이 도대체 뭐라 하였기에 그리 화가 나신 겝니까?"

라파르트 대주교의 질문에 나는 의자에 앉으면서 답했다.

"많은 신도를 얻게 해 줄 테니 자기들을 주인으로 모시라더군요."

"중국이란 나라는 지원 군이 제게 가르쳐 주었던 그대로인 듯합니다."

"뭐라고 가르쳐 줬습니까?"

"대국이라 부르기에는 인간들의 속이 너무 좁고, 그렇다고 소국이라 부르기엔 땅이 쓸데없이 넓으니, 그리하여 중국이라 부른다더라, 그리 가르쳐 주었지요."

이렇게 보면 참 대단한 나라기는 하다. 어떻게 까도 까도 깔 게 남아 있는지 모르겠다.

"국가와 종교가 동행하는 모습이야말로 리멘께서 가장 원하시는 모습이 아닐까, 이 노인네는 그리 생각합니다."

"그럴 겁니다."

종교가 국가를 잡아먹는 모양새도, 국가가 종교를 통제하는 모양새도, 그 어떤 모양새도 리멘의 눈에는 좋게 보이지 않았을 것이다.

전쟁 직후의 에덴에서 우리 교단이 엄청난 교세를 자랑함에도 국가를 세우지 않았던 이유도 거기에 있었다.

"불균형은 갈등의 어머니입니다. 성서에도 나와 있듯, 리멘께서는 균형을 추구하십니다. 자식된 저희로서는 그분의 뜻을 따라가는 것이 맞습니다. 아주 잘하셨습니다, 성하."

라파르트 대주교는 인자한 미소와 함께 고개를 끄덕였다.

확실히 교단에 큰 어른이 있고 없고가 이렇게나 중요하다.

만약 레오와 루나만 있었다면…… 지금 당장 쫓아가서 가루로 만들어 버리겠다는 이야기만 튀어나왔으리라.

다시 생각해도 라파르트 대주교를 데려오기를 잘했다. 이 할아버지도 성격이 보통은 아니었지만, 적어도 통제 불가능한 수준까지는 아니었다.

앞으로도 그는 훌륭한 중재자가 되어 줄 것이다.

나는 라파르트 대주교를 바라보면서 가볍게 숨을 뱉어 냈다.

화가 나기는 하지만, 정작 그 화를 준 놈들이 중국이었기 때문에 빠르게 납득할 수 있었다.

오히려 이번 일을 통해서 한 가지를 확실하게 깨달았다.

저 녀석들은 확실히 밟아 주기 전까지는 제대로 정신을 못 차린다는 것.

녀석들의 땅에 정화자 놈들이 암약하고 있다는 것을 떠나서, 중국이라는 국가 자체가 우리 교단의 앞길에 방해가 될 것은 틀림없었다.

따라서 행동을 망설일 이유가 없었다.

"박지원 씨는 퇴근했습니까?"

"혹시 몰라서 지하 기도실에 잠시 피신을 시켜 두었지요. 지원 군은 오후 6시가 되어서야 퇴근할 수 있습니다. 성하께서 그리 정해 두셨잖습니까."

"다행이네요. 레오야? 가서 박지원 씨 좀 데려와 줄래?"

"알겠습니다, 성하."

이 일이 단순히 대한민국뿐만 아니라 교단의 미래와도 밀접하게 연관되어 있다는 것을 깨달았기 때문이다.

아마도 중국은 목에 칼이 들어오기 전까지 저런 자세를 유지할 것이다. 그리고 스스로 자세를 교정할 생각도 못 하겠지.

그러니까 우리가 직접 자세를 바로잡아 줄 필요가 있었다.

마침 동북아 교류전이라는 좋은 명분이 우리에게 있지 않은가?

"동북아 교류전에 레오와 루나까지 내보낸다면…… 충분한 교육은 될 것 같고."

서 대통령의 부탁을 들어줘야 할 것 같다.

원래는 고민을 해 볼 생각이었지만, 방금 전의 일로 마음이 확 바뀌었다.

그리고 이왕 이렇게 된 거, 서 대통령이 우리 교단에게 제공하겠다는 것들 역시 제대로 검토해 봐야겠다.

공과 사는 확실히 구분해야지.

어차피 하게 될 일, 저쪽에서 주겠다는 걸 거절할 필요까지는 없잖아?

우리의 경영 고문 박지원이라면 아주 실속적인 혜택으로만 딱딱 골라 줄 것이 틀림없었다.

"맞다. 라파르트 대주교."

"예, 성하."

"루나를 호출했다고 하지 않았어요? 이 시간이면 도착하고도 남아야 하는데, 무슨 일 있나?"

"혹시 딴 길로 샌 것 아니겠습니까?"

"딴 길이요?"

라파르트 대주교가 직접 호출했으면 그럴 리가 없다. 루나가 라파르트 대주교를 얼마나 두려워하는데 말이야.

원래의 라파르트 대주교라면 화를 내고도 남을 상황.

하지만 어째서인지 그는 알 수 없는 미소를 짓고 있을 뿐이었다.

"허허."

……도대체 이 노인은 무슨 생각을 하고 있는 걸까.

나는 가끔 내 사람들이 두려워지고는 한다.

그런데 루나는 진짜 어디로 간 거지?

❧

서울시 강남구에 위치한 한 호텔.

호랑이의 아가리에서 겨우 살아나온 리 지에는 자신의 상관과 통화를 하는 중이었다.

"리멘 교단 측에서 제안을 일언지하에 거절하였습니다. 이미 그들은 저희를 적대하기로 마음먹은 것 같습니다. 죄송합니다, 부장님."

−리 지에. 미튜브를 통해 우리 쪽 인원이 무릎을 꿇는 모습이 돌아다니고 있다더군. 그런 모멸을 받을 바에 차라리 검이라도 뽑지 그랬나?

"……도저히, 도저히 뽑을 수가 없었습니다."

뽑았으면 죽었을 것이다.

리 지에는 아까 전에 느꼈던 김시우의 진득한 살기를 떠올렸다.

교황이라기보다는 차라리 야차가 어울렸던 남자.

단검을 뽑았다면 아마 지금쯤 자신은 이 세상을 떴을 것이다.

그러나 자신의 상관 앞에서 차마 그 속마음을 드러낼 수는 없었다. 굳이 그 말을 꺼내서 상관의 심기를 더 건드리고 싶지는 않았다.

─그 녀석이 어떻게 싸우는지 정도는 알아 오기를 바랐건
만, 내가 그동안 너를 과대평가했던 건가?

"입이 백 개라도 드릴 말씀이 없습니다."

─그나저나 감히 소국의 사이비 교주 주제에 대국의 자비
를 거절하다니…… 생각보다 훨씬 멍청한 놈이구나. 참으로
방쯔다운 판단력이야. 대국에서 뜻을 펼칠 기회를 스스로 날
린 것 아니더냐?

타국의 이레귤러를 이토록 무시할 수 있는 사람은 중국에
서 오로지 넷뿐이었다. 그리고 지금 리 지에와 통화하고 있
는 남자는 그중에서도 자존감이 특히 높기로 소문난 자였다.

검귀 왕 웨이.

북부전구를 담당하고 있는 초월자.

중국에서는 자국의 이레귤러를 두고 초월자라고 표현하고
는 했다. 그만큼 인간을 벗어난 존재들이란 뜻이었다.

─스스로 복을 걷어찬 놈 따위는 더 이상 중요하지 않다.
이번 교류전에서 실수인 척, 목숨을 끊으면 그만일 뿐. 리 지
에. 너에게는 아직 많은 임무가 남아 있기에 이번만큼은 넘
어가 주도록 하겠다.

"감사합니다!"

─감사하기는 이르지. 남은 임무는 성공할 것이라 믿는다.
추가적인 지원이 필요하다면 곧바로 요청하도록 해라. 소국

의 인재라도 필요하다면 등용한다. 그것이 현재 본국의 방침
이니까. 알겠나?

"예. 명심하겠습니다."

툭.

리 지에는 왕 웨이의 통화가 끝나자마자 전화기를 침대에
던져 버렸다.

그리고 강하게 조여 두었던 넥타이를 풀어 헤치며, 숨을
크게 뱉어 냈다.

"후우."

이번 한국행이 편할 거라 생각하지는 않았다. 하지만 첫날
부터 이런 상황에 놓일 것이란 건 꿈도 꾸지 못했다.

김시우를 막연히 왕 웨이 같은 사람으로 생각했던 것이 화
근이었다.

힘에 취해 있고, 권력욕에 불타오르는 남자.

김시우 역시 왕 웨이처럼 그러리라고 생각했다. 한국이라
는 작은 나라의 희망이라고까지 불리고 있었으니, 스스로에
게 취해 있을 거라 판단했다.

'설득할 수 없는 사람.'

신념으로 가득 찬 사람을 회유하기 위해서는 먼저 신념을
꺾는 수밖에 없었다. 신념을 꺾지 못한다면? 회유란 건 처음
부터 성립할 수 없다.

"하아."

지나간 기차를 잡을 수는 없었다. 김시우를 회유하지 못했다는 실망감보다는, 김시우로부터 살아 나왔다는 안도감이 더 컸다.

리 지에는 한숨을 푹 내쉰 다음, 자신의 서류 가방에서 서류들을 꺼냈다.

그 서류들에는 내일 만나 봐야 할 한국의 S급 헌터들에 대한 정보가 적혀 있었다.

빼어난 미모를 자랑하고 있는 여자가 있었는데, 그녀의 이름 옆에는 붉은색 별표가 표기되어 있었다.

왕 웨이가 직접 뽑았다는 의미였다.

"백설화…… 빙결 마법을 사용하는 S급 헌터라."

특이 사항으로는 미튜브 채널을 운영하고 있다는 것. 왕 웨이는 아마 그녀의 능력보다는 외모에 관심을 둔 것이 분명해 보였다.

'내일은 이 중에 최소 셋은 설득해야만 한다.'

그녀에게 내려진 가장 중요한 임무는 이 좁은 나라의 인재들을 중국으로 데려오는 것.

이번 동북아 교류전을 통해 세상은 동북아시아의 패자가 누구인지 똑똑히 알게 될 것이다. 그렇게 된다면 이 소국의 인재들 역시 자신들의 꿈을 펼칠 수 있는 땅이 어디인지 깨닫게 되리라.

그때를 대비하여 사전 접촉을 하는 것이 리 지에가 맡은 가장 중요한 임무였다.

"빨리 자야겠어."

내일은 만나야 할 사람들이 많았다.

그녀는 최대한 신속하게 서류들을 훑어 내려갔다.

그렇게 얼마나 시간이 흘렀을까?

목 근육이 살짝 뻣뻣해질 때쯤, 리 지에는 무언가 잘못 흘러가고 있음을 느꼈다.

'……우리 애들의 기척이 안 느껴져.'

그녀가 있는 이 호텔 스위트룸 앞에는 그녀의 부하 직원들이 철저하게 경계를 서는 중이었다.

하지만 언제부터인가 그들의 기척이 느껴지지 않았다.

아까 낮에 김시우로 인해 그녀의 감각이 충격을 받아서인 걸지도 모른다.

리 지에는 들고 있던 서류를 옆에다 내려놓았다.

그리고 침대 밑에 숨겨 두었던 자신의 단검을 조심스럽게 움켜쥐었다.

그때였다.

콰지지이이익.

"쉬이이이이잇."

"끄으으으읍!"

아무것도 없던 뒤쪽에서 나타난 괴한이 그녀의 목을 짓눌렀고, 리 지에는 반항할 새도 없이 바닥에 쓰러졌다. 단검을 휘두르려고 했으나, 그것조차 할 수 없었다.

쓰러지는 순간에 괴한이 그녀의 양쪽 어깨를 부서뜨렸기 때문이다.

익숙한 공포가 그녀의 몸을 잡아먹기 시작했다.

낮에 느꼈던 그 공포가 다시 고개를 들어, 리 지에의 밑바닥부터 물어뜯고 있었다.

리 지에는 고개를 옆으로 돌리면서 괴한을 쳐다보았다.

청바지에 라이더 재킷.

라이더 재킷은 괴한의 볼륨감을 숨겨 주지 못했다. 괴한은 누가 봐도 여성이었다. 그리고 그녀는 자신의 목소리를 숨길 생각이 없어 보였다.

"네가 우리 할배한테 덤빈 년이구나? 할배가 자기 대신 손 좀 보라고 해서 와 봤는데, 고작 이딴 수준으로 그 노친네한테 덤벼든 거야? 배짱도 좋아라. 너 그 할배가 20년만 젊었어도 그 자리에서 죽었어."

허스키한 여성의 목소리가 리 지에의 귓가를 파고들었다.

"너랑 뜨거운 밤을 보내기 위해서 밖에 있는 놈들은 미리 처리해 뒀지. 걱정하지 마. 아무도 이곳에 못 들어올 거야."

괴한은 왼손으로 리 지에의 몸을 들어 올린 채, 천천히 침대를 향해 걸어갔다.

그리고 그녀는 곧 침대 위에 흐트러져 있던 서류를 발견했다.

"음?"

아는 얼굴이라도 있었던 모양인지 괴한은 오른손으로 서류 한 장을 집었다.

"설화? 너, 우리 상큼이한테 관심 있어? 그러면 곤란한데. 얘 이미 좋아하는 사람이 있거든."

"흐으으윽. 제발…… 제발 살려 주세요. 네?"

"얘도 참. 내가 이래 보여도 성기사란다. 막 사람을 죽이지는 않아. 걱정하지 마."

괴한은 리 지에의 귓가에 허스키한 목소리로 속삭인 후, 그녀를 침대 옆 의자에 앉혔다.

리 지에의 저항 의지는 이미 꺾여 있었다.

괴한, 아니 루나는 그 사실을 잘 알고 있었다.

"자아."

루나는 의자를 끌고 와 리 지에의 앞에 앉았다. 그리고 복면을 벗어 바닥에 던진 다음, 활짝 웃으면서 말했다.

"지금부터 내가 묻는 말에 대답만 잘해 주면 돼. 그럼 아무 일도 없을 거야. 무슨 말인지 알지?"

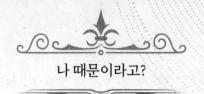

나 때문이라고?

다음 날 아침.

통보도 없이 외박을 한 우리의 불량 성기사, 루나 레벤톤이 신전으로 돌아왔다.

"성하, 저 왔어요."

도대체 어디에서 잠을 그렇게 푹 잤는지, 루나의 혈색은 그 어느 때보다 좋았다.

그뿐만이 아니었다.

집무실 내에 은은하게 풍기는 이 향기는 분명히 향수를 뿌리고 온 것이었다. 딱 봐도 비싼 향수가 틀림없었다.

"그런데 그 와인 세 병은 뭐냐? 네 돈 네가 쓰는 걸 뭐라고 하는 건 아니지만……."

"아, 이거요? 친구가 룸서비스로 시킨 거 남아서 챙겨 왔어요. 10병 시켰는데 7병만 마시고 3병은 성하 드리려고 가져왔죠."

루나의 손에는 아주 고급스럽게 포장되어 있는 와인이 3병이나 들려 있었는데, 그 겉면에는 무슨 호텔의 이름이 적혀 있는 것 같았다.

"아, 그렇구나. 룸서비스 와인이구나. 몰랐······."

잠깐만.

성기사가 외박을?

그것도 호텔에서?

"라파르트 대주교."

"예, 성하."

"우리 루나 레벤톤 경께서 저렇게 당당하게 나오시는데 도대체 제가 어떤 징계를 내려야겠습니까?"

성기사가 교황의 허락도 없이 움직인 것도 문제인데, 외박까지 했다는 건 아주 심각한 문제다.

성기사단 내부의 규율에도 어긋나고 말이다.

그러나 라파르트 대주교는 국화차를 마시면서 미소를 지었다.

"제가 파견했습니다. 교황청의 국무원장에게는 성기사를 파견할 수 있는 권한이 있지요."

"어쩐지."

어제 루나가 복귀하지 않았는데도 화를 안 내더라.

평소 같았으면 당장에라도 쫓아가서 머리채를 잡고 끌고 왔을 텐데, 왜 그렇게 평온한가 싶었다.

"그런데 라파르트 대주교가 루나를 왜?"

"자세한 건 본인에게 직접 들으시면 될 것 같습니다."

그렇게 루나에게 발언권을 넘긴 노인은 인자한 표정과 함께 차를 즐기기 시작했다.

좋아. 일단 이야기부터 들어 보고 혼을 내든지 하자.

"어디 한번 이야기나 해 봐."

그 말에 루나는 활짝 웃으면서 와인들을 내 책상 위에 올려 두었다. 그리고 자연스럽게 의자에 앉으면서 싱긋 미소를 지었다.

"제 사생활을 이렇게나 궁금해하실 줄은 몰랐네요. 아닌 척하시면서도 속으로는 집착하고 계셨구나? 그런 성하의 모습도 꽤 귀엽……."

"거기 밖에 누구 없냐? 내가 허락해 줄 테니까 훈련장에서 검 하나만 가져와 봐."

"친구랑 놀고 왔어요, 친구. 이번에 새로 사귄 친구 있거든요? 어제 저녁에 처음 만났는데 저를 어찌나 좋아해 주던지…… 아, 그 친구가 중국 출신이라서 그런가, 돈이 진짜 많더라구요. 중국이란 나라가 확실히 돈은 많나 봐요."

루나는 내 책상 위에 올려 둔 와인을 가리켰다.

"저것도 그 친구가 가져가라고 챙겨 준 거랍니다. 후후, 어때요. 제 친구 돈 많죠?"

"루나야."

"네, 성하."

"대충 보니까 챙겨 준 게 아니라 뜯어 온 것 같은데?"

"에이, 저는 그냥 챙겨 달라고 부탁만 했을 뿐이라구요. 자세히도 모르시면서."

이게 어딜 봐서 성기사단장이야? 그냥 강도지.

나는 땅이 꺼질세라 한숨을 내뱉었다. 그리고 미간을 찌푸리면서 루나를 바라보았다.

돈이 많은 중국 친구가 갑자기 생겼을 리는 없고,

그렇다면 답은 하나다.

"어제 우리 신전 왔던 걔네 찾아갔네."

"정답!"

"죽였냐?"

그러자 루나가 불쾌하다는 듯이 인상을 찡그렸다.

"누가 보면 내가 피에 미친 년인 줄 알겠네. 안 죽였거든요? 그냥 좀 쓰다듬어 줬을 뿐이지. 그래도 걱정하지 마세요. 아무도 못 봤고, 아무도 다치지 않았답니다."

당당한 목소리였다. 그러나 나에게는 그 대사가 다르게 해석되어 들렸다.

"그러니까 네 말은 입막음도 잘 시켰고, 상처도 완벽하게 치료해 주고 왔다는 거지?"

"세상에. 리멘님께서 드디어 성하에게 천리안의 은총을……."

"후우."

리 지에, 그녀는 중국의 선발대로서 먼저 파견된 인원이다.

즉, 현재로써는 중국 각성자들의 대표인 셈이다.

내가 그녀와 그녀의 부하들을 순순히 보내 준 이유는 별거 없었다.

잘못 건드렸다가 꼬투리 잡고 물고 늘어지면, 답도 없기 때문이다. 명분이란 게 원래 그런 거거든.

우리 교단이야 사실 그깟 명분 따위야 크게 상관없지만, 동북아 교류전을 한창 준비하고 있는 정부에는 청천벽력과도 같은 소식일 거다.

그래서 나름의 계획을 세워서 큰 놈을 잡아먹으려고 했는데, 그 와중에 직접 찾아가서 굳이 들쑤셨다?

어질어질하다.

어쩌면 내가 계획을 세우는 족족 무너지는 건 내 주변인들 때문이 아닐까?

"왜 내 밑에 있는 놈들은 하나같이 이런 걸까."

"성하, 정말 왜 그런지 모르시겠어요? 저는 딱 봐도 알 것 같은데."

루나는 그렇게 말하면서 나를 빤히 쳐다보았다.

그 시선에 담긴 의미는 하나였다.

"나 때문이라고?"

"후후, 노 코멘트."

그럴 리가 없다. 그럴 리가 없어.

이건 분명히 나를 음해하기 위한 루나의 헛소리인 게 틀림없다.

"말이 되는 소리를……."

그러나 그때, 문득 루나와의 첫 만남이 떠올랐다.

─안, 안녕하세요, 사도님! 교단의 성녀 루나 레벤톤이라고 합니다! 잘…… 잘 부탁드리겠습니다! 최선을 다해서 사도님을 보좌하겠습니다!

내가 교황위에 오르기 전의 일. 잔뜩 붉어진 얼굴로 나에게 인사를 건넸던 붉은 머리의 성녀.

루나는 동생들을 먹여 살렸던 생활력과는 별개로, 의외로 부끄러움이 많았다.

그랬던 루나가 지금 같은 성격으로 변하게 된 것은 나와 함께 다니면서……

"……진짜 나 때문인가?"

"라파르트 대주교님은 어떻게 생각하세요?"

우리 교황님 좀
말려주세요

루나의 질문에 라파르트 대주교는 찻잔을 내려놓았다. 그리고 나를 바라보면서 말했다.

"저는 아무 말도 하지 않겠습니다, 성하."

긍정도 부정도 하지 않겠다는 것은 보통 긍정한다는 의미로 통용된다.

분위기를 보아하니 이미 기울어진 판세였다. 이럴 때는 긴급 탈출이 정답이다.

나는 재빠르게 화제를 돌렸다.

"무슨 일이 있었는지 상세하게 보고해 봐. 듣고 판단할 거야."

그러자 루나가 음흉한 미소를 지으며 대답했다.

"이번에도 제가 못 이기는 척 넘어가 드릴게요."

"빨리 보고나 해."

"암요, 암요. 누구 말씀이신데."

……그냥 한 대 팰까?

⁂

루나의 이야기를 요약하자면 다음과 같았다.

손 좀 봐 주고, 정보도 뜯고, 선물도 받아 왔다.

루나는 거기에 '확실하게 일을 처리했다'라는 말을 덧붙였다.

루나가 확실하게 처리했다는 말은, 적어도 이럴 때만큼은 신뢰도가 아주 높았다.

다시는 이빨을 드러내지 못하도록 확실하게 공포를 각인시켜 주었다는 말과 같기 때문이다.

게다가 루나는 CCTV 영상 같은 흔적을 남겼을 정도로 허술하지 않다. 아마도 완벽하게 증거를 제거하고 왔을 것이다.

"저한테 잡혀서 줄줄 정보를 얘기했다는 이야기를, 리 지에처럼 출세 지향적인 사람이 자신의 상관에게 보고할 수 있을 것 같아요? 그럴 배짱은 없어 보이던데."

"걔 부하들은?"

"당연히 아무것도 모르죠. 제가 호텔에서 떠날 때까지 재워 뒀거든요."

그야말로 완벽 범죄였다.

이 정도면 성기사가 아니라 차라리 청부업자가 적성이 맞는 듯싶다.

나는 나 대신 혼 좀 내 달라는 표정으로 라파르트 대주교를 쳐다보았다. 그러나 라파르트 대주교는 오히려 만족스럽다는 듯이 미소를 지었다.

"참 훌륭하지 않습니까? 신전을 모독한 이는 응당의 대가를 치르는 게 옳습니다. 하물며 우리에게 굴종할 것을 요구했다? 이건 가만히 있어서는 안 되는 일입니다."

"……예."

"걱정하실 필요 없습니다, 성하. 리 지에가 정 못 미더우시다면, 한 번 더 루나를 보내면 됩니다."

과연, '백색 공포'다운 대답이었다.

훌륭한 중재자는 개뿔.

그냥 포기하자. 포기하면 편하다.

나는 크게 한숨을 내쉰 다음, 언제부턴가 내 옆에 가만히 앉아 있던 백설화에게로 시선을 돌렸다.

백설화는 루나가 한창 이야기를 하고 있던 도중에 집무실에 들어왔다. 오늘 나와 신전에서 약속이 있었기 때문이다. 소개해 주고 싶은 사람이 있다던가?

나와 루나, 그리고 라파르트 대주교 셋이서 꽁트를 하고 있건 말건, 그녀는 아무런 말 없이 손끝으로 얼음꽃을 피워 내고 있었다.

마력을 미세하게 조정하는 훈련인 듯싶었다.

"안 시끄럽냐?"

"그다지."

"아까 루나가 하는 말 들었지?"

리 지에를 포함한 중국의 선발대가 한 달이나 일찍 대한민국에 들어왔던 것은 S급 헌터들을 포섭하기 위해서였다고 한다.

백설화 역시 그 명단에 포함되어 있었다고 하는데, 그녀는 딱히 별생각이 없어 보였다.

"어차피 영입을 제안했어도 바로 거절했을 거야."

"왜? 방송 때문에?"

"그것보다는……."

그녀는 잠시 말을 흐리며 이번에는 얼음으로 작은 새 한 마리를 만들어 냈다. 그리고 곧 무표정한 얼굴로 나를 바라보았다.

"나는 자살할 생각이 없어."

"그게 무슨 소리야."

"네 반대편에 서 있는 거, 그거 자살행위야. 내 직원들을 버리고 지옥불 구덩이로 들어가라고?"

역시, 백설화는 똑똑했다.

❖

백설화가 소개해 주고 싶다는 사람의 정체는 다름이 아닌 기자였다.

"교단의 소식을 전문적으로 보도해 줄 수 있는 기자가 있으면 도움이 될 것 같아서. 별나기는 해도, 능력 하나만큼은 확실한 사람이야. 둘이 이야기 나눠."

쿨하게 설명을 끝낸 백설화가 자리를 떴고, 그런 백설화를 따라 루나 역시 '상큼아!'라고 부르며 집무실 밖으로 나갔다.

라파르트 대주교 역시 신전을 둘러봐야겠다면서 슬쩍 자리를 비웠다.

사람이 북적이던 집무실 안에는 어느새 둘만 남게 되었다.

나는 헛기침을 몇 번 내뱉은 다음, 천천히 눈앞의 남자를 살펴보았다.

"음."

말끔하게 차려입은 정장과 정성스럽게 만진 머리. 누가 보면 선이라도 보러 나왔냐고 생각할 정도로, 그에게서는 신경을 과하게 쓴 느낌이 물씬 풍겨 왔다.

물론 처음 만나는 자리에 격식을 차리고 올 법은 하지만, 그의 뿔테 안경으로 보이는 저 이글거리는 눈은 도대체 무슨 의미일까?

게다가 자세히 보면 그의 눈가에 눈물이 맺혀 있었다.

그에게서 우리 교단에 대한 〈믿음〉이 느껴진다는 것 역시 특이 사항이었다.

일단 가벼운 인사로 시작해 볼까?

"안녕하세……."

내가 인사를 채 끝내기도 전, 저쪽에서 극렬한 반응이 터져 나왔다.

"아아아아아! 이런 날이 올 줄이야. 교황 성하를 이렇게 뵙게 해 주신 리멘님께 감사드립니다. 제가 살면서 이날을 얼마나 기다렸는지 모릅니다!"

남자는 벌떡 자리에서 일어섰다.

그리고 곧 나를 향해 90도로 허리를 숙이면서 말을 이어 나갔다.

"교황 성하! 기억하실지는 모르겠지만, 예전 구로구 게이트 기자회견에서 교황 성하의 말씀을 들었던 적이 있습니다! 세종일보의 서태호 기자라고 합니다. 다시 만나 뵙게 되어 일생일대의 영광입니다."

"아! 그때 열성적이었던 기자님?"

"저, 저를 기억해 주시는 겁니까?"

"물론이죠. 첫 기자회견이었는데, 기억을 못 할 리가 없습니다."

첫 기자회견을 열었을 당시, 나를 뜨거운 눈빛으로 바라보았던 기자.

귀환 초기였음에도 나를 향해 열성적인 지지를 보냈던 사람이었기 때문에 당연히 기억해 낼 수 있었다.

내 대답에 그는 한동안 말을 잇지 못했다.

"……서태호 기자님?"

왜냐하면.

"흐으으으윽. 정말, 정말 감사합니다. 기억해 주셔서 감사합니다. 정말 영광입니다, 정말……."

하염없이 눈물을 흘려 댔기 때문이다.

그것은 슬픔의 눈물이 아니었다. 감격에 복받쳐서 흘려 대는, 그런 뜨거운 눈물이었다.

서태호는 눈물을 흘려 대면서도 본인의 서류 가방에서 태블릿 PC를 꺼내서 나에게 건네주었다.

그리고 축축한 목소리로 말했다.

"그날 이후로 정말 열심히 노력했습니다. 더 많은 사람이 리멘 교단의 위대함을 알 수 있었으면 해서…… 흐으으윽."

그가 건네준 태블릿 PC에는 여태까지 그가 작성했던 기사들의 제목이 가지런히 정렬되어 있었다.

〈리멘 교단이 전 세계의 희망이 될 수밖에 없는 이유〉

〈세계를 지배하려 했던 중국이 리멘 교단 때문에 피눈물 흘리는 이유〉

〈일본이 경악했고, 중국이 경악했고, 미국이 경악했다!〉

〈리멘 교단의 교황 김시우의 위대한 기적! 세계를 뒤집어 놓다. (해외 반응, 리액션)〉

〈리멘 교단의 잠재성. 전 세계 전문가들이 충격에 빠진 이유〉

그 뒤로 이어지는 수도 없는 국뽕, 아니 리뽕의 기사 제목들.

나는 그 기사 제목들을 보면서 직감할 수 있었다.

'제대로 미친놈이다!'

그것이 앞으로 우리 교단 최고의 포교꾼이 되어 줄, 서태호와의 두 번째 만남이었다.

⁂

"제가 아이디어를 많이 준비해 왔습니다! 이건 정말 시작에 불과합니다. 제가 그동안 밤을 새워 가면서 리멘 교단에 대한 반응을 수집하고……."

나는 내 앞에서 30분째 이야기를 이어 나가고 있는 서태호 기자를 바라보면서 한숨을 작게 내쉬었다.

세상에서 가장 힘든 일 중 하나가 바로 저렇게 열정으로 불타고 있는 사람에게 멈춰 달라고 말하는 일이다.

도대체 아이디어를 얼마나 모아 뒀던 건지, 아이디어들을 30분 동안 쉴 새 없이 발사하고 있다. 실제 총이었으면 총구가 과열되어 녹아내렸을 거다.

"물이라도 마시면서 천천히 말씀하시죠."

"아! 감사합니다."

내가 물컵을 슬쩍 밀어 주자 서 기자는 단숨에 물을 들이켰다. 그리고 태블릿 PC의 화면을 옆으로 넘기면서 말을 이어 나갔다.

"제가 작성하고 있는 기사가 하나 있는데, 아주 흥미롭습니다. 어그로…… 아니, 주목을 많이 받을 수 있는 내용인데, 한번 보시겠습니까?"

저렇게 말하는데 그냥 돌려보낼 수가 있나.

나는 애써 미소를 지으면서 고개를 끄덕였다.

"한번 보여 주시죠."

그러자 서 기자는 곧바로 파일을 하나 클릭했다.

〈제목: 리멘은 모든 것을 바꾼다. 심지어 당신의 모근마저도.〉

제목부터 느껴지는 심상치 않은 냄새.

서 기자는 신나는 목소리로 설명을 이어 갔다.

"요새 리멘 교단의 커뮤니티에서 아주 흥미로운 소문이 돌고 있습니다. 그것은 바로 이번에 성하께서 신도들에게 나눠 주신 신성석 팔찌와 관련되어 있는 소문입니다."

"벌써 소문이 났어요?"

우리의 신입 교육생들이 축성해서 만든 하급 신성석 팔찌.

아직까지는 퀄리티가 일정하지 않았던 탓에, 일부러 교단의 정식 신도들 중 무작위로 선정해서 효과를 시험해 보기로 했다.

유의미한 데이터만 쌓이면 곧바로 유선 그룹을 통해서 유통할 계획이다.

그래도 서 기자의 입에서 흥미로운 이야기가 나오기는 나왔다.

나는 자세를 고쳐 잡은 다음, 서 기자의 기사 내용을 쓱 읽어 내려갔다. 그리고 내 귀에 서 기자의 친절한 설명이 이어졌다.

"신성석 팔찌를 배송받은 분들이 실시간으로 인터넷에 간증을 남기고 있습니다."

서 기자는 태블릿 PC를 다시 한번 두드렸다. 그러자 곧 화면 속에 〈리없죽〉이라는 이름의 인터넷 카페가 모습을 드러냈다.

"리멘 없이는 죽음뿐이라는 카페입니다. 오로지 회원들의 추천으로만 들어올 수 있는 곳인데, 보시다시피 신앙심들이 아주 뜨겁습니다!"

서 기자의 설명대로 카페의 분위기는 아주 뜨거웠다. 아니, 뜨겁다 못해 광적이기까지 했다.

리멘을 향한 찬양과 나를 비롯한 교단 간부들에 관한 찬양까지.

얼핏 광기까지 엿보이는 그들의 신앙심에 나는 한동안 말을 잇지 못했다.

"보시면 신성석 팔찌의 효능에 대한 간증들이 있습니다. 탈모인인데 머리가 다시 자라나고 있다든가, 밤이 다시 행복해졌다든가. 아, 여기에 피부에서 광이 나기 시작했다는 여신도님도 계시는군요."

카페에서만 해도 벌써 20개의 간증이 올라와 있었다. 효과를 본 사람들이 카페에 가입해서 올린 글이 대부분이었는데,

그들은 이미 효과를 본 이후로 열렬한 광신도가 되어 버린 듯했다.

"리멘을 향한 믿음이 저희의 인생을 바꾼다! 이 간증들을 통해서 기획 기사를 한번 준비해 볼 생각입니다. 피그말리온 효과라는 말이 있······."

"오, 생각보다 성능 잘 나오네. 기대 이상인데요?"

내 말에 서 기자가 벙 찐 표정으로 나를 바라보았다. 그리고 눈을 둥그렇게 뜨면서 되물었다.

"예?"

"이거 간증들에 나와 있는 효과, 진짜라구요. 영구적이진 않을 테지만 저런 효과가 있는 거 맞아요. 물론 개개인마다 효과가 천차만별이긴 한데, 신앙심이 강할수록 효과가 강력해지죠."

기대 이상의 성과였다.

나중에 따로 설문을 통해서 효과를 조사해 보려고 했는데, 굳이 조사를 하지 않아도 될 것 같다.

여기에 이렇게 좋은 표본들이 있으니까 말이다.

하지만 내 말은 이 광신도에게는 다르게 받아들여진 모양이다. 그의 눈에서 타오르던 열기가 광기로 바뀌는 건 정말 단 한순간이었다.

"아아! 역시, 우리 리멘님께서는 저희를 언제나 보살피시는군요! 지금 당장 이 내용으로 기사를 써야겠습니다. 이건 분명 전 세계의 수많은 탈모인을 구원하게 될 것입니다."

……효과를 제대로 보려면 어디까지나 우리 교단에 대한 신앙심이 기본적으로 있어야 했지만, 굳이 말해 주지는 않았다.

대신에 나는 부드럽게 미소를 지으면서 그에게 물었다.

"혹시 이 리없죽이라는 카페, 회원 추천제로 받아 주신다고 하셨는데, 회원 명단이 누구에게 있는지 아십니까?"

"아! 제가 총무 역할을 맡고 있습니다. 카페 매니저님께서 저에게 명단 관리를 맡기셔서, 마침 저에게 명단이 있습니다."

"매니저요?"

"엘로라는 닉네임을 사용하시는 분입니다. 아주 신앙심이 깊으신 분이십니다. 교리에도 아주 해박한 분이지요. 많은 분들이 신앙생활에 도움을 받고 있는 상황이기도 합니다. 자, 여기에 있습니다."

서 기자는 가방에서 꺼낸 서류를 나에게 건네주었다. 회원들의 간략한 정보가 적혀 있는, 진짜 명단이었다.

"고맙습니다. 제가 긴히 쓸 데가 있어서."

"교황 성하께서 필요하시다면 당연히 드려야지요."

나는 그로부터 명단을 받아 내자마자 곧바로 밖에 있는 레오를 불렀다.

그러자 레오가 조용히 집무실 안으로 들어섰다.

우리 교황님 좀
말려 주세요

"부르셨습니까?"

레오는 자신을 향해 쏟아지는 서 기자의 광기 어린 눈빛에도 꿈쩍하지 않았고, 나는 그런 레오에게 가볍게 손가락을 까딱여서 귀를 가까이 대게 했다.

그리고 명단을 건넨 다음, 서 기자에게 안 들릴 정도로 작게 말했다.

"명단에 있는 사람들 있지? 네가 직접 연락 돌려서 확인 좀 해 봐."

"예. 그런데 이것은……."

나는 레오의 질문에 천천히 고개를 끄덕였다.

"……관심병사 목록이라고 할까? 집중 관리 대상들이야. 아무튼 네 어깨에 교단의 명예가 달려 있다."

열성적인 신도는 교단에 필수 불가결한 존재들이긴 했지만, 동시에 통제하기 힘든 존재들이기도 했다.

자칫하다가는 교단의 명성에 해가 가는 일을 저지를 수도 있으니, 우리 쪽에서도 미리 파악하고 있는 것이 편했다.

"알겠습니다, 성하."

레오가 고개를 숙인 후 다시 집무실 밖으로 나갔고, 나는 다시 미소를 지으며 서 기자에게 말했다.

"자, 계속하시죠."

그런데 뭐가 이렇게 찝찝한 기분이지.

……내가 뭘 놓친 건가?

서 기자의 이야기는 그 이후로도 30분이나 더 이어지고 나서야 끝이 났다.

"오늘은 여기까지만 하도록 하겠습니다! 교황 성하. 아직 제 열정을 다 보여 드리진 못했지만, 앞으로도 좋은 모습을 보여 드릴 수 있도록 노력하겠습니다!"

"……고생하셨어요."

지옥 같은 1시간이었다. 그의 말을 듣고 있으면 입술이 바짝바짝 말랐다.

게다가 또 교리 공부는 어디서 그렇게 열심히 해 왔는지, 나보다 더 해박한 것 같았다.

구로구 게이트에서 처음 봤을 때도 '아, 이 사람은 광신도가 될 것 같다.'라는 느낌을 받기는 했었다만, 이렇게나 빨리 신앙을 받아들일 줄은 몰랐다.

그래도 의미가 없는 시간은 아니었다고 생각한다.

서 기자가 속해 있는 세종일보는 메이저급까지는 아니더라도 준메이저로 평가받는 언론이었다.

나와 리멘 교단에 대한 부정적인 기사를 간간이 보도하는 메이저 언론들과는 확실히 거리를 둔 언론사기도 했다. 메이저 언론은 보통 전각련에 우호적인 기사를 작성하고는 한다.

전각련 소속 대형 길드들을 후원하는 기업들 중에 메이저 언론사들이 있었으니, 굳이 그걸 뭐라고 하고 싶은 생각은 없었다.

원래 팔은 안으로 굽는 법.

그들이 우리를 견제하려고 든다는 건, 그만큼 전각련의 입지가 위태롭다는 것을 의미했다.

정부 쪽에서도 전각련을 상대로 큰 거 한 방을 준비하고 있다고 들었는데, 조만간 전각련이라는 대한민국 최초의 각성자 협의체가 해체될지도 모르겠다.

"앞으로도 잘 부탁드립니다, 형제님."

이런 상황에 우리 교단에 대해 좋게 다뤄 주는 언론을 만들어 두면 나쁠 게 없었다.

나는 서 기자에게 손을 내밀었고, 서 기자는 두 손으로 내 손을 맞잡으면서 눈물을 글썽였다.

"형제……님. 교황 성하께서 저를 형제님이라고…….."

"리멘의 품에서는 모두가 형제인 법이죠."

"이 손, 당분간 씻지 않겠습니다. 감사합니다!"

서 기자는 왼손으로 눈물을 훔쳤다. 그리고 한껏 비장해진 표정으로 말했다.

"이곳에 오기 전에 회사와 확실하게 이야기를 나누고 왔습니다. 교황 성하와 주기적으로 인터뷰를 따낼 수 있다면, 제 기사를 무조건 1페이지에 달아 주겠다더군요."

"인터뷰만으로도 괜찮아요?"

"그럼요. 교황 성하의 인터뷰는 아주 귀중합니다."

생각해 보면 라이브 방송을 통해서 직접적으로 소통을 했을 뿐이지, 기자들과는 그리 친하게 지내진 않았다.

그 때문에 내 인터뷰의 값어치가 높아진 것 같다.

하지만 딱히 인터뷰를 아낄 생각은 아니었다. 그래서인지 저 조건이 그리 부담스럽게 느껴지지는 않았다.

"인터뷰가 뭐 어려운 것도 아니고, 수락하도록 하죠. 정말 그걸로 충분해요?"

"충분합니다. 교황님과의 단독 인터뷰라면, 충분하고도 남습니다. 그럼 그렇게 전달하도록 하겠습니다!"

무언가에 미쳐 있는 사람에게서는 왕성한 활동력을 느낄 수 있다.

눈앞의 서 기자만 봐도 알 수 있었다.

서 기자는 책상 위에 올려놓은 종이들과 태블릿 PC를 가방에 집어넣었다.

"항상 명심하세요. 생업과 신앙생활은 항상 균형을 이루어야 합니다. 리멘께서는 자신의 신자들이 신앙으로 인해 생계가 위협받는 걸 원치 않으십니다."

"명심, 또 명심하겠습니다."

그는 자리에서 일어난 후, 나에게 세 번 연속으로 허리를 숙여 인사했다.

그리고 들어왔을 때보다 훨씬 큰 보폭으로 집무실 밖으로 나갔다.

"하아."

나는 서 기자가 집무실에서 사라지고 나서야 한숨을 돌리며 자리에 앉았다.

한바탕 폭풍이 몰아치고 간 기분이었다.

광신도들은 상대하면 상대할수록 피곤하단 말이지.

그래도 나름 소득은 있었다고 평가할 만한 미팅이었다. 에덴과는 다르게 지구에는 효과적으로 교단의 이름을 알릴 수있는 수단이 참 많다.

우리 교단이 미튜브를 주로 포교 수단을 삼고 있기는 하지만, 그렇다고 해서 다른 매체들을 무시할 필요는 없다고 생각한다.

언제나 스피커는 많을수록 좋은 법이니까.

그렇게 내가 집무실의 의자에 앉아서 휴식을 취하고 있을 때쯤, 루나와 함께 나갔던 백설화가 다시 집무실 안으로 들어왔다.

"서 기자는 갔어?"

"어, 방금 갔어. 이야기는 잘 나눴다. 안 그래도 언론 쪽과도 이야기를 나눌 생각이었는데, 타이밍 좋게 소개시켜 줬네. 고맙다."

"너한테 필요할 것 같았어."

나는 책상 위에 올려 둔 너클을 손가락으로 돌리기 시작했다. 그리고 백설화를 향해 은근한 목소리로 말했다.

"이제 한배도 탄 사이에 언제까지 너라고 부를 거야? 내가 이래 보여도 교황이고, 나이도 너보다 많은데."

"알았어. 그럼 이제부터 오빠라고 부를게."

시연이가 나를 오빠라고 부를 때와는 좀 다른 느낌이긴 한데…… 백설화는 우리 교단의 신도가 아니니까, 적절한 호칭이긴 하다.

"이제야 세상이 옳게 돌아가는구나. 나도 그럼 편하게 설화라고 부른다. 설화야, 그런데 많고 많은 기자 중에서 굳이 저 사람을 소개시켜 준 이유가 뭐야?"

그러자 설화가 당연하다는 듯이 대답했다.

"서 기자가 리멘 교단의 광신도기도 하고, 무엇보다 여기와 잘 어울려. 오빠도 속으로는 그렇게 생각하고 있잖아."

"……쓰읍."

기분은 나쁜데 나도 모르게 인정해 버렸다.

나는 한숨을 푹 내쉬었다.

아무래도 내 인생에 마가 낀 것 같은데, 리멘한테 이것도 좀 AS해 달라고 해야 하나?

⁂

서태호는 가벼운 발걸음으로 주차장을 향해 걸어갔다.

그의 인생에 있어서 가장 행복한 날이었다. 신전에 직접 들어도 가 보고, 존경해 마지않는 교황 성하를 직접 뵙고.

정말 꿈만 같은 하루였다.

'바로 회사로 가서 부장님에게 보고드린 후, 사장님을 뵈어야겠다.'

상사들은 교황 성하의 인터뷰도 따 온 자신을 무척이나 예뻐해 줄 것이다. 그리고 그를 위해 언론사의 메인 뉴스란을 비워 줄 터였다.

그리고 자신은 그걸 이용해서 리멘의 이름을 더더욱 널리 퍼뜨리면 될 뿐이었다.

'빨리 기사를 작성하고 싶어서 근질거리는……'

서태호는 어느새 주차장에 주차되어 있던 자신의 경차 앞에 도착했다. 그리고 신나는 마음으로 운전석의 문을 열었다.

그러나 그때였다.

"서태호 씨."

그의 등 뒤에서 낮게 깔린 목소리가 들려왔다.

'익숙한 목소리?'

몇 번 들은 적이 있는 목소리에 서태호는 고개를 돌렸다. 그러자 그곳에는 검은색의 사제복을 입은 거대한 체구의 남성이 서 있었다.

그가 아주 잘 알고 있는 사람이었다.

"레오 대주교님이 어쩐 일로……."

"놓고 가신 것이 있는 듯하여."

레오는 품속에서 서류 봉투를 꺼내서 서태호에게 돌려주었다. 서태호가 아까 김시우에게 건네주었던 회원 명단이었다.

얼떨결에 명단을 돌려받은 서태호가 눈을 둥그렇게 떴다.

"이것을 왜 다시 저에게 주시는 건지, 잘 모르겠습니다!"

서태호의 질문에 레오는 나지막한 목소리로 답했다.

"제가 명단을 잘 관리해 달라고 부탁드리지 않았습니까? 실망입니다, 서태호 기자님. 다음부터는 잘 관리해 주시길."

"레오 대주교께서 언제 저에…… 설마?"

"짐작하시는 대로입니다. 제가 엘로입니다. 다른 분들에게는 비밀로 해 주십시오."

그제야 서태호는 왜 엘로라는 사람이 교리에 그렇게 해박했는지를 깨달을 수 있었다.

열성적인 신도들이 모인 커뮤니티, 리없죽.

혜성처럼 등장하여 열성 신도들을 흡수한 이곳의 정체는 바로 레오 대주교가 직접 운영하는 인터넷 커뮤니티였던 것이다.

"교황 성하께도 최대한 비밀로 해 주셨으면 합니다."

"어째서……."

"인터넷을 통해서 여러분들을 교육하는 건…… 어디까지나 제 개인적인 취미일 뿐이니까요. 성하께서 아시면 분명 뭐라고 하실 겁니다."

분명 교황 성하는 레오 자신에게 '제발 광신도들 그만 좀 키우라고!' 짜증을 낼 것이 틀림없었다. 포교만큼은 최대한 선을 지키려고 하는 분이셨으니까.

하지만 레오는 알고 있었다.

때로는 열 명의 신도보다 한 명의 열성적인 신도가 필요할 때가 있는 법이다.

교황에게는 교황의 임무가 있듯이, 이런 열성 신도들을 길러 내는 것이야말로 자신에게 주어진 사명이었다.

"개인적으로 여러분들에게 거는 기대가 큽니다. 뜨거운 신앙심으로 무장해 주십시오. 일당백, 일당천의 신도들이 되어 주십시오. 그리한다면 리멘님과 성하께 큰 도움이 될 것입니다."

"오오, 알겠습니다!"

오늘도 본인의 사명을 충실하게 따르는 레오였다.

그렇게 미래의 예비 광신도들이 무럭무럭 자라나는 중이었다.

⚜

서태호 기자가 돌아간 후.

설화와 함께 간단하게 점심을 먹은 것을 끝으로 오늘의 내 공식적인 일정은 마무리되었다.

보통 연말 연초는 바빠야 정상인데, 딱히 바쁠 만한 일이 없었다. 지난번 디재스터급 귀환자 이후로 정부에서도 이렇다 할 도움 요청도 없었고, 우리가 신년 행사를 따로 준비하지도 않았기 때문이다.

에덴에서는 전쟁이 끝난 이후 매해 첫날에 신년성례를 실시해 왔지만, 이번만큼은 그냥 넘어가기로 했다.

성례를 준비하기에는 아직 교단의 상황이 여의치 않았기 때문이다. 내후년이면 몰라도, 당장 성례를 실시하는 건 여러모로 곤란했다.

이 부분은 교리에 깐깐하기로 유명한 라파르트 대주교도 인정한 부분이다.

그래서 올해는 온라인을 통해 인사를 남기는 것으로 결정되었다.

아무튼 간에 그러그러한 이유로 당장 바쁜 일은 없는 상황이었다.

"격하게 퇴근하고 싶다."

급한 일이 없으니 퇴근하고 싶기도 한데, 그랬다가는 아마 내일 하루 종일 라파르트 대주교의 잔소리에 시달리게 될 것이다.

최소 3시간이 넘는 시간 동안 꼬장꼬장한 목소리의 잔소리를 들어야 한다고 생각하니 벌써부터 어지러웠다.

방학한 시연이와 백설이를 데리고 집에서 뒹굴거리고 싶

었지만, 어쩔 수 없이 참는 수밖에.

언제까지 답답한 집무실에만 있을 수는 없었기 때문에 나는 성지의 다른 곳으로 향했다.

그곳은 바로 우리 교단의 신입들이 교육받고 있는 넓은 훈련장이었다.

내가 신성 점수를 적지 않게 투자한 덕분에 훈련장은 성지 내부에서 신전 다음가는 크기를 보유하고 있었다.

훈련장으로 들어서자 곧 서글서글한 인상의 미남이 나를 맞이했다.

"오셨습니까, 교황님."

"준우 형제님. 어때요, 일은 좀 할 만해요?"

"항상 잘 챙겨 주셔서 감사할 따름입니다. 일은…… 고되지는 않습니다. 사실, 아직까지 제가 정말 필요한지도 잘 모르겠구요."

지난번에 하이브 길드를 내부 고발 한 다음에 넘어온 오준우. 그는 가끔씩 정부 측에 불려 가서 비리와 관련된 조사를 받고는 있지만, 평소에는 이렇게 우리 교단의 교육생들을 돕고 있다.

김 실장으로부터 듣기로는 곧 오준우 씨는 무혐의 처리를 받을 것이라고 한다. 책임을 물을 정도의 범죄행위는 확인되지 않았다던가?

"오늘따라 혈색이 창백해 보이네요, 준우 형제님. 무슨 일 있습니까?"

"……별일 아닙니다. 교육생들의 체력 훈련을 볼 때마다 기분이 이상해서요."

오준우 씨는 희미하게 웃으면서 훈련장에 위치한 넓은 트랙을 바라보았다.

지구식으로 재탄생한 훈련장답게 현대의 시설들이 몇 개 도입되어 있었는데, 체력 훈련을 위한 육상 트랙 역시 마찬가지였다.

"음, 훈련장 시설에 뭐 문제라도 있나요?"

"시설에는 전혀 문제가 없습니다. 대형 길드와 비교하더라도 꿀릴 것 없는 수준이라고 생각합니다. 굳이 문제를 따지자면……."

"고작 이딴 게 힘들다고 무너지는 게 말이 된다고 생각해? 지금 여기서 무릎이 땅에 닿는 놈은 그대로 10바퀴 추가다! 정신 차려, 이 새끼들아!"

"……루나 님, 정도가 있겠군요. 제가 어렸을 적에 '신과 같이'라는 영화를 본 적이 있습니다. 그곳에 등장했던 나태지옥을 보는 것만 같은 그런 기분…… 아, 교단의 성지에서 제가 말실수를……."

오준우 씨가 난감한 표정으로 나를 바라보았고, 나는 그저 씁쓸하게 웃으면서 손을 내저었다.

"괜찮습니다. 제가 봐도 지옥 같은데요."

구르르르르르룽-.

142명이라는 인원이 사람 몸체만 한 쇠공을 등에 매단 채
로 달리고 있는 이곳이 지옥이 아니라면, 도대체 어떤 게 지
옥일까?

게다가 그들의 중심에는 빨간색 조교 모자를 쓴 루나가 쉴
새 없이 교육생들을 몰아붙이고 있었다.

도대체 저 조교 모자는 어디에서 구한 걸까?

"전장에서의 신성력은 기본적으로 치유를 돕는 힘이다! 그
것은 너희가 사제의 길을 걷든, 성기사의 길을 걷든 변하지
않는 사실이다. 하지만 내가 너희

에게 항상 강조하듯이, 우리 리멘 교단의 치유는 단순 치
료 행위에 국한되지 않는다! 다들 따라 한다."

루나의 목소리가 넓은 훈련장을 쩌렁쩌렁하게 울렸다.

"최선의 치유는!"

"최선의 치유는!"

"적의 대가리를 먼저 부수는 것이다!"

"적의 대가리를 먼저 부수는 것이다!"

악에 받친 교육생들의 목소리.

이쯤 되면 교단의 신입들을 교육하는 것이 아니라, 당장에
라도 성전에 뛰어들 결사대를 육성하는 듯한 박력이었다.

하지만 훈련생들 중 그 누구도 불만을 제시하지 않는다.

그만큼이나 루나가 교육생들을 꽉 휘어잡고 있다는 뜻이

었다.

"너희의 동료나 가족을 해칠 놈들을 제거하는 것이야말로 가장 훌륭한 방법이라는 것을 명심해라. 알겠나?"

"예!"

사제 지망이건, 성기사 지망이건.

교육생들이 한곳에 어우러져서 차력 쇼에 가까운 체력 훈련을 진행하고 있는 모습에, 나는 그저 흐뭇한 미소를 지을 수밖에 없었다.

"역시, 성직자는 물리지. 아주 마음에 들어."

내 말에 오준우 씨의 얼굴이 더욱 창백해졌다.

"······예?"

"전장은 이곳보다 더 끔찍한 지옥이잖습니까. 체력 훈련은 모든 것의 기본입니다. 체력은 국력이라는 말도 있을 정도니, 그 중요성은 이루 말할 수 없죠."

에덴의 훈련소에 비하자면 이곳은 천국이었다.

마족과의 전쟁으로 인해 전장에 투입될 전력이 항상 부족했고, 당연히 훈련소에서는 최대한 빠르게 전력을 길러 내기 위해서 교육생들을 굴려 댔었다.

나 역시 에덴에 굴러떨어지자마자 교단의 훈련소로 잡혀갔었기에, 그 누구보다도 그곳의 훈련 강도를 잘 알고 있었다.

"하지만 교황님. 과도한 체력 훈련은 오히려 독입니다. 일정 수준을 넘어가게 되면 훈련의 효율이······."

"오버 트레이닝 걱정하시는 거죠? 막 굴려도 괜찮습니다. 신성력은 사용자의 회복력을 비롯한 신체 능력을 높여 주거든요. 근육의 성장도 촉진시키기 때문에 근육량도 빠르게 증가하죠. 신성력 사용자들의 특권이라고도 할 수 있겠네요."

솔직히 말하자면 비실비실한 이미지의 성직자는 리멘 교단에서 찾아보기가 힘들다.

대전쟁 이전의 성직자들은 몰라도, 대전쟁 이후의 성직자들은 최소한 제 몸 하나만큼은 지킬 수 있는 힘을 지니고 있었으니까.

신성력은 잘만 이용한다면 신체의 발달에 엄청난 도움을 줄 수 있는 기운이었다.

현재, 지구로 넘어온 우리 교황청 간부들의 면면만 보더라도 짐작할 수 있을 거다.

"거기에 시스템으로부터 각종 보너스를 제공받고 있으니까, 아마 몸은 빠르게 완성될 겁니다. 루나도 그걸 알고 있어서 저렇게 굴리는 거고."

내 〈DLC – 교황〉을 통해 교단에 적용되는 〈계몽〉 등의 특성으로 인해서 우리 교단에 들어온 플레이어들의 성장 속도가 잔뜩 펌핑되어 있는 상태였다.

신성력을 통한 회복력.

시스템의 특혜.

여기에 낮은 등급의 던전을 이용해서 다양한 실전 경험을 쌓게 해 준다면, 성과를 충분히 기대해 볼 만하다.

나 역시 에덴에서 그런 식으로 성장했었거든.

"그래도 루나가 제가 생각했던 것보다 훨씬 더 본격적이라서 안심이네요. 처음에는 대충 가르치면 어떻게 하나 걱정했는데 말이죠."

"1기 교육생들을 확실하게 교육시켜 둬야 다음 기수부터는 저희가 여유로워지지 않겠습니까?"

"그렇긴 해요."

조교들이 많아질수록 루나나 레오, 그리고 오준우 씨의 부담이 줄어들 것이다.

교단을 운영해 나가기 위해 신입 플레이어들이 반드시 필요하단 건 루나 역시 공감하는 사실이었다.

"루나 님께서는 이번 기회에 아예 확실하게 커리큘럼을 정립하시겠다, 이 말을 달고 다니셨습니다."

"흠."

이런 커리큘럼을 통해서 2기, 3기를 배출한다면, 교단의 미래가 대충 그려지기는 한다.

사제건 성기사건, 오직 근육질의 성직자들로만 가득 찬 교단이라.

"컨셉은 확실하네."

한 가지 확실한 건 아주 건강한 이미지를 얻게 될 것이라는 점이었다.

……의외로 괜찮을지도?

아닌가?

⁂

땀 냄새가 풀풀 풍기는 1기 교육생들의 훈련을 보고, 훈수 몇 가지를 두다 보니까 어느새 시간은 빠르게 흘러가 버렸다.

시간을 보내는 데에는 역시 훈수를 두는 것이 최고다.

그렇게 퇴근 시간이 되어서 집으로 돌아온 나는.

"시연아! 큰오빠 왔다!"

"큰오빠아."

드디어 시연이와 재회할 수 있었다.

나는 나에게 달려드는 시연이를 껴안아 들어 올린 다음, 거실의 소파로 걸어갔다.

"어, 형. 왔어?"

"뭐 하고 있었나?"

"시연이랑 같이 종이학 접고 있었지. 시연이가 새해 소원도 빌 겸 같이 접재. 형도 같이 접을래?"

"큰오빠도 같이 접자!"

종이학 접기라.

시연이가 저렇게나 똘망똘망한 눈빛으로 바라보고 있으

니, 차마 거절할 수가 없었다.

"그래, 같이 접자."

"오빠는 열 개만 접어 주면 돼!"

"열 개쯤이야 아무것도 아니지. 이럴 줄 알았으면 레오도 데려올 걸 그랬다. 접는 건 레오 아저씨가 잘해."

그 말에 시연이가 눈을 둥그렇게 떴다.

"진짜야?"

"당연하지. 레오 아저씨는 못 접는 게 없다니까?"

"형, 시연이한테 무슨 소리를 하는 거야. 자꾸 그러면 할머니한테 말한다."

"할머니를 부르겠다면 어쩔 수 없지. 미안."

확실히 가족들이랑 대화를 주고받는 것만큼 편하고 행복한 게 없었다.

미친놈들로만 가득 찬 내 일상의 유일한 쉼터라고 해야 할까?

미야아아아—.

나는 어느새 내 옆에 다가온 백설이를 가볍게 쓰다듬어 주었다.

지난번에도 느꼈지만, 신성력이 진짜 많이 늘었다.

계속해서 가족들의 경호를 맡기기에 충분할 정도였다.

털도 뽀송뽀송한 것이, 쓰다듬을 때마다 절로 미소가 지어진다.

"큰오빠?"

"접어야지, 접어야죠."

나는 시연이의 재촉을 들으며 종이학을 접기 시작했다.

오랜만에 접어 보는 종이학이었다.

내가 에덴으로 건너가기 전에도, 새해를 앞두고 이렇게 삼 남매가 앉아서 종이학을 접고는 했었다.

엄청 거창한 이유가 있던 건 아니다.

부모님이 살아 계실 때부터 해 왔던 일이었으니까.

새해를 앞두고 항상 부모님이 우리에게 종이학을 접어 주셨던 것이 지금까지 이어지고 있을 뿐이었다.

"올해는 작년보다 더 많이 접어야 해."

"왜?"

"큰오빠가 돌아오면서 행운을 많이 썼잖아! 그래서 더 많이 접는 거야."

시연이는 고사리 같은 손으로 열심히 종이학을 접으면서 말했다.

"지금까지는 큰오빠가 돌아오게 해 달라고 소원 빌면서 많이 접었거든. 그 소원이 이루어졌으니까 이제 다른 소원 빌어야지!"

"무슨 소원 빌 건데?"

"내년에는 우리 가족들 모두 건강했으면 좋겠어. 큰오빠 랑 작은오빠, 할머니. 루나 언니, 레오 아저씨, 라파르트 할

아버지, 또…….”

지금 내 곁에 있는 모든 사람의 이름을 말하는 시연이였다.

시연이는 그 사람들 모두를 가족이라고 부르고 있었다. 그리고 나는 그런 시연이를 바라보면서 웃음을 지을 수밖에 없었다.

“가족 많아져서 좋아?”

“응. 이제는 집이 조용하지 않아. 그래서 좋아.”

항상 내 앞에서는 밝게 웃어 주는 시연이였지만, 방금 전의 그 말에서는 외로움이 묻어 나왔다.

씩씩한 척을 하더라도 결국 어린애는 어린애였으니까.

해맑게 웃으면서 종이학을 접고 있는 시연이를 보고 있자니, 묻어 두었던 미안한 감정들이 고개를 들었다.

“오빠가 시연이랑 더 자주 놀아 줘야 하는데, 미안해.”

“큰오빠는 지금 세상을 구하는 영웅이니까 바쁠 수밖에 없어! 학교에서도 큰오빠 이야기 많이 해서, 나도 그 정도는 알아.”

“안 되겠네. 오빠가 언제 시간 한번 내서 시연이가 수업하고 있을 때 찾아가야겠다.”

그러자 시연의 얼굴이 확 밝아졌다. 하지만 그것도 잠시, 시연이가 고개를 천천히 가로저었다.

“큰오빠 엄청 바쁘니까, 괜찮아. 안 와도 돼.”

잔뜩 기대하는 표정으로 그렇게 말하면 전혀 설득력이 없단다, 시연아.

귀여워 죽겠네 정말.

학부모 참관 수업 같은 기회 있으면 꼭 내가 가야지.

나는 귀에 걸린 입꼬리를 애써 내리면서 시연이에게 말했다.

"그럼 오빠가 안 바쁠 때 가면 되겠다. 그치?"

"헤헤."

"좋아, 접수했어. 오빠만 믿어, 시연아."

"다 좋은데, 형."

"왜?"

"시연이한테 말하면서 은근슬쩍 나한테 색종이 밀어 넣지 마라. 다 봤다 내가. 어?"

"들켰네."

우리 삼 남매의 연말이 종이학과 함께 천천히 마무리되어 가는 중이었다.

그렇게 한 달이라는 시간이 흘렀다.

나쁜 사람들 아니에요

하루 전에 내린 폭설이 채 녹지 않은 1월의 마지막 날.

영하 12도에 달하는 추위에도 불구하고, 2개월 경력의 일용직 포터 권동현은 오늘도 돈을 벌기 위해 현장에 나왔다.

오늘의 현장은 파주시 문산읍의 넓은 벌판에 출현한 C급의 대형 게이트였기에, 권동현으로서는 걱정이 이만저만이 아니었다.

'C급부터는 위험하다고 들었는데…….'

C급 이상부터는 보통 자체적인 포터팀을 구성하거나 전문 포터 업체들이 담당한다.

이유는 안전상의 문제 때문이었다. C급 게이트부터는 위험한 변수가 곧잘 발생하고는 했으니까.

비각성자 출신인 권동현에게는 다소 부담스러운 등급의 게이트인 건 틀림없었다. 그럼에도 권동현이 이곳에 오게 된 것은 평소 그와 얼마 전에 알게 된 동생, 유 씨의 권유 때문이었다.

─형님. 내가 갑작스럽게 일이 생기는 바람에 못 가게 된 곳이 있거든? 내가 물어보니까 대타를 보내도 된다더라고. 형님이 대신 가쇼. 나중에 이 아우한테 한턱내고!

처음 현장에 도착했을 때까지만 하더라도 왜 유 씨가 자신에게 한턱을 내라고 했는지, 이해하지 못했다.

그가 여태까지 경험했던 모든 현장은 하나같이 일용직 포터들에 대한 대우가 형편없었기 때문이다. 게다가 오늘같이 추운 날에 진행되는 레이드는 더더욱 힘든 편에 속했다.

하지만 현장에 도착한 후, '박정수 팀장'이라는 관계자를 만나게 된 이후부터는 생각이 바뀌었다.

"추운 날씨임에도 불구하고 리멘 교단의 첫 단독 레이드에 참여해 주신 포터 여러분에게 감사의 말씀을 전합니다. 여기, 목걸이부터 착용해 주시면 감사하겠습니다. 오늘 레이드에서 여러분들의 안전을 지켜 줄 겁니다."

박 팀장은 포터들에게 손톱만 한 크기의 새하얀 보석이 박혀 있는 목걸이를 지급했는데, 놀랍게도 그 목걸이를 착용하자마자 추위가 사라졌다.

그뿐만이 아니었다.

오랜 시간 동안 몸에 쌓여 온 피로들마저도 눈 녹듯이 녹아내렸으며, 온몸에 활기가 돌기 시작했다.

그리고 그것은 자신뿐만 아니라 주위에 있던 다른 포터들도 마찬가지인 듯 보였다.

"저도 여러분들과 같은 일용직 포터 출신입니다. 그래서 여러분들의 고충에 대해서는 누구보다 잘 알고 있습니다. 포터의 일이란 것이 즐거울 수는 없겠지만, 적어도 오늘 이곳에서만큼은 좋은 기억을 가져가셨으면 합니다."

여태까지 자신을 이렇게 살갑게 대해 주었던 담당자가 있었던가?

일용직 포터는 노예 취급만 안 당해도 다행인 일이었다. 각성자들 중에는 비각성자를 벌레처럼 취급하는 사람도 있었기 때문이다.

실제로 권동현은 2주 전에 참여했던 E급 던전에서 자신의 아들뻘인 헌터에게 인신공격에 가까운 욕을 얻어먹었던 기억이 있었다.

그게 당연하다고 생각하고 있던 와중에 다가온 호의가 그로서는 당황스러울 수밖에 없었다.

"게이트가 완벽하게 소멸하기 전까지 이곳에서 편하게 대기하고 계시면 됩니다. 그럼 조금 있다가 다시 오겠습니다."

박 팀장이라는 남자는 공손하게 허리를 숙이고 물러났고, 그제야 포터들끼리 서로 이야기를 나누기 시작했다.

아는 얼굴이 없던 탓에 난감해진 권동현이었으나, 곧 그의 옆에 서 있던 다른 포터가 말을 걸어왔다.

"그쪽 분도 당첨돼서 오셨나?"

"당첨……이요? 아니요. 저는 그냥 아는 동생 대타를 뛰러…….."

"히야, 나중에 크게 한턱내셔야겠네! 여기 경쟁률이 49 대 1이었는데, 이걸 양보해 줘? 귀인을 만나셨구먼."

"……49 대 1이요? 일용직 포터에 그 정도나 사람이 모여들었답니까?"

"리멘 교단의 현장이면 그럴 수밖에 없지. 잘 모르는 걸 보면 경력이 그리 오래되시지는 않았나 보네?"

"이제 막 2개월 차입니다."

권동현의 대답에 남자는 이해했다는 듯이 고개를 끄덕였다.

"그렇다면 모를 수도 있지. 이걸 뭐라고 설명해야 하나? 어! 마침 저기들 가시네!"

남자가 손가락으로 가리킨 곳에서는 한 무리의 헌터들이 지나가고 있었다.

얼추 50명은 넘어 보이는 숫자.

새하얀 빛의 갑옷을 입은 헌터들이 선두에서 걸어가고 있었고, 터질 듯한 검은 옷을 입은 사람들이 묵묵히 선두를 따라가는 중이었다.

"딸꾹."

그들이 내뿜는 기세에 질린 권동현이 자신도 모르게 딸꾹질을 시작했다.

여태까지 그가 보았던 헌터들과는 차원이 다른 사람들이었다.

그들의 장대한 체격도 체격이었지만, 당장에라도 상대를 잡아먹을 듯한 그들의 눈빛은 꿈에서 볼까 두려울 정도였다.

"저, 저 사람들은 도대체 누굽니까?"

권동현은 떨리는 목소리로 옆 사람에게 물었다.

잔뜩 겁에 질려 버린 권동현과는 달리, 옆 사람은 익숙하다는 표정으로 대답했다.

"누구긴 누구야? 당연히 리멘 교단의 신입 성직자님들이지."

"……성직자? 깡패가 아니……."

"어허! 이 사람. 어떻게 신의 뜻을 따르시는 분들에게 그런 무례한 말을!"

보통 성직자라고 하면 개신교의 목사, 천주교의 신부, 불교의 스님 등을 떠올리기 마련이다.

하지만 눈앞의 그들은 온몸으로 '성직자'라는 단어를 부정하고 있었다.

"나도 저분들을 처음 볼 때만 하더라도 그쪽처럼 생각했는데, 금세 생각이 바뀌더라고."

"생각이 바뀌다니, 그게 무슨……."

"보면 압니다."

우우우웅. 어느새 하늘에서 게이트가 생성되었고, 잠시 후 초록색 피부를 지닌 괴물, 오크들이 모습을 드러냈다.

전신이 두꺼운 근육으로 뒤덮인 오크들이 일제히 게이트에서 쏟아져 나오는 모습은 충분히 위협적이었다.

하지만 권동현은 자신을 제외한 나머지 포터들이 전혀 두려워하지 않는다는 것을 깨달았다.

그들은 오히려 좋은 구경거리라는 듯, 눈을 빛내면서 리멘 교단의 성직자들을 바라보고 있던 것이다.

"내 말이 무슨 말인지 곧 깨달을 테니까, 그쪽도 그냥 조용히 지켜보기나 하쇼."

옆에 있던 남자의 말에 권동현은 조용히 앞을 바라보았다.

그곳에는 방금 전에 자신을 지나쳐 간 리멘 교단의 성직자들이 두 손을 모아 기도를 하는 중이었다.

그러나 그것도 잠시.

"우아아아아아!"

"리멘께서 우리를 보호하신다아아아!"

"리멘께 영광을! 우리에게는 승리를!"

순식간에 기도를 끝낸 그들은 저마다 무기를 꺼내 들더니,

우리 교황님 좀 말려주세요

곧 엄청난 속도로 오크들을 향해 돌격하기 시작했다.

그것은 마치 쓰나미와도 같았다.

그리고 그 쓰나미는 아직 제대로 전열을 갖추지 못한 오크들을 무참히 쓸어버렸다.

콰지지지직-!

곧이어 펼쳐지는 일방적인 폭력의 현장.

누군가는 철퇴로, 누군가는 방패로, 누군가는 맨주먹으로.

오크들의 비명과 함께 곳곳에서 오크들의 대가리가 터져 나가기 시작했다.

그 모습을 멍하니 지켜보고 있던 권동현의 귓가에, 옆에 있던 사람의 목소리가 흘러들어 왔다.

"저분들 앞에서 나쁜 짓을 한다면 내 머리가 박살 날 것 같더라고. 그러다 보니 자연스레 매사에 조심하게 되고, 그동안 저질러 왔던 잘못들을 후회하게 되고…… 인생 막 살아온 나조차도 회개하는 마음을 품게 해 주시는데, 저분들이 성직자가 아니면 누가 성직자겠어?"

"……과연, 그렇군요."

자신도 모르게 그 말에 수긍해 버린 권동현이었다.

⚜

"만족스러우신가요, 성하?"

"아직 갈 길은 멀어 보이지만…… 이 정도면 어디에서 맞고 다니지는 않겠어."

나는 우리의 귀여운 병아리들이 오크들을 쓸어버리는 모습을 바라보면서 고개를 천천히 끄덕였다.

일방적인 학살이라고 부르기에 충분한 전투였다.

상대가 고작 C급 게이트에서 기어 나온 오크들이기는 했지만, 1기 교육생들이 입교한 지 2달 정도밖에 안 되었다는 걸 고려한다면 확실히 엄청난 성장 속도라고 할 수 있겠다.

"이제 C급 게이트 정도는 우리의 도움 없이 해결할 수 있겠어. 다른 헌터들이랑 비교하면 수준이 어디까지 올라온 거야?"

"못해도 C급 최상위. 도깨비 길드랑 설화 길드의 헌터들과도 일주일에 한 번씩 대련하는데, 몇몇 교육생들은 B급 헌터들도 이기더라구요."

"저 둘인가?"

압도적으로 밀어붙이는 전장에서도 유독 눈에 띄는 교육생들이 두 명 있었다.

다른 교육생들에 비해 낯이 익은 남녀였다.

신성력이 막 등장했던 초기에 내가 직접 영입했던 다섯 명 중 두 명.

최시원과 신아영.

둘은 견습 성기사라는 것을 증명하듯, 한 손에는 철퇴, 한

우리 교황님 좀
말려주세요

손에는 방패를 든 채로 거침없이 오크들의 진형을 무너뜨리는 중이었다.

"맞아요. 훈련 성과도 가장 좋고, 실전에서도 가장 움직임이 좋아요. 신성력을 운용하는 것도 부드럽고, 성기사로서의 밸런스가 굉장히 잘 잡혀 있어요."

"잠재력은 확실한 친구들이니까."

나는 루나의 말을 들으며 천천히 고개를 끄덕였다.

최초로 신성력을 각성했던 교육생인 만큼, 다른 교육생들에 비해 훈련을 빠르게 시작했던 친구들이었다.

그들이 두각을 드러내는 건 어찌 보면 당연한 일일지도 몰랐다.

"다섯 명 중 나머지 세 명은?"

"오후 조요. 오전 조에 비해서 실력이 살짝 떨어지긴 하지만, 그렇게 큰 차이는 없어요. 오후 조도 이따가 직접 보실래요?"

그 말에 나는 가볍게 손을 내저었다.

"오후에는 다른 일정이 있으니까 패스. 굳이 안 봐도 될 것 같다."

"성하께서 만족하시니 다행이네요."

"2기 교육생들은 2주 뒤부터 교육 시작이야. 이번에는 200명 선발했다. 1기 교육생들 중에서 조교로 쓸 만한 애들도 미리 선발해 두고."

김 실장으로부터 신성 계열 플레이어들의 숫자가 생각보다 느리게 증가하고 있다는 이야기를 들었다.

처음 신성력이 등장했던 1주일 이후, 마력 사용자 20명당 한 명꼴로 각성하고 있다더라.

한 해에 5만 명 정도가 각성한다고 들었으니까, 신성 계열은 기껏해야 2,500명 정도가 각성하는 셈이다.

그 작은 파이를 종교들끼리 나눠 먹으려니 박이 터지지.

그래도 우리 교단은 다른 종교들에 비해 상황이 나은 편이다.

왜냐하면.

"이번 기수에 일본 쪽에서 100명 넘어오기로 했으니까, 그렇게 알고 있어."

우리는 일본에서도 인력을 수급할 수 있기 때문이다.

내가 지난번 야마타노오로치전에서 보여 주었던 임팩트가 워낙 컸던 덕분에 일본에도 우리 교단의 신도가 엄청 늘었다.

두 번째 신전을 일본에 지어야 하나 진지하게 고민해야 하는 수준이었다.

원래라면 자국의 각성자를 타국에 보내지 않는 것이 일반적이었지만, 이 건은 지난번 한일 정상 회담을 통해서 확정된 건이었다.

"한국과 일본의 플레이어들은 언제든지 양국을 자유롭게

오갈 수 있어. 신성 계열 플레이어들도 마찬가지야. 이번에 들어오는 교육생들은 1년 동안 이곳에서 활동한 뒤, 일본으로 돌아가게 될 거야."

"그렇다면 그 친구들이 차후 일본 교구의 핵심이 되겠네요?"

"그렇지. 언제까지 한국에 붙잡아 둘 수는 없잖아?"

"저나 레오는 괜찮지만, 일본 출신 교육생들이 한국 출신 교육생들과 잘 어우러질까요? 일단 말부터 안 통하잖아요."

맞는 말이다.

언어 문제는 단합에 있어서 심각한 요소기도 하다.

하지만 나는 크게 걱정하지는 않았다.

"그건 걔네들 사정이고. 한국에 교육받으러 왔으면 한국어도 배워야지. 당연한 거 아니냐? 그래서 한국어 선생님들도 소개받아 뒀어."

"아무리 봐도 서로 싸울 것 같은데."

"그건 맞지. 일본 애들한테는 가위바위보조차 지지 말라고 했었으니까."

"그런데 그냥 그렇게 하시겠다구요?"

"경쟁 상대가 눈앞에 있다는 건 아주 훌륭한 동기부여잖아. 잘만 이용한다면 괜찮을걸."

라이벌이란 게 원래 그런 거다.

서로를 이기기 위해서 끝없이 노력하는, 긍정적인 상승효과를 기대해 볼 법하다.

물론 라이벌 의식이 극단적으로 치달았을 때는 부정적인 효과가 나타나겠지만…… 그건 이쪽에서 충분히 컨트롤이 가능했다.

"패싸움을 할 것 같으면 사랑의 매를 들어야지."

"사랑의 매요?"

"너도나도 공평하게 쥐어 터지다 보면 없던 동료애도 싹트지 않겠냐?"

내 말을 들은 루나가 잠시 말을 잇지 못했다.

그러더니 곧 박수를 치면서 감탄사를 내뱉었다.

"역시, 우리 성하. 아직 저는 성하의 발끝조차 따라가지 못하겠네요. 어떻게 교황의 입에서 그런 천박…… 아니, 쌈박한 아이디어가 튀어나올 수가 있지?"

"진짜 천박한 게 뭔지 보여 줘?"

"에이, 실수, 실수. 쏘리요."

그렇게 나와 루나가 우리 병아리들의 전투를 지켜보면서 이런저런 의견을 교환하고 있을 때쯤이었다.

우우우웅.

주머니에 넣어 두었던 스마트폰의 진동이 느껴졌다. 전화가 왔는데, 발신자는 김 실장이었다.

"여보세요."

─시우 님. 확인차 전화를 드렸습니다. 오늘 오후에 친선

단 환영식이 있습니다. 일본 측 친선단은 이미 한국에 도착하였고, 중국 측 친선단 역시 방금 비행기에 탑승했다고 합니다.

"오후 6시, 구청와대. 맞죠?"

ㅡ예, 정확합니다.

"안 늦게 가겠습니다. 루나는 참석하기 힘들고, 레오를 데려갈게요."

ㅡ편하실 대로 하시면 됩니다. 그럼 이따가 뵙겠습니다.

"이따가 봬요."

나는 전화를 끊으며 씨익 미소를 지었다.

그 모습을 본 루나가 나에게 넌지시 묻는다.

"이건 기대하는 표정인데…… 그렇게 기대되셔요?"

"당연하지."

중국 측 각성자, 일본 측 각성자, 우리 쪽 각성자.

싸그리 모여서 환영식을 한다는데, 내가 어떻게 기대를 안 해?

"누가 우리 성하 좀 말려 줘야 하는데."

"그래서 레오가 같이 가잖아."

"푸흡. 레오가 성하를 말려? 새해 들어 들은 농담 중에 제일 웃겼다. 인정."

루나가 웃건 말건, 한 가지만큼은 확실하다.

"간만에 즐겁겠네."

빨리 오후 6시가 되었으면 좋겠다.

❧

신전으로 돌아와 간단한 업무를 처리한 후, 곧바로 구청와
대로 향했다.

동북아 교류전에 참가하는 각국의 각성자들을 위해 준비
된 환영식.

환영식의 총책임자는 이능관리부의 유선호 장관이었다.

정부 측에서도 나름 신경을 쓰고 있다는 것을 표시하기 위
해 유선호 장관을 보낸 듯싶었다.

"오랜만에 뵙습니다, 김시우 각성자. 그간 잘 지내셨습니
까?"

"저야 뭐 항상 잘 지내죠. 장관님께서 신전에 영 안 오셔
서 섭섭하던 차였습니다."

"은퇴할 날이 얼마 안 남아서 그런가, 요새 기력이 좀 쇠
한 느낌입니다. 여기에서 이렇게 행사를 준비하는 것도 사실
좀 벅찬 상황입니다. 하하!"

유선호 장관은 넉살 좋게 웃음을 터뜨렸다.

나는 그의 말이 전부 엄살이란 것쯤은 알고 있었다. 기력
이 쇠했다고?

반쯤 보태서 말하자면 여전히 철근도 씹어 먹을 것처럼 기

력이 왕성해 보였다.

그것은 유선호 장관이 평소에 그만큼 몸 관리를 잘해 왔다는 뜻이기도 했다.

매사에 철두철미한 사람이었으니, 몸 관리도 철두철미하게 해 온 모양이다.

나는 유선호 장관과 악수를 하면서 미소를 지었다.

"저희 신전에도 어르신 한 분이 오셨는데, 장관님과 꽤 잘 통할 것 같습니다."

"아, 그렇습니까?"

"교류전이 끝나면 한번 놀러 오세요. 드릴 선물도 있습니다. 미리 말씀드리는데, 뇌물은 절대 아닙니다. 아시죠?"

"음, 그럼 은퇴를 하고 가는 게 깔끔하겠습니다."

"저희야 좋죠. 장관 출신 인재라면 연봉을 어떻게 책정해 드려야 하나?"

유 장관은 내 넉살에 다시 한번 크게 웃음을 터뜨렸다.

"하하! 이거, 막 정계 은퇴한 늙은이 바로 데려다 쓰시려는 거 아닙니까? 안식년도 안 주실 생각이신 것 같습니다."

"오실 때 우리 김 실장님도 데려와 주셨으면 합니다."

"그랬다가는 대통령님께 한 소리 듣습니다. 은퇴하는 길에 미움을 받았다가는 여생이 골치 아파지는 법이지요. 자, 아직 시작까지는 시간이 남았으니 들어오셔서 차라도 한잔 합시다."

여전히 틈이 안 보이는 노인이다.

그와 대화를 하고 있자면 흐르는 강물과 대화를 하는 기분이다. 유유히 내 말을 받아 주고, 부드럽게 답을 건넨다.

대화를 하고 있는 사람으로 하여금 편안함을 느끼게 만드는 화법이었다. 물론 어디까지나 말투만 그런 사람이란 건 잘 안다. 최 대표로부터 워낙 많은 이야기를 들었어야지.

어찌 되었든 나는 유 장관의 안내를 받아 접견실 안으로 들어선 다음, 여유롭게 의자에 앉았다.

"레오, 너도 옆에 앉아."

"감사합니다, 성하."

그렇게 레오까지 내 옆에 앉히자 곧 유 장관의 비서가 우리 앞에 녹차를 내왔다.

"향이 제법 좋습니다."

"잘 마시겠습니다."

유 장관의 말대로 녹차의 향은 좋았다. 티백 녹차와는 살짝 다른 맛.

내 입맛이 조금만 더 고급스러웠다면 차이를 정확하게 짚어 낼 수야 있었겠지만, 아쉽게도 내 입맛은 그렇게까지 고급은 아니라서 말이지.

"흐음."

차를 한 모금 목으로 넘긴 유 장관은 조용히 나를 바라보았다.

"초대에 응해 주셔서 감사합니다. 근래에 엄청 바쁘시다고 들었습니다. 듣자 하니 리멘 교단 소속 플레이어들의 성장 속도가 엄청나다고 하던데, 비결이 따로 있습니까? 언제 한번 노하우를 전수받고 싶네요."

"벌써 소문이 거기까지 퍼졌습니까?"

"예전이랑은 좀 다르지요? 저희도 나름대로 열심히 정보력을 강화하는 중입니다."

"정보력만 강화하는 건 아니라고 들었습니다. 전각련 해체 이후 막대한 자금을 통해서 헌터들을 영입하셨다고."

지난 1달간 일어났던 사건 중 가장 큰 사건이라고 한다면 전각련이 해체되었다는 것이다.

안 그래도 내부 갈등이 심해지고 있던 전각련이었다.

그런데 거기에 수소폭탄의 파괴력을 지닌 이슈까지 터져 버렸다.

〈양기춘 전 대통령 양심고백, '나는 민족의 죄인. 류진영을 일본에 팔아넘긴 배신자.'〉

일명 류진영 스캔들.

지방에 내려가서 편안한 여생을 지내고 있던 양기춘 전 대통령의 입에서 시작된 그 스캔들은 순식간에 대한민국을 집어삼켰다.

대부분의 사이트에서 상위권을 차지하고 있던 우리 교단에 대한 뉴스가 일시에 사라졌으며, 그 자리를 진영이 형에 대한 이야기가 대체했다.

내용은 내가 알고 있던 그대로였다.

정부와 전각련이 진행했던 밀실 협상, 전각련이 그동안 그것을 빌미로 정부를 협박해 왔던 것들.

일부 언론과 결탁된 채로 여론을 조성해 왔다는 증거가 곳곳에서 터져 나왔으며, 현재 정부의 대표 헌터라고 할 수 있는 강채아가 증인으로 나섰다.

그것들이야말로 정부에서 벼르고 있던 '한 방'이었다.

그리고 그 한 방은 결속력을 잃어버린 전각련을 무너뜨리기에 충분했다.

"비록 아름다운 은퇴는 물 건너갔지만, 미래를 위해 무언가 준비했다는 인상은 남겨야 하지 않겠습니까?"

사람들은 디멘션 오프닝 이후로 이능관리부를 이끌어 왔던 유선호 장관에게도 당연히 책임을 묻기 시작했다.

그 결과, 유 장관은 이번 동북아 교류전을 끝으로 모든 업무에서 물러서게 되었다. 즉, 이번 교류전이 이 거인의 마지막 무대란 뜻이었다.

나름 정부랑 친하게 지내고 있다고 생각했는데 말이야.

그런 빅 이벤트를 나에게 말해 주지도 않고 터트리는 것을 보니까 굉장히 섭섭하더라.

"류진영 군에게 참 몹쓸 짓이었지요. 전 대통령께서 낙향하신 이후로도 계속 마음에 담아 두셨던 모양입니다. 저희가 말을 꺼내자마자 기다렸다는 듯이 돕겠다고 하셨습니다. 자신의 과오로 현 정부가 짐을 짊어지는 꼴은 못 보겠다, 그리 말씀하셨어요."

전 대통령의 양심 고백으로 촉발된 류진영 스캔들은 결국 전각련을 해체시켜 버렸다.

물론 관련자 전부가 처벌받은 건 아니었다. 미리 꼬리를 자를 준비를 했었는지, 대호 길드를 비롯한 대형 길드들은 자신들은 모르는 일이라며 선을 긋고 있었다.

자세한 건 시간이 흘러가야 알겠지만…… 글쎄. 당분간 그들은 정신이 없을 것이다. 전각련이 해체되자마자 중부련, 남부련 등의 새로운 연합들이 우후죽순처럼 등장하고 있었거든.

아무튼.

이번 스캔들의 최고 수혜자는 다름 아닌 진영이 형이었다.

국민을 살리기 위해 배신자를 자처한 남자.

일부 국민들은 여전히 그가 틀렸다며 손가락질했지만, 우호적인 여론이 조성된 건 사실이었다.

그리고 그런 그가 오늘 대한민국에 입국했다.

동북아 교류전을 위해서 말이다.

"류진영을 포함한 일본 측의 각성자들과, 왕 웨이를 포함한 중국 측의 각성자 모두가 환영식에 참가하기로 했으니, 부디 잘 부탁드립니다."

"잘 부탁드린다는 게 혹시 무슨 뜻일까요?"

"제 입으로 말씀드리기에는 참 부끄러운 말이지요. 하하…… 그래도 오랫동안 준비해 온 행사인데, 첫날부터 싸움이 벌어지면 곤란하지 않겠습니까?"

음, 이제야 왜 나를 먼저 불렀는지 알 것 같다.

이거 완전 문제아 취급이잖아?

나는 녹차를 한 모금 목으로 넘긴 다음, 해맑게 미소를 지었다. 그리고 고개를 끄덕였다.

"저만 믿으시죠."

"이렇게나 믿음직스러울 수가."

진짜 정치인은 정치인이다.

저런 거짓말을 표정 하나 안 바뀌고 말해?

독하다 독해.

❖

가장 먼저 영빈관에 도착한 사람은 일본 측도, 중국 측도 아니었다.

"흐하하! 시우. 한잔하자고. 오늘 아주 그냥 코가 삐뚤어질 때까지 마시자니까!"

"제발 좀 꺼져! 붙지 마!"

"왜 이러시나. 오늘은 나름 연회 분위기에 맞춰서 턱시도
도 입고 왔는데, 이러면 나 속상해?"

바로 에이든이었다.

나는 행사가 시작되기도 전에 들어와서 술판을 벌이고 있
는 에이든을 바라보면서 크게 한숨을 내쉬었다.

어떻게 보면 참으로 일관된 놈이라고 할 수 있겠다. 술이
있는 곳이면 어디든 나타나서는, 어디든 술판을 벌인다.

"턱시도는 그거 맞춤형이냐?"

"물론이지. 태평양과 같은 상체 근육은 거친 남성성을 표
현한다. 게다가 이 거친 근육이야말로 내 투쟁의 역사의 근
간을 이루는 것! 겉으로 티를 내어 자랑하는 것이 마땅하다!"

"……지랄하네."

"음? 그거, 은영이 자주 하는 말인데!"

"내 앞에서 우리 할머니 이름 그렇게 친숙하게 부르지 말
아 줄래?"

에이든은 여전히 여주에 위치한 우리 할머니 댁에서 지내
는 중이다.

쉴 새 없이 피를 흩뿌리고 다녔다던 바바리안의 일상이라
기에는 지나치게 평화로웠지만, 에이든의 표정을 보면 현재
의 생활에 크게 만족하고 있는 것 같았다.

보기는 좋았다.

딱 저 근육 턱시도만 빼면.

"너는 누구 초대받고 왔냐?"

"으음, 내가 말을 안 했나? 이번 동북아 교류전의 참관인
이 바로 나다."

"참관인?"

"제3국의 참관인이 하나쯤은 있어야 제대로 된 대련이라
고 할 수 있다. 시우. 아마 나만 한 참관인은 그 어디에서도
찾아볼 수 없을 거야."

전 세계에 공인된 미국의 이레귤러가 참관을 봐 준다라.

확실히 뒷말이 나오기가 힘들 것 같다. 에이든이 이 자리
에 있다는 건 중국 측에서도 조건을 받아들였다는 뜻.

미국이라면 병적으로 지랄을 해 대시는 중국 친구들을 생
각해 본다면 의외의 결과라고 할 수 있겠다.

'그만큼 자신감이 있다는 건가?'

중국 측의 이레귤러인 검귀가 얼마나 강한지는 모르겠다
만, 한 가지 확실한 건 밥맛 더럽게 없는 놈이란 점이다.

지난번에 우리 교단에게 건넸던 제의도 그렇고, 지금의 대
처도 그렇고.

지 잘난 맛에 사는 놈일 가능성이 더욱 높아졌다.

"그런데 할머니랑 엠마 밀러 여사님은 어디다 모셔 뒀어?"

"지금쯤이면 너희 신전에 계실 거다. 라파르트 대주교와
즐겁게 담소를 나누고 있으시겠지."

"그곳만큼 안전한 곳이 없긴 해."

루나와 라파르트 대주교, 토비를 포함한 핵심 전력에다가 최근 들어 많이 기량이 올라온 우리 교단의 신입 플레이어들.

거기에 미국 측의 최정예 각성자들이라면 아마 청와대보다 뚫기 힘들 것이다.

게다가 성지에서는 우리 교단 신도들의 힘이 대폭 강화된다.

철옹성에 가깝다고 해도 과언이 아니었다.

"라파르트 대주교가 우리 여사님들에게 인기가 참 많네."

"카사노바의 환생이 아닌가 싶기도 한다."

"뭐라고?"

"혼잣말이야. 신경 쓰지 마라."

그렇게 나와 에이든이 이야기를 나누고 있는 사이, 행사장의 입구가 다소 소란스러워졌다.

손님이 온 모양이었다.

"드디어 시작되는구나. 시우, 이럴 때 한국에선 이렇게들 표현한다면서?"

"뭐라고."

"팝콘 가져와. 하하! 거기, 팝콘 있으면 팝콘 좀 가져다주겠나?"

"이런 연회장에 팝콘이 있을 리가 있······."

"여기 있습니다, 에이든 하워드 님."

……있네.

정부에서 준비를 진짜 철저하게 한 것 같다. 없는 게 없다.

"음, 레오 군도 한 입?"

"저는 괜찮습니다, 에이든 하워드 님."

"사양한다면 뭐."

와그작-

팝콘을 건네받은 에이든이 한 움큼 입으로 집어넣으면서 씹어 삼키기 시작했다.

한두 알은 흘릴 법도 한데, 흘리는 팝콘은 단 하나도 없었다. 저렇게 깔끔하게 먹는 것도 재능이라면 재능일지도?

"첫 손님은 일본. 지난번에 한잔 같이했던 진영 군이 대표인가?"

"맞아."

일본의 국기가 그려진 코트를 걸친 각성자들이 영빈관 내부로 들어왔다.

인원은 총 20명.

교류전에 참가할 인원들을 비롯하여 외교 관계자들도 함께 입장한 듯했다.

그리고 잠시 후, 그 무리에서 튀어나온 익숙한 얼굴의 미남이 우리를 향해 다가왔다.

"다들 오랜만입니다."

"진영이 형, 표정 좋아 보이네요?"

"시우 말이 맞다. 아예 사람이 바뀐 것 같다."

"그렇습니까? 그토록 밟고 싶었던 땅을 밟게 돼서 그런지, 저도 모르게 웃음이 나오는군요."

진영이 형은 부드럽게 웃으면서 고개를 끄덕였다.

잘생긴 사람이 활짝 웃으니까 더 잘생겼다.

나는 진영이 형을 향해 가볍게 손을 내밀면서 말했다.

"잘 있다가 가요. 맞다. 강채아 씨랑은?"

"끝나고 몰래 만나기로 했어. 이거 비밀이다."

"행사 끝나면 저희 신전 정원에서 시간 보내세요. 저녁 10시 이후에는 사람 많이 안 다니거든요? 제가 따로 자리 비워두라고 할게요. 겨울에도 꽃이 피는 곳이라, 데이트하기 딱 좋습니다."

"그렇게까지?"

"서울 오셨는데 서울 명소는 한번 들렀다가 가셔야지."

진영이 형이 웃으니까 확실히 보기가 좋았다. 일본에서 봤을 땐 표정이 죽어 있다는 느낌을 받았는데, 저렇게 싱긋한 미소를 지을 줄이야.

맞다. 한국 온 김에 백설화한테 이런저런 노하우를 전수해주고 가라고 해야겠다. 안 그래도 백설화가 진영이 형과 한번 만나 보고 싶다는 말을 했었다.

"자세한 이야기는 행사 끝나고 나누자. 내가 대표로 온 거라서, 계속 여기에 있을 수는 없어."

"그래요, 형. 이따가 봐요."

진영이 형은 손을 흔들면서 다시 자신의 무리로 되돌아갔다.

그리고 그가 자리로 지나간 지 얼마 되지 않아 새로운 인물들이 입구에 등장했다.

오성홍기를 그린 코트를 입고 있는 30명 남짓한 인원들.

그들의 앞에서는 뒷짐을 진 한 남자가 턱을 살짝 들어 올린 채로 서 있었다.

짧게 자른 머리에, 무협 소설 속에서나 볼 법한 긴 검은색 장포를 두른 중년의 남성.

그들이 이곳에 등장한 순간 다소 소란스러웠던 분위기가 차갑게 내려앉는다.

중년의 남성은 그 분위기가 마음에 들었는지, 슬며시 입꼬리를 올리면서 앞으로 걸어왔다.

정확히는 나를 향해서.

"흠."

마침내 내 앞에 도착한 중년의 남성, 왕 웨이는 나를 살짝 내려다보았다. 나보다 그의 키가 조금 컸기 때문이다.

"네가 리멘 교단을 이끌고 있는 김시우냐?"

〈언어의 축복〉을 통해서 번역된 의미가 머릿속으로 흘러들어 왔다.

초면부터 저렇게 나오니 나도 질 수야 없지.

"네가 왕 웨이냐?"

"어른에게 갖춰야 하는 예의를 교육받지 못했나 보구나. 소국이라 그런가, 참으로 형편없군."

어쩜 이렇게 예상했던 그대로인지.

나는 왕 웨이의 눈을 바라본 다음, 입꼬리를 올리면서 말했다.

"오늘 하루 진짜 재밌겠어. 벌써부터 설레는데?"

❧

왕 웨이.

중국의 이레귤러라고 불리는 놈답게, 녀석의 몸에서는 마력이 느껴지지는 않았다.

대신에 배꼽 부근에서부터 마력과 비슷한 기운을 확인할 수 있었다.

마력과 출발점은 비슷하나, 훨씬 압축되어 있는 기운.

그러나 그 기운이 마냥 순수하지는 않았다. 불순물이 섞여서, 회색빛의 아우라를 형성하고 있었다.

물론 내 눈에만 보이는 색깔이었다.

"이 자리가 축하를 위한 자리라는 것에 감사해라. 만약 다른 장소였다면 너에게 연장자에 대한 예의와 강자에 대한 법도를 알려 줬을 것이야."

왕 웨이의 목소리에서 느껴지는 건 딱 두 가지였다.

교만함과 불쾌감.

스스로의 실력을 과신하여 생긴 교만함일 테고, 내가 자신에게 위축되지 않기에 느끼는 불쾌감일 터였다.

나는 아무런 말도 하지 않고 입꼬리를 올렸다.

그런 내 태도가 불만이었던 건지, 왕 웨이의 옆에 서 있던 남자가 말했다.

"왕 웨이 님께서 너에게 말을 하고 계시잖……."

"성하께서는 네놈의 참견을 허락하지 않으셨다. 함부로 끼어들지 마라. 그리고 예의를 갖추어라, 불신자."

그를 제지한 것은 다름 아닌 레오였다.

레오는 내가 왕 웨이와 대화하고 있을 때는 가만히 있었지만, 다른 이가 끼어드는 것은 두고 보지 않았다.

레오의 눈빛은 이미 싸늘하게 식어 있었다. 게다가 손에다가 신성력을 끌어올리는 걸 보면, 언제라도 상대방을 '접어 버릴' 준비 역시 끝낸 상태였다.

당장에라도 싸움이 날 것만 같은 일촉즉발의 상황.

그 숨 막히는 대치를 깨고 먼저 말을 꺼낸 쪽은 왕 웨이였다.

"우리가 너희에게 건넨 제의를 무시했다고 들었다. 내 특별히 어른으로서 너에게 가르쳐 주마. 세상에서 가장 미련한 짓은 알량한 자존심을 지키는 것이다. 지도자라면 모름지기 더 큰 대의를 위하여 스스로를 굽힐 줄 알아야 하지."

"어이, 왕 씨."

"……왕 씨?"

"왕 웨이라면서? 그러면 왕 씨지. 손님 대우를 해 주는 건 지금뿐이니까, 닥치고 네 자리로 꺼져. 가면서 우리 유 장관님에게 감사하다고 전해라. 저분이 부탁하셔서 지금 네 틀니가 보존되고 있는 거야."

나도 지금 당장 싸우고 싶은 생각은 없었다. 아직 맛있게 잡아먹기에는 밥이 설익었다. 뜸을 들여야 할 시기란 뜻이다.

고작 저딴 놈의 위협?

하나도 무섭지 않았다. 차라리 에이든이 벌거벗고 나에게 달려드는 것이 더 무서울 정도였다.

"중국에도 이런 말이 있는지는 모르겠다만, 혹시 짖는 개는 물지 않는다, 그런 말 알아?"

"네 이노……."

"너 진짜 자신은 있냐?"

나는 웃으면서 왕 웨이를 바라보았다.

왕 웨이의 얼굴은 이미 잘 익은 홍시처럼 붉게 물들어 있었다. 가만 보면 마라탕의 국물 색깔 같기도 하고.

내가 대놓고 무시했음에도 불구하고 왕 웨이는 더 이상 아무런 말도 하지 않았다.

그저 죽일 듯한 눈빛으로 나를 노려만 볼 뿐.

그렇게 왕 웨이는 한참 동안을 그렇게 나를 노려보고 있었고, 우리의 신경전을 가만히 주시하고 있던 유선호 장관이 우리에게로 다가왔다.

"두 분 모두 거칠게 인사를 나누는 걸 선호하시는 듯합니다. 소개가 늦었습니다, 왕 웨이 각성자. 이능관리부의 장관, 유선호라고 합니다."

나와 대화를 할 때는 〈언어의 축복〉을 적용받았기 때문에 수월하게 의사소통이 되었지만, 유선호 장관에게까지 축복이 적용될 수는 없었다.

따라서 왕 웨이는 자신의 옆에 있던 통역사가 통역을 해 준 뒤에서야 답했다.

"중화인민공화국 초인부 국제협력국에 소속된 왕 웨이요."

"동북아시아의 국가들끼리 친목을 도모하는 좋은 자리 아니겠습니까? 서로의 힘을 견식하는 것은 다음으로 미루고, 오늘만큼은 여유롭게 즐기다 돌아가셨으면 합니다."

더 이상 분란을 일으키지 말아 달라는 소리를 완곡하게 돌려서 말한 셈이다.

적절한 시점에 이루어진 중재였다.

양쪽 다 한 번씩 모욕을 주고받았으니, 누가 더 잘했다고는 말할 수 없는 상황.

결국, 왕 웨이는 인상을 찡그린 채로 뒤로 물러설 수밖에 없었다.

"이런 곳에 과연 내가 즐길 만한 것이 있을지는 모르겠소만, 유 장관의 얼굴을 봐서라도 물러서도록 하겠소."

가만히 내버려 뒀어도 재밌어졌을 텐데 말이지.

나는 아쉬운 마음에 입맛을 다셨다. 그리고 왕 웨이의 뒤쪽에서 벌벌 떨고 있는 한 여자를 바라보았다.

지난번에 신전에 찾아왔던 여자, 리 지에. 그녀는 나와 눈이 마주치자마자 서둘러 고개를 숙였다.

"우리 또 보네. 너 루나랑 친구 하기로 했다면서? 루나한테 너 다시 한국 들어왔다고 전해 둘게. 안 그래도 요새 루나심심해하던데 잘됐다. 금방 찾아갈 거니까 시간 비워 둬."

루나와 저 여자 사이에 어떤 일이 있었는지는 모르겠지만, 확실히 평범한 일은 아니었을 것 같다.

그렇지 않고서야.

털썩-.

루나의 이름을 듣자마자 저렇게 다리의 힘이 풀릴 리가 없었다.

"리 지에 님!"

"갑자기 왜……."

기세 좋게 영빈관에 들어와서는 대놓고 체면이 상한 중국 측 대표단.

그 촌극을 두 눈으로 지켜본 왕 웨이가 나를 향해 이를 갈며 말했다.

"도대체 내 부하에게 무슨 짓을……."

"본인한테 물어보시든지."

"……네놈이 나와 대련을 하고서도 그렇게 당당할 수 있는지 보자."

전형적인 악당들의 클리셰 중에는 그런 게 있다.

두고 보자는 새끼들치고 진짜 두고 볼 만한 새끼들은 하나도 없다는 것.

나는 몸을 돌려 자신들의 자리로 향하는 중국 측 각성자들을 보며 실소를 지었다.

"병신들."

중국의 이레귤러, 왕 웨이.

검을 사용한다고 했으니 아마 검을 들면 기세가 바뀔 수도 있을 것이다.

하지만 저 정도로는…….

"에이든."

"왜, 시우."

"네가 더 낫다."

"그건 당연한 거다."

지금까지 이 모습을 팝콘이나 먹으면서 직관하고 있던 에이든조차 이기지 못할 것 같았다.

중국에서는 꽤 날렸을지 모르겠지만, 적어도 내 눈에는 그랬다.

"저 새끼 순 거품이야."

내 말에 에이든은 무릎을 탁 치면서 답했다.

"거품? 버블 말인가? 그렇게 따지면 시우, 너도 버블이다."

"뭐?"

"언빌리버블. 후후후."

스스로의 드립에 뿌듯해하는 표정 좀 봐.

그냥 눈 딱 감고 한 대 칠까?

꩜

나와 왕 웨이의 충돌 이후 이어진 환영식의 분위기가 좋을 리가 없었다.

중국 측 각성자들은 아예 자기들끼리만 이야기를 나누고 있었고, 일본 측 각성자들도 대부분 마찬가지였다.

진영이 형만이 간간이 한국 측에 얼굴을 비출 뿐.

그런 분위기가 어쩔 수는 없는 게, 이 자리에 모인 각성자들은 결국 조국의 명예를 위해 싸우러 온 것이다.

교류전은 단순히 핑계일 뿐.

이번 교류전의 결과로 인해서 동북아시아의 정세가 재편될 것이라는 걸 다들 알고 있었기 때문이다.

그렇기 때문에 3개국 중에서 가장 분위기가 침울한 쪽은 일본이었다.

그들에게는 이레귤러가 없었으니까.

그들은 애초에 이기러 왔다기보다는, 구색을 갖추기 위한 들러리의 역할이 가장 컸다.

실제로 일본 대표단 중에서 진영이 형만이 유일한 디재스터급 귀환자였다.

일본에는 디재스터급 귀환자가 총 다섯 명이 있다고 들었는데 말이다.

"오늘 여기서 가장 바쁜 건 유 장관님이네."

"분위기가 이렇기는 해도 외교는 이어 가야지. 아마 외교 실무자들은 각오를 하고 왔을 거다."

에이든의 말처럼 외교는 별개의 영역이었다.

서로 섞이지 않으려는 각성자들과는 달리, 실무자들은 쉴 새 없이 이야기를 나누는 중이었다.

저들에게도 저들만의 치열한 싸움이 벌어지고 있던 것이다.

"내가 봤을 때는 교류전의 의미도 없을 것 같다. 결과가 너무 뻔해."

"누가 이기는데."

"당연히 한국 측이지. 시우, 루나, 레오. 이 라인업부터가 문제가 있다고 생각한다. 그뿐만이 아니야. 네 번째는 내 친구 서진, 다섯 번째는 저기 강채아. 솔직히 양심 없는 라인업 아닌가?"

교류의 목적을 위한 대련인 만큼 결과에 상관치 않고 5경기를 전부 치르는 것으로 확정되었다고 한다.

한국 측의 멤버 역시 확정되었다.

에이든이 말했던 대로 우리 교단 3인방에 최 대표, 강채아까지 더하는 라인업.

최 대표보다 랭킹이 높은 랭커들 모두가 이번 교류전에 보이콧을 선언했다. 왜냐하면 그들의 집에 불이 나고 있는 상황이었기 때문이다.

그나저나 오늘 최 대표가 안 보인다. 가족 행사가 있다고 하던가?

"시우, 왕 웨이 옆에 있던 그 남자가 누군지 아나?"

레오에 의해 제지당했던 놈을 말하는 것 같다.

"내가 중국인을 어떻게 알아."

"장 민. 왕 웨이가 아끼는 디재스터급 귀환자다. 아마 2번으로 나설 거다."

각국의 1번은 당연히 나와 왕 웨이다.

우리 측의 2번은 레오.

공교롭게도 아까 충돌했던 멤버 그대로 대련을 치르게 되

나쁜 사람들 아니에요 211

었다.

"레오야."

"예, 성하."

"네가 봤을 땐 아까 그놈 몇 분 만에 끝낼 수 있을 것 같냐?"

그러자 레오가 단호하게 대답했다.

"1분이면 충분합니다."

"생각보다 오래 걸리네."

"접는 데는 10초면 충분할 것 같지만, 대련이니만큼 다시 펴야 합니다. 접는 데 10초, 펴는 데 50초쯤 걸릴 것 같습니다. 접었다가 펴는 건 다소 손이 가는 작업입니다."

이쯤 되면 레오는 사람을 정말 종이로 생각하고 있는 게 아닐까.

친절하게도 직접 펴 줄 생각까지 하고 있는 레오였다.

그리고 레오의 말은 사실이기도 했다.

내가 봐도 아까 전의 그놈과 레오가 붙으면 레오 쪽이 압도적으로 승리할 것 같았다.

레오의 힘을 굳이 지구의 기준으로 표현하자면, 디재스터급과 이레귤러 사이 어디쯤이 될 것이다.

확실한 건 그 장 민이라는 놈이라든지, 지난번에 내가 처리한 이은혁 같은 놈들보다는 레오가 훨씬 강했다.

왕 웨이랑 비교를 해 본다면…… 글쎄, 확신은 못 하겠다.

왕 웨이가 전력을 다하는 모습을 한 번이라도 봤어야 말이지.

"그런데 시우. 궁금한 거 하나 있는데, 물어봐도 되나?"

에이든은 샴페인을 병째로 벌컥벌컥 들이켠 다음, 와이셔츠 소매로 입가를 닦으면서 말했다.

"무슨 질문?"

"루나 양과 레오 군, 둘 중에 누가 더 강한가?"

"그게 왜 궁금하냐."

"엄마가 좋아, 아빠가 좋아. 그런 느낌이다."

전혀 예상하지도 못한 질문이었으나, 그 질문에 나 대신 대답을 한 건 레오였다.

"레벤톤 경이 저보다 더 강합니다."

"그래?"

"예."

레오의 대답에 에이든은 김이 샜다는 듯이 미간을 작게 찌푸렸다.

"재미없어. 보통 남매들은 티격태격 싸워야 정상 아닌가? 의남매라서 그런가, 그런 맛이 없구만."

"대인전 능력은 비등비등한 편이지만, 다수를 상대해야 하는 전장에서만큼은 레벤톤 경에게 내려진 은총이 확실히 빛을 발합니다. 그녀는 손에 닿는 모든 것에 신성력을 부여하여 사용할 수 있습니다. 그것은 전장에서 아주 큰 장점입니다."

그 말을 들으니 문득 분노의 마왕이 이끌던 군단과 치렀던 마지막 전투가 떠올랐다.

그 당시에 대륙의 마법사들이 힘을 합쳐서 만든, 현대의 전차와 비스무리한 느낌의 마법 병기가 하나 있었다.

성능은 확실했지만 조작이 어려웠던 병기였는데, 루나는 그 병기에 축성을 한 후 자유자재로 조종하며 마족과 마수들을 쓸고 다녔다.

즉, 성능이 괜찮은 무기나 병기가 있다면 그만큼 루나의 전투력이 배가되는 것이다.

축성을 통해 신성력의 힘을 얻게 된 전략폭격기나, 차세대 전차.

현대의 발전된 무기 체계와 루나의 능력은 아주 좋은 시너지 효과를 발휘할 가능성이 높았다.

"그렇군."

에이든은 레오의 말을 충분히 이해한 듯 보였다.

"미국에서도 가장 활발하게 이루어지는 연구 중 하나가 그거야. 현대의 무기 체계로 몬스터들에게 대항하는 것. 지금이야 여러 가지 이유로 불가능하지만, 마정석들을 이용해서 빠르게 무기 개량을 진행 중이다. 마법공학이었던가? 그렇게 불렀던 것 같아."

"그런 건 보통 기밀이던데."

"뭐 어때? 어차피 알 사람들은 다 안다. 앞으로 루나 양은 더 조심해야겠어. 수틀리면 탄도미사일을 발사할지도 모르잖아? 신성력이 담긴 탄도미사일이라…… 천벌이 따로 없어."

탄도미사일에도 축성이 가능할지는 모르겠다. 다만 에이든의 아이디어만큼은 높이 평가하고 싶었다.

이번 일이 끝나면 서 대통령한테 가서 물어봐야지.

미사일로 실험 좀 하면 안 되냐고. 축성한 미사일로 정화자 놈들의 근거지를 정밀 타격 할 수만 있다면, 교단의 선택지가 더욱 많아지는 거 아니겠어?

아무튼.

그렇게 우리가 이런저런 이야기를 나누면서 시간을 보내고 있을 때쯤, 유선호 장관이 우리에게로 돌아왔다.

그의 표정은 참 오묘했다. 좋은지 나쁜지도 잘 모르겠는 얼굴.

유선호 장관은 정돈된 목소리로 말했다.

"여러분들에게 알려 드릴 사항이 하나 있습니다. 중국 측의 강력한 요청으로 인해, 동북아 교류전은 공개 대련이 아니라 비공개 대련으로 치러지게 되었습니다."

그 말에 나는 중국 각성자들이 있는 쪽을 바라보았다.

그리고 웃음을 겨우 참으면서 말했다.

"저 새끼들 저거 쫄았네."

저런 놈들이 대국은 무슨.

폭풍전야?

아슬아슬했던 환영식의 밤이 지나가고, 다음 날 아침.

신전의 집무실에선 아침 일찍부터 간부급 회의가 진행되었다.

"……그렇게 해서 오늘은 다들 성지에서 대기합니다. 가능성은 높지 않지만, 중국 측 각성자들이 시비를 걸 가능성도 있어요. 신입 플레이어들은 오늘 성지 내부의 훈련 시설에서 체력 훈련 및 교리 교육을 진행할 예정입니다. 체력 훈련은 루나가, 교리 교육은 라파르트 대주교와 레오 대주교가 전담하도록 합니다."

"예, 성하."

"알겠습니다."

회의의 참석 인원은 순전히 우리 교단의 인원들이었다.

　레오, 루나, 라파르트 대주교, 토비.

　나는 그들에게 오늘 하루만큼은 조용히 있을 것을 주문했다.

　어젯밤에 영빈관에서 빠져나가던 중국 측 각성자들의 눈빛이 워낙에 살벌했기 때문이다.

　그런 놈들은 분명히 뭔가 사고를 친다.

　약간의 대화만으로도 녀석들이 철저한 중화사상으로 무장했다는 것을 알 수 있었는데, 그런 놈들이 하루 동안 가만히 있을 리가 없었다.

　"각성자라는 놈들이 비행기 타는 게 얼마나 힘들다고 그 유세를 떠는지 모르겠네. 안 그래요, 성하? 비행기 조금 탔다고 컨디션 떨어질 거면 집에서 그냥 쉴 것이지, 왜 남의 나라 와서 지랄이야, 지랄은."

　"내 집무실에서 지랄이라는 단어는 좀…… 라파르트 대주교. 이따가 교리 교육할 때 루나도 같이 교육시키세요. 성기사단장으로서 지켜야 하는 품위, 뭐 그런 거 있잖아요?"

　"충분히 교육하겠습니다."

　"흡."

　역시, 루나에게는 라파르트 대주교만 한 카드가 없다. 라파르트 대주교가 고개를 끄덕이자마자 루나가 손으로 자신의 입을 막았다.

뭐, 사실 루나의 말이 틀린 건 아니다.

중국 측은 오늘 하루 동안 휴식 시간을 달라고 요청했다.

사유는 최상의 대련 컨디션을 위해서.

시차 적응부터 시작해서, 비행기를 타고 왔기 때문에 피로를 풀어야 한다는 등의 이런저런 희대의 개소리를 늘어놓았다.

녀석들의 비행기가 이륙했던 상해와 이곳 서울의 시차는 고작 1시간.

비행시간 역시 아무리 비행 몬스터들에 의해 항로가 변경되었다고 쳐도, 기껏해야 3시간 30분이다.

비슷한 이동 거리를 지닌 일본 측조차도 가만히 있던 걸 봐서는, 중국 측의 일방적인 억지라고 할 수 있겠다.

일반인들이면 몰라도 대련전에 나설 각성자쯤 되면 고작 그 정도로 피로를 느낄 리가 없었으니까.

"교류전이 진행되는 동안 경찰을 비롯한 경비 경력이 다시 성지 부근에 배치될 예정입니다. 아, 그리고 토비. 정부 측에 미스릴 제련 기술을 전수하는 건 어떻게 되어 가고 있습니까?"

"음, 아주 훌륭합니다. 지구인들이 지닌 기술 자체는 흠잡을 데가 없습니다. 다만 마력을 이용한 제련에 약할 뿐이지요. 그 부문만 정확하게 집어서 교육을 진행 중입니다. 걱정하지 마십쇼!"

최근에 교단에 쏟아졌던 문의 중에서 이런 질문이 있었다.

-아크는 완전히 소멸한 것인가? 만약 그렇다면 아크에 들어간 미스릴 등의 광물들 역시 함께 사라졌다고 봐도 되는가?

답변부터 하자면, 'No'였다.

아무리 리멘이 나를 위해 연출에 힘을 실어 넣어 줬다지만, 그렇게 막무가내인 여신은 아니다. 리멘은 명색이 자비의 여신.

아크에 투자된 자원들을 무시할 정도로 인간들의 사정에 무지한 존재도 아니었다.

당연히 아크 건축에 사용된 재료들을 깔끔하게 정리해서 공터에 쌓아 뒀다. 나는 그 재료들을 고스란히 정부 측에 돌려주었고 말이다.

만약 리멘이 그런 식으로 배려해 주지 않았다면, 지금쯤이면 정부에서는 곡소리를 내고 있었을 거다.

"아크에 사용되었던 미스릴을 일부 제공받는 대가로 이루어지는 기술 전수입니다. 최대한 신경 써 주세요. 앞으로도 좋은 관계를 이어 나가야 합니다."

"최선을 다하고 있습니다! 지난번에는 세계맥주점에 가서 함께 회식도 했는데, 아주 훌륭했습니다. 다음에는 제가 그들에게 성수로 만든 맥주를 대접할 생각입니다."

참고로 토비는 최근 들어 우리 교단 미튜브에서 가장 **빠른** 속도로 인기가 상승하는 인물이었다.

인류 앞에 등장한 최초의 이종족이라는 타이틀이 붙어 버렸기 때문이다.

원래는 최대한 존재를 숨길 생각이었지만, 토비가 어느 날 종로 젊음의 거리에서 술 취한 채로 발견되어 버리는 바람에 이렇게 되어 버렸다.

아무래도 드워프라는 종족이 낯선 종족이라 사람들이 싫어할 줄 알았는데, 듣자 하니 팬클럽까지 생겼을 정도라고 한다.

팬클럽 이름이 가만 보자…… '토비 아저씨의 철수염'이라던가?

미친놈들로 넘쳐나는 교단에 드워프 하나 추가된다고 해서 크게 달라질 건 없긴 하다.

"술 적당히 드시고."

"끄떡없습니다. 걱정해 주셔서 감사합니다."

동족 없이 외롭지는 않을까 걱정했었지만 토비는 아주 성공적으로 지구에 적응하고 있었다.

나로서는 다행이지.

그렇게 얼추 급한 안건이 대부분 정리되자, 나는 의자에서 슬쩍 일어나면서 말했다.

"레오와 루나도 내일 대련에 나서야 하니까 컨디션 관리 신경 써라. 루나, 너 오늘 저녁에는 술 마시러 나가지 말고. 괜히 술 마시러 나갔다가 시비 붙으면…… 알지? 그냥 바로 라파르트 대주교와 1주일 동안 교리 수업이다."

"……네에."

"그럼 이만 회의를……."

무난하게 회의를 끝내려고 할 때쯤, 레오가 가만히 손을 들었다.

"레오야, 왜."

"중국 측의 태도를 보았을 때, 성하의 가족분들에 대한 경호 인력도 추가로 배치해야 한다고 생각합니다."

저런 걸 보면 우리 레오가 참 세심하단 말이야.

나는 미소를 지으면서 레오를 바라보았다.

"우리 가족들이 그렇게 걱정돼?"

"악의 길을 걷는 자들은 언제나 수단과 방법을 가리지 않습니다. 조심해서 나쁠 것 없지 않겠습니까?"

"좋은 의견 고맙다."

레오가 먼저 나서 준 덕분에 아주 좋은 핑곗거리가 생겼다.

"라파르트 대주교."

"예, 성하."

"레오가 저렇게까지 말하는데, 중국 애들이 떠나기 전까지는 제가 가족들 옆에 붙어 있어야겠지요?"

경호라고 쓰고, 집에서 쉰다고 읽는다.

가족들의 안전이 달려 있다는데 이걸 차마 거절을 하겠어?

"흐음, 알겠습니다."

라파르트 대주교가 순순히 고개를 끄덕였다.

우리의 잔소리꾼께서도 부정할 수 없는 완벽한 명분이었다.

"그럼 전 가족들의 안전을 지키러 먼저 집에 들어가 보도록 하겠습니다."

자리에서 기분 좋게 일어난 나는 은근슬쩍 레오의 옆으로 다가갔다. 그리고 아주 조용한 목소리로 말했다.

"그런데 그렇게까지 걱정할 건 없어, 레오야. 내가 가족들 옆에 누구를 붙여 놨는지 잘 알잖아?"

"에이든 님은⋯⋯."

"에이든 말고."

"아."

내 말에 담긴 의미를 깨달은 레오가 순순히 고개를 끄덕였다.

"그렇군요. 성하의 뜻을 깨달았습니다."

당연히 수긍할 수밖에 없지.

내가 시연이와 인욱이에게 붙여 둔 존재는 바로⋯⋯.

–김시우, 김시우의 가족, 김시우의 지인들까지. 녀석과 관련된 모든 것을 조사해 와라. 린 타오. 리 지에에 이어서 네놈까지 나를 실망시킬 것이라고는 생각하지 않는다. 내가 흡족할 만한 결과를 만들어 내 오면 내가 너의 뒷배가 되어 주겠다. 내가 너를 이 소국에 데려온 이유를 스스로 증명해라.

초인부 소속의 첩보원, 린 타오는 새벽에 왕 웨이가 자신에게 해 주었던 말을 떠올렸다.

이렇다 할 전투력은 없던 그가 이번 친선단에 합류하게 된 이유는 오직 정보 수집뿐이었다.

존재감을 지우는 데 특화된 그의 이능은 전투보다는 첩보 활동에 특화되어 있었다.

어지간한 S급 헌터들조차 쉽게 감지해 낼 수 없는 위장 능력. 마력 탐지기에도 쉽게 발각되지 않는, 극소량의 마력을 이용한 은신 능력은 린 타오의 주특기이자 유일한 무기였다.

'이번 기회에 왕 웨이 님의 신임을 얻는다.'

중국의 실세 중 하나인 왕 웨이에게 줄을 댄다면 그에게는 황금빛 미래가 펼쳐질 것이다.

그리고 왕 웨이는 린 타오에게 그런 미래를 선사할 능력이 충분히 있었다.

김시우의 가족이 산다는 건물 주위에서 은신한 린 타오는 천천히 주위를 둘러보았다.

이레귤러의 가족들이 머무는 곳답게 한국의 각성자로 보이는 듯한 인력이 곳곳에 배치되어 있었다.

'한국의 탐지 능력은 세계에서 알아주는 수준이다. 조심할 필요는 있겠지.'

어차피 그의 목적은 김시우의 가족들을 공격하는 게 아니었다. 그저 그들 가족의 동선을 기록하고, 특이 사항을 수집하는 것뿐.

그 정보들을 어떻게 사용할지는 오로지 왕 웨이에게 달린 일이었다.

'기분이 좋지는 않아. 리 지에 그년이 불길한 소리를 해 대가지고……'

새벽에 숙소에서 나오기 전, 리 지에로부터 들었던 이야기가 문득 떠올랐다.

-린 타오. 나는 네 능력을 정말 높이 평가한다. 네가 죽는 건 우리 초인부의 큰 손실이 될 수도 있어. 그러니까 무리할 생각은 꿈에도 하지 마라. 상대는 괴물들이야. 절대로 거스르려 들면 안 된다. 내 말 명심해라.

평소에는 그를 거들떠보지도 않던 리 지에였다. 린 타오는 그렇게 말하는 그녀의 눈이 쉴 새 없이 흔들렸다는 걸 기억하고 있었다.

마치 무언가에 잔뜩 겁을 먹은 듯한 눈빛.

그녀는 지난번에 왕 웨이가 맡긴 임무를 실패한 이후로 미운털이 박혀 있던 상황이었다.

'내가 왕 웨이님의 신임을 독차지할까 봐 두려운 것일 테지. 독한 것.'

리 지에의 평소 성격을 생각해 봤을 때는 출세길에서 멀어진다는 것을 두려워했을지도 모른다.

그러고도 남을 여자였다.

적어도 린 타오는 그렇게 생각했다.

그렇게 린 타오가 얼마 동안이나 기다렸을까?

'나왔다.'

한 어린 소녀가 건물 밖으로 걸어 나왔다. 전날 밤에 미리 숙지해 둔 정보 속에 포함되어 있었던, 김시우의 어린 여동생이었다.

학원에 가는 것인지 소녀의 등에는 연핑크색의 가방이 메여져 있었다.

아침부터 무려 5시간이나 기다리고 나서야 얻게 된 첫 성과였다.

소녀가 나오자마자 주위에 자리 잡고 있던 한국의 경호 병력도 움직이기 시작했다.

그들은 아직까지도 자신의 존재를 파악하지 못한 듯 보였다.

'동선 파악은 쉽겠어.'

의외로 일이 쉽게 풀릴지도 모르겠다.

린 타오는 고개를 살짝 끄덕인 다음, 천천히 이동을 시작했다.

아니, 시작하려고 했다.

미야아아아아ー.

'……고양이?'

흰색 털의 아기 고양이 한 마리가 갑작스럽게 그의 앞에 모습을 드러냈다.

인간에 비해 감각이 예민한 고양이라고 한들, 그의 은신을 감지해 낼 리가 없었다.

하지만 우연이라기에는 너무 공교로웠다.

흰색 고양이가 정확히 자신을 바라보고 있었기 때문이다.

'이게 도대체 무슨…….'

지금까지 경험하지 못했던 상황에 놀란 린 타오가 뒤로 물러서고자 했다. 그러나 그때였다.

'……어?'

몸이 움직이지를 않는다.

발을 떼려고 했지만, 그의 발은 땅에 접착되기라도 한 듯이 도저히 떨어지지를 않았다.

미야아아.

고양이가 천천히 다가왔다. 그리고 마침내 그의 다리 앞까지 다가온 녀석이 그의 다리를 앞발로 눌렀다.

그러자 린 타오의 눈앞에 믿기 힘든 일이 벌어졌다.

고양이는 순식간에 몸을 불렸다. 눈을 채 감았다 뜨기도 전에 고양이는 집채만 한 백호가 되어 있었다.

영물.

그 백호를 보고 나서 린 타오의 머릿속에 떠오른 단어였다.

크르르르.

백호가 린 타오를 내려다보았다. 백호에서 흘러나오는 공포스러운 분위기가 린 타오의 숨통을 죄어 왔다.

"살……려 주……."

린 타오는 감히 대항할 마음조차 먹지 못했다. 저런 괴물을 고작 자신 따위가 이길 수 있을 리가 없었다.

공포에 잠식된 그의 성대가 마비되어 말조차 제대로 흘러나오지 않았다.

린 타오는 아까전에 리 지에가 자신에게 해 줬던 조언을 떠올렸다.

─상대는 괴물들이야.

그는 이제야 리 지에가 느꼈을 공포를 이해할 수 있었다.

그러나 이미 후회는 늦었다.

콰우우우우우!

백호가 아가리를 벌리면서 그를 향해 달려들었고, 린 타오
는 비명을 내질렀다.

"끄아아아악!"

백호의 큼지막한 이빨이 목에 박히려던 그 순간,

미야아아아―.

"허어어억."

고양이의 울음소리가 울려 퍼지면서 백호가 흔적도 없이
사라졌다.

린 타오는 재빠르게 손으로 목을 더듬었다.

'……환각?'

미야아아아―.

안도의 한숨을 채 돌리기도 전에, 그는 고양이와 눈을 마
주치게 되었다.

그리고 그의 머릿속으로 알 수 없는 목소리가 울려 퍼졌
다.

"정말 환각으로만 생각하고 있는 거야?"

그 말에 린 타오가 고개를 가로저었다.

오줌을 지리는 바람에 바지가 축축해져 있었지만, 그딴 건
목숨 앞에서 하등 중요하지 않았다.

"다음은 없어. 참고로 나는 살려 둔 채로 다리부터 잡아먹는 걸 좋아해. 무슨 말인지 알지?"

린 타오는 필사적으로 고개를 끄덕일 수밖에 없었다.

❋

"그러니까 네 임무가 우리 가족들의 동선을 미리 파악하고 왕 웨이에게 보고하는 거다, 이 말이지?"

"예, 예. 그렇습니다."

"그리고 그 사실을 아는 건 왕 웨이랑 너 단둘뿐이고?"

"제가 비록 이렇게 교황님을 찾아뵙게 되었지만, 이래 보여도 초인부 내에서 정보력 하나만큼은 인정받는 사람입니다! 제가 마음만 먹으면 동료들조차 제가 어디로 갔는지 알아내지 못합니다. 초월자쯤은 되어야⋯⋯."

우리 집 밑에 위치한 커피숍.

나는 작위적인 냄새가 물씬 풍기는 손님들로 가득 찬 커피숍의 2층에서 한 이상한 중국인을 만나고 있었다.

작위적인 손님들은 당연하게도 전부 이능관리부의 요원들이었다.

이러고 있으니 옛날에 김 실장님이랑 광명에서 만났을 때가 생각난다.

그때도 지금처럼 요원들만 카페에 가득했었지. 그때나 지금이나, 카페 하루치 매상 나 혼자 다 찍어 주는 것 같네.

"네 이름이 뭐라고 했지?"

"린 타오. 린 타오라고 불러 주시면 됩니다."

"그래, 린 타오."

가만 보면 이 중국인도 진짜 웃긴 중국인이다.

이상한 기술로 숨어 있다가 갑작스럽게 나타나더라.

말도 없이 숨어 있다는 걸 인지했었기에 놀라진 않았지만, 모습을 드러내자마자 홧김에 죽일 뻔했다.

신전은 몰라도 우리 집의 문제는 가족들의 안전과도 직결되어 있는 문제.

손 속이 과하더라도 부족함이 없었으니까.

나는 아이스 아메리카노를 컵째로 들이켠 후, 가볍게 숨을 뱉어 내면서 말했다.

"충분히 이해했다. 자수했으니까 이번 한 번만 봐줄게. 따지고 보면 멀리서 지켜보기만 한 거니까, 맞지?"

"감사합니다, 정말, 정말 감사합니다. 교황님의 자비로움에 평생을 감사하면서 살아가겠습니다."

중국 쪽에서 움직일 거라고는 짐작하고 있었다. 솔직히 말해서 안 움직이는 것이 도리어 이상했을 거다.

하지만 짐작하고 있던 것과, 실제로 그 짓을 두 눈으로 목격하는 것은 엄연히 다르다.

만약 이 녀석이 시연이 주위를 겉돌고 있다는 것을 먼저

보았다면?

나는 지체 없이 녀석에게 신전의 지하를 구경시켜 주었을 것이다. 신전의 지하에는 엄연히 비밀스러운 방이 있으니 말이다.

"그런데 좀 궁금하긴 하네. 네 입으로 네가 중국에서 제일가는 첩보원이라고 그랬잖아?"

"예예, 그렇습니다. 믿으셔도 좋습니다. 초인부 내부의 다른 부서들을 꼽아 봐도 저만한 놈은 없습니다."

"그런 놈이 이렇게 자수를 한다는 게 너는 말이 된다고 생각하냐?"

"……그것은."

"내가 납득이 가도록 이야기를 해 봐라. 나를 납득시키지 못할 시, 넌 오늘 여기서 걸어 나갈 수 없어. 무슨 말인지 알지?"

내 질문에 린 타오는 이러지도 저러지도 못했다.

하고 싶은 말은 있지만, 마치 누군가에게 협박이라도 당한 모양새였다.

그리고 그때,

미야아아아ー.

백설이가 내가 앉아 있는 테이블로 다가왔다. 그리고 곧 저 멀리서 시연이의 목소리가 들렸다.

"큰오빠! 나 이거 케이크 하나만 사 먹어도 돼? 집 가서 돈

줄게!"

"어이구, 우리 시연이. 다 먹어, 그냥. 사장님! 혹시 나중에 후불 가능할까요? 제 동생 먹은 만큼 계산할게요."

"어유, 당연하죠. 교황님께서 찾아 주신 것도 영광인데, 돈 안 내고 가셔도 좋습니다! 가실 때 사인 한 장만……."

인심 좋게 생긴 사장님께서 흔쾌히 허락하셨다.

백설이가 이곳에 있다는 것은 당연히 시연이도 이곳에 있다는 뜻이다. 백설이를 일부러 시연이에게 붙여 두었기 때문이다.

미야아아아―

"그래그래. 형 이야기 중이야."

나는 백설이의 등을 쓰다듬으면서 린 타오를 바라보았다.

"그래서 자수를 한 이유가 뭐냐고?"

"그것은…… 양심의 가책을…… 느껴서……."

"이유는 말해 주지 못하겠다? 혹시 뭔가 부족한 건 아니야? 예를 들면 고문이라든가, 협박이라든가. 그런 거. 부족하면 꼭 말하고. 얼마든지 줄 수 있다."

그러자 안 그래도 하얗게 질려 있던 린 타오의 표정이 더 창백해졌다.

게다가 기분 탓인지는 몰라도 자꾸만 백설이의 눈치를 보는 것만 같았다.

이런 상황에서 우리 백설이의 귀여움에 반한 건 아닐 테고, 무슨 일이지?

"솔직하게…… 말씀드려도 괜찮겠습니까?"

"자수하러 온 마당에 뭘 걱정해? 솔직하게 말해 주면 당연히 살려는 주지. 말해 봐."

린 타오는 눈을 질끈 감은 후, 비장한 목소리로 말을 이어 갔다.

"교황님께서 지금 쓰다듬고 있는 그 영물께서 저를 협박하셨습니다."

"영물? 네가 그걸 어떻게 아냐?"

백설이는 신수였으니까 영물로 부를 만하다.

백설이에 대해서 잘 모르는 사람들은 백설이를 그저 똑똑한 고양이 취급하는데, 이 녀석은 아주 구체적이었다.

"교황님께 가서 스스로의 죄를 고백하지 않는다면…… 산 채로 잡아먹겠다고 하셨습니다. 덧붙여서 교황님께 자신이 말을 할 수 있다는 걸 알려 줘서는 안 된다고……."

"백설이가 말을 했다고?"

"말이라기보다는 머릿속에서 목소리가 울리는 것 같았습니다. 죄, 죄송합니다 영물님! 하지만 교황님에게 더 이상 거짓을 고하면 안 될 것 같아서……."

린 타오가 두려움에 잔뜩 질린 표정으로 백설이를 바라보고 있는 걸 보면 확실히 신뢰가 갔다.

이놈이 미쳤다고 내 앞에서 생뚱맞은 상황극을 펼칠리는 없고, 백설이의 반응도 심상치 않다.

백설이는 린 타오의 말을 듣자마자 나를 빤히 바라보고 있었다.

나와 눈이 마주치자 귀엽게 눈만 껌뻑거린다.

아깽이가 저런 표정으로 나를 바라보고 있으니 매우 심장에 해로웠다.

눈빛으로 마치 '저딴 개소리를 믿는 건 아니죠?'라고 말하는 듯했다.

"백설아."

미야아아ー.

"너 이제 말할 줄도 알아?"

도리도리.

사람의 말도 알아듣는 녀석이 사람의 말을 못 한다는 것부터가 어불성설이긴 하다.

신수나 되는 녀석이 인간과 대화를 나누는 것쯤은 그리 이상하지도 않았다.

"으음."

안절부절못하는 린 타오의 모습과, 뻔뻔하게 잡아떼는 백설이를 무슨 상황인지 확실히 이해했다.

나는 가볍게 고개를 끄덕인 다음, 은근한 목소리로 말했다.

"기특해서 최고급 수제 츄르라도 사다 주려고 그랬는데, 말을 못 한다니…… 어쩔 수 없지 뭐. 장바구니에 담아 뒀던 거 취소해야겠다."

움찔.

찰나의 순간이었지만 분명 몸을 움찔거렸다.

자신이 그토록 좋아하는 츄르 앞에서도 한 번 견뎌 냈다 이거지?

이것도 한번 버티나 보자.

"유명한 캣 타워 장인한테 캣 휠 달린 초대형 캣 타워도 주문 제작 넣어 뒀는데…… 그것도 취소해 버려야지. 생각해 보니까 백설이가 아직 캣 타워를 탈 나이는 아니잖아? 한 것 도 딱히 없는 것 같고."

그때였다.

가만히 식빵을 굽고 있던 백설이가 드디어 몸을 움직였다.

"아닌데? 한 거 엄청 많은데? 캣 타워 압수는 솔직히 선 많이 넘었다, 주인 놈아!"

머릿속을 묘하게 울리는 어린아이의 목소리.

백설이가 나를 똘망똘망하게 바라보고 있는 걸 봐서는 이 녀석의 목소리가 맞는 것 같았다.

나는 백설이의 등을 다시 한번 쓰다듬으면서 말했다.

"너 말 못 한다면서."

"말 못 한다고 한 적 없는데."

"그럼 여태까지 말할 수 있다는 거 왜 숨겼는데?"

"그거야 당연히 주인이 나 부려 먹을 게 뻔하니까! 레오나 루나만 보더라도 다 알거든? 나는 편하게 묘생을 즐기고 싶었을 뿐이야."

고양이로 있다가 보니까 본인이 신수라는 정체성을 까먹게 된 건 아닐까?

그르르릉.

"이 골골송은 뭐야."

"쓰다듬어 주면 기분이 좋은 걸 어떻게 해. 그래서 주인. 진짜 캣 타워 취소할 거야? 츄르도 취소하구? 나 시키는 대로 시연이 잘 지키고 있었어. 응? 이번에도 나쁜 인간이 달라붙는 거 깔끔하게 처리했잖아!"

그러니까 이 녀석이 지금 나한테 착취당하는 게 싫어서 말을 아끼고 있었다는 거지?

"생각해 보니까 괘씸한……."

"이건 안 하려고 했는데!"

백설이가 발라당 배를 뒤집었다. 그 상태로 고개는 나를 향해 고정해 두었다.

본인의 귀여움으로 어필하려는 셈.

미야아아아아!

나는 그런 백설이를 바라보면서 크게 한숨을 내쉬었다. 그리고 고개를 가로저으면서 중얼거렸다.

"그럼 그렇지."

내 곁에 있는데 정상일 리가 없지.

귀여우니까 지금까지 대화 능력을 숨겼다는 건 봐주도록 하자.

대신에 사회의 쓴맛을 한번 보여 줘야겠다.

"츄르 사 줄 거지? 캣 타워 사 줄 거지?"

"아, 미안. 사실, 츄르 장바구니에 안 넣어 뒀어."

"응?"

"캣 타워도 마찬가지. 주문 제작 넣어 둔 건 아니고, 주문 제작 넣어 둘까 생각하고 있었어."

그러자 백설이는 잽싸게 몸을 일으킨 후, 내 허벅지 위에 앞발을 올려 두었다.

"지, 지금 신수한테 거짓말한 거?"

"우리 백설이. 아직 어리구나. 사회란 게 그런 거란다. 증거 있니?"

"교……교황이 어떻게 거짓말을!"

"나는 가끔 해도 돼."

"리멘님한테 다 이를 거야!"

"요새 리멘 바쁘더라. 연락도 잘 안 되던데? 이르고 싶으면 이르든가. 대신에 이르는 순간…… 알지? 후후."

이쯤 되면 알아먹을 거라 생각했지만, 그것은 크나큰 오산이었다.

"그렇게 나온다면 나도 방법이 다 있어!"

고작 아깽이 주제에 무슨 방법이 있다는 걸까?

✿

아깽이라고 무시해서는 안 됐다.

고 녀석이 스스로 말하는 걸 숨길 때부터 이미 알아봤어야 했는데, 생후 반년도 안 된 놈이 그렇게까지 영리할 줄을 미처 몰랐다.

"형. 표정이 왜 그래?"

"……인욱아."

"어."

"지난번에 알아봤다던 최고급 츄르랑 캣 타워, 주문 넣어. 형 카드로 결제하고."

"조금 생각해 본다고 하지 않았나? 갑자기?"

"시연이 소원이래. 자기가 간식 한 달 동안 안 먹는 대신에 사 달라는데…… 그걸 어떻게 거절하냐? 그리고 한 가지 더. 너 백설이 조심해라."

내 말에 인욱이가 눈을 둥그렇게 떴다.

"백설이? 갑자기 왜?"

"걔, 아깽이 아닐지도 몰라."

"알아듣게 얘기를 해 줘야지."

"그런 게 있어. 대충 알아들어."

리멘의 이름을 파는 것까지는 예상은 했지만, 그 녀석이 시연이를 구워삶을 줄은 몰랐다.

게다가 구워삶은 방법도 기가 막혔다.

시연이가 스마트폰으로 열심히 놀고 있었는데, 그 옆으로 다가가더니 조그마한 젤리로 자판을 누르더라.

수제 츄르, 캣 타워.

아깽이가 스마트폰을 누르는 귀한 장면을 본 시연이는 잔뜩 상기된 표정으로 나한테 와서 말했다.

ㅡ오빠! 백설이가 수제 츄르랑 캣 타워가 필요하다고 했어. 사 줄 거지?

상식적으로 고양이가 스마트폰 타자로 의견을 전하는 것부터가 이상했지만, 시연이는 딱히 신경을 안 쓰는 듯 보였다.

아무래도 평소에 백설이가 보여 준 모습 때문에 그런 것 같았다. 허공 속에서 갑자기 나타나는 등, 그런 광경들을 통해 이미 백설이가 보통 고양이가 아니란 것쯤은 짐작하고 있었나 보다.

그렇게 백설이는 결국 시연이를 등에 업고 결국 원하던 바를 이루어 냈다.

내가 시연이의 부탁에는 한없이 약하다는 걸 눈치채고 있던 것이다.

아직도 아까 전 백설이 그 녀석의 눈빛이 떠오른다.

시연이의 품에 안겨서, 승리자의 표정으로 나를 바라보고 있던 그 고양이의 눈빛.

이번에 린 타오를 잡아 준 일만 아니었어도 그 자리에서 곧바로 서열 교육에 들어갔을 텐데 말이지.

"하여간에 백설이도 조심하고, 밖에 나갈 때도 신경 써. 어차피 요새 집에만 있겠지만, 오늘 시연이한테 사람 붙었더라. 문제는 해결했어."

그러자 방금 전까지 조용히 사과를 먹고 있던 인욱이가 벌떡 일어나면서 소리쳤다.

"뭐? 어떤 새끼가. 어떤 새끼가 붙었는데? 그 새끼 잡았어?"

"나한테 직접 자수하러 왔더라."

"당연히 중국이겠네?"

"맞아."

"그 새끼 그냥 돌려보낸 건 아니지? 형 성격이면 적어도 반신불수로 만들어서 보냈을 거 아니야!"

이렇게까지 흥분한 인욱이를 보는 건 굉장히 오랜만이다.

나도 아까만 하더라도 당장에 린 타오 그놈의 허리를 접어 버리고 싶었으니, 충분히 이해할 수 있었다.

나는 소파에 슬쩍 몸을 기대면서 대답했다.

"걱정하지 마. 형이 잘 해결했어."

"그러니까 어떻게!"

"그놈, 레오랑 루나가 데려갔다. 시연이한테 붙은 놈이라고 하니까 진짜 1분 만에 도착하더라. 둘 다 살벌한 표정이었어. 지금쯤이면 아마…… 신전의 지하에 있지 않을까?"

그러자 인욱이의 표정이 빠르게 풀렸다.

"역시, 형이야. 그런 부분에 있어서는 날 실망시키지 않네."

"뭐야, 화 더 안 내냐?"

"루나 누나랑 레오 형이 데려갔다면서? 그럼 뭐 알아서들 하겠지."

……인욱이는 도대체 우리 교단 간부들을 뭐라고 생각하고 있는 걸까.

나는 떨떠름한 표정을 지었다. 그리고 사과를 한 입 베어 문 다음, 나지막한 목소리로 말했다.

"그걸 지시한 놈은 따로 있더라."

"그놈은 어떻게 할 건데?"

"어떻게 하기는."

가족들을 건들려고 했던 놈이다.

그런 놈을 그냥 보내 줄 수야 있나.

"반으로 쪼개 버려야지."

뭐를 반으로 쪼갤지는 생각을 좀 해 봐야겠다.

어디를 반으로 쪼개야 잘 쪼갰다고 소문이 나려나?

꽃

드디어 교류전의 아침이 밝았다.

나는 아침 일찍 인욱이와 시연이의 배웅을 받으며 집에서
나왔다.

백설이의 전투력과 지능을 충분히 확인한 덕분에 발걸음
이 꽤 가벼웠다.

게다가 백설이를 제외한 경호 병력도 한층 강화된 편이라,
중국 쪽에서 군대를 끌고 오지 않는 이상 쉽사리 뚫릴 일도
없었다.

나, 루나, 레오.

이렇게 세 명이 교류전에 참가하면서 공백은 생겼지만, 토
비와 라파라트 대주교만으로도 충분히 든든했다.

아무튼.

오늘 교류전이 진행되는 장소는 경기도 일산에 위치한 이
능관리부의 훈련 시설.

이능관리부의 헌터들을 길러 내는 장소였기 때문에 시설
과 보안성 면에서 합격점을 받아, 교류전이 진행되는 곳으로
최종 결정된 장소였다.

그리고 나는 지금 레오, 루나와 함께 승용차를 타고 이동

하는 중이었다.

운전대를 잡은 사람은 당연히 레오였다.

지난번에 루나에게 운전대를 잡게 한 적이 있는데…… 상상하기도 싫다.

"린 타오는 지금 어디에 있어?"

어제 우리 시연이에게 붙었던 중국인.

레오와 루나에 의해 신전으로 끌려간 린 타오의 현재 상황이 궁금했다.

오늘은 신전에 들르지 않고 곧바로 레오의 차에 탑승했기 때문이다.

내 질문에 루나는 어깨를 으쓱이며 대답했다.

"별거 없던데요?"

"별거 없어?"

"반항이라도 했으면 손이라도 좀 봐줄 생각이었는데, 신전에 도착하자마자 눈물을 흘리면서 회개하던데요."

"레벤톤 경. 그것은 레벤톤 경이 성지에 들어서기 전에……."

"야, 조용히 해. 뭘 그런 것까지 일일이 보고를 드려? 그래서, 내가 잘못했단 거야?"

"그렇진 않습니다. 불순한 의도를 가지고 시연 님께 접근한 놈들은 지옥까지 쫓아가서라도 죄를 물어야만 합니다."

순식간에 이어지는 살벌한 대화.

나는 그 둘의 대화를 들으면서 천천히 고개를 끄덕였다.

시연이는 걱정 없겠다.

시연이 몸에 자그마한 생채기라도 나는 순간, 그날이 누군가의 제삿날이 될 것임이 틀림없었다.

그만큼 우리 교단의 간부들이 내 가족을 친동생처럼 아껴 주고 있다는 뜻이기도 했다.

"우리 귀여운 시연이를 훔쳐봤다는 것만으로도 씹어먹을 사유는 충분히 된다고 생각해요."

"그건 맞지. 그래서 린 타오, 걔는 지금 뭐 하는데?"

"라파르트 대주교가 직접 면담하고 있죠. 새벽 2시부터 면 담하고 있었으니까…… 지금이면 8시간째겠네요?"

"요약하자면 신전에 들어가기 전까지 두드려 맞다가, 8시 간째 정신을 개조당하고 있다?"

"에이, 개조라니요. 대주교와 일대일로 면담할 수 있는 기 회가 얼마나 된다고. 그놈한테도 영광일걸요?"

라파르트 대주교가 도대체 무슨 생각인지는 모르겠지만, 느낌이 싸한 걸 봐서는 또 이상한 짓을 꾸미고 있을 것 같다.

"얼핏 듣기로는 신앙의 불모지에 새로운 바람을 일으키고 싶다…… 정도?"

"……린 타오를 이용해서 중국에 리멘 교단을 퍼뜨리겠 다?"

"아마도? 불모지에서 포교하기에 굉장히 적합한 능력이라면서 감탄하는 것까진 들었어요."

어지간한 감시망을 가볍게 피할 수 있는 은신 능력.

많은 첩보전을 통해서 쌓은 역량.

아무래도 라파르트 대주교는 린 타오에게서 그 두 가지 가능성을 본 듯했다.

확실히 그렇게 생각하니까 종교적으로 사용하기에도 모자람이 없는 능력이었다.

특히, 중국같이 종교에 대해 폐쇄적인 국가에서는 더할 나위 없이 적합하기도 했다.

"정말 가능할까?"

"성하도 잘 아시잖아요. 악마 숭배자조차 회개시키고 열렬한 광신도로 만들어 버린 이야기. 그 이야기의 주인공이 라파르트 대주교니까, 가능하지 않을까요?"

중국에 리멘 교단을 퍼뜨린다라.

종교인이라서 가능한 아이디어이기도 하다. 종교에는 국경이 없으니까.

중국 정부에서 제안한 방법과도 시작점부터가 달랐다.

중국의 특성을 고려해 본다면.

"대놓고 탄압당하겠는걸."

반드시 자국에서 리멘 교단이 퍼져 나가는 것을 견제할 것이다.

"린 타오가 제공한 정보에 따르면 이미 중국 내에서도 리멘 교단의 신도들이 등장하고 있다고 해요. 충분히 생각해 볼 만한 문제라는 거죠."

"하여간에 못 말리는 할아버지라니까?"

"성하만 하겠어요?"

나는 창문 밖을 바라보면서 한숨을 푹 내쉬었다.

라파르트 대주교가 무슨 생각인지는 대충 알았고, 중국에서 우리 교단의 신도들이 늘어나고 있다는 사실도 알았다.

이런 상황에서 내가 내릴 수 있는 선택은 몇 가지 없었다.

"답은 이미 정해져 있네."

대화를 통해서 해결할 수 있는 문제라면 더할 나위 없이 좋겠지만, 저놈들이 대화로 알아 처먹을 가능성은 제로에 수렴한다.

따라서 답은 하나다.

나는 천천히 고개를 끄덕였다.

"우릴 건드리면 어떻게 되는지를 똑똑히 보여 줘야지. 그래야 우리 신도들을 함부로 못 건드릴 거야."

우리가 지닌 전력이 어느 정도 수준인지 직접 보여 주면 된다.

건드리면 X되겠구나, 이런 생각을 하도록 말이다.

내 말에 루나가 만족스럽다는 듯이 미소를 지었다.

"지당하신 말씀이셔요. 그렇게 말씀하실 줄 알고 제가 비장의 무기도 준비해 왔답니다."

"나는 루나 네가 그렇게 말할 때마다 몸에 오한이 돌더라."

"보약이라도 드셔야겠네."

그렇게 루나와 이런저런 이야기를 나누고 있을 때쯤, 어느새 차는 목적지에 도착했다.

"성하, 도착했습니다."

"고생했다."

나는 차에선 내린 다음, 가볍게 기지개를 켜면서 눈앞의 거대한 훈련 시설을 바라보았다.

삼국의 국기가 나란히 걸려 있는 모습.

태극기 옆에 걸려 있는 오성홍기를 보고 있자니, 마치 시원한 사이다가 나를 기다리고 있는 기분이었다.

느낌이 좋았다.

"들어가자, 얘들아."

오늘 하루도 정말 재밌을 것 같다는 확신이 들었다.

나는 루나와 레오를 데리고 천천히 건물 안으로 걸어 들어갔다.

꽃

동북아 교류전의 방식이 공개 대련에서 비공개 대련으로 변경된 만큼, 대련이 이루어지는 현장에는 관계자를 제외하고서는 아무도 없었다.

카메라는 오로지 한 대.

대련을 기록하는 용도로만 사용되는 카메라였으며, 외부로 절대 노출하지 않는 조건으로 겨우 배치할 수 있었다고 한다.

참관인은 오로지 에이든뿐.

"나 에이든 하워드는 이번 동북아 교류전의 참관인으로서, 양측의 승패를 공정하게 심판할 것을 나와 미국의 명예를 걸고 엄숙히 약속한다."

에이든에게 어울리지 않는 엄숙한 선서를 시작으로 대망의 동북아 교류전이 시작되었다.

교류전의 포문을 연 것은 대한민국과 일본이었다.

일본은 오로지 구색을 맞추기 위해 참가했기 때문에 앞선 10경기를 이어서 치르게 되었다.

대한민국 VS 일본.

일본 VS 중국.

솔직히 말해서 그 10경기를 세세하게 설명하기도 좀 그랬다.

구색 맞추기용 대련답게 기대했던 것 이상으로 실망스러웠을 정도였다.

결과를 간단하게 요약하자면, 다음과 같다.

일본 VS 대한민국 – 0 대 5
일본 VS 중국 – 1 대 4

1승은 당연히 진영이 형의 몫.

진영이 형은 중국의 환술사 뭐시기를 상대로 당당하게 승리를 거두었다.

그리고 그걸로 끝.

애초에 진영이 형을 제외한 나머지 참가 인원은 싸그리 유망주로 채워서 참가한 일본이었다.

그에 반해 중국이나 한국은 실전에 투입되어도 무방한, 유망주와 랭커의 경계에 선 인원들로만 인원을 구성했다.

예상된 결과였달까?

앞선 10경기에 대한 에이든의 소감을 말하자면.

"일본은 승부욕이란 게 없고, 한 이웃은 위험하다 싶을 정도로 승부욕이 강하고. 졸전이 따로 없어. 애피타이저로도 못 써먹을 졸작이다."

그렇다고 한다.

나는 그런 에이든을 향해 어깨를 으쓱였다.

"애초에 일본은 이길 생각이 없었는걸?"

"아무리 그렇다고 해도 국가의 명예가 걸린 일이다. 자국의 디재스터급 귀환자나 최상급 랭커들을 파견했어야 한다고 본다."

"가끔은 참가를 했다는 데 의의를 둘 필요가 있지. 너 혹시 전설의 1군이라고 알아?"

"전설의 1군? 그게 뭐냐, 시우."

"그런 게 있어."

나도 일본이 9패를 적립할 정도로 약한 국가라고 생각하지는 않는다.

실제로 내가 등장하기 전까지만 하더라도 각성자 전력은 일본이 우세였고, 지금조차도 나를 제외하면 일본 쪽이 약우세를 가져갈 것이다.

그런데도 일본은 어뷰징이라는 소리가 나올 정도의 졸전을 자처했다.

거기에는 여러 가지 복잡한 정치적 계산이 숨어 있겠지만, 내가 봤을 때는 이거였다.

"전설의 1군이 등판하지 않았으니 적당히 핑계는 댈 수 있고, 그러면서도 자국의 각성자들에게 분발을 요구할 수 있고. 대충 뭐 그런 이유 아닐까?"

"거기에 진영 군을 제외한 나머지 아홉 명 모두가 욱일회라는 점을 생각해 본다면…… 일본 정부 측은 이번 기회에 골치 아픈 것들도 함께 처리할 생각이었겠지."

"와, 덩치는 곰만 한 놈이 머릿속에는 오로지 정치뿐이냐?"

"네가 할 소리는 아니다, 시우. 나도 알고는 있지만, 신성한 결투를 정치로 물들여 버린 꼴이 진절머리 나서 그렇다. 결투는 언제나 영예로워야 옳다.”

'위기를 기회로 삼는다.'라는 격언을 몸소 실천했다고 해야 하나. 일본의 그 사사키 총리가 서 대통령과 미리 합의해 둔 부분일 거라 생각한다.

아무튼.

그렇게 해서 앞선 10경기가 끝났고, 동북아 교류전의 메인 요리라고 할 수 있는 한중전만이 남게 되었다.

그쯤 해서 나는 오늘의 교류전을 주관하고 있는 유선호 장관에게 다가갔다.

“유선호 장관님. 슬슬 본게임 시작할 텐데, 제안 하나 드려도 됩니까?”

“편히 말씀하시지요.”

“제가 생각해 보니까 대련 순서 말입니다, 이왕이면 제일 맛있는 걸 마지막에 먹는 게 좋지 않을까 해서요. 원래 대장은 마지막에 나오는 법 아니겠습니까?”

내가 지난밤 동안 생각해 본 결과, 왕 웨이를 시작부터 박살 내는 건 맛이 좀 덜하지 싶었다.

원래 강렬한 맛을 느낀 뒤에는 다른 맛에 무감각해지는 법이니까.

그리고 나는 중국 친구들이 레오 맛과 루나 맛도 만끽하기를 원한다.

원래는 왕 웨이 선에서 깔끔하게 정리해 줄 생각이었지만, 녀석들이 시연이에게 찝쩍거린 순간부터 생각이 아예 바뀌었다.

밑바닥부터 철저히 부숴 버릴 거다.

다시는 고개를 들고 다니지 못하도록 말이다.

유선호 장관은 노련한 정치꾼답게 내 말에 담긴 속뜻을 파악한 듯 보였다. 그러나 그는 나에게 뭐라고 하는 대신, 옆에 있던 비서에게 말했다.

"자네가 가서 말 좀 전하고 오게."

"예, 알겠습니다."

그의 비서는 빠르게 중국 측 대표단이 있는 곳으로 향했다.

그렇게 3분 뒤.

중국 측의 통역사가 우리 쪽에 도착했다.

"왕 웨이 님께서는 한국 측의 제안을 수용하겠다 하셨습니다. 그리고 대국이 소국을 위하여 양보하는 것은 그리 어렵지 않다라는 말도 전해 달라고 하셨습니다."

나는 뻔뻔한 얼굴로 왕 웨이의 말을 전달하는 통역사를 가만히 바라보았다.

예의라고는 찾아볼 수도 없는 무례함.

일개 통역사 주제에도 이러는 걸 보면 저 중국 대표단 놈들이 어떤 상태인지 대강 짐작할 수 있었다.

실수인 척하고 이 녀석의 얼굴을 후려칠 수도 있겠지만, 고작 이딴 놈 때문에 사이다를 미리 터뜨릴 수야 있나.

"돌아가는 김에 전해라. 슬슬 꿈에서 깨어날 시간이라고. 중국이 왜 중국인지 알게 해 주겠다고, 똑똑히 전해."

"……알겠……."

"아, 그리고. 넌 끝나고 나랑 따로 보자. 그때도 방금 전에 했던 말 그대로 하는 거야. 못 하면 각오해라."

그래도 우리 유선호 장관이 명색이 큰 어른인데 말이야.

동방예의지국에 왔으니 예절을 주입해 주는 것도 나쁘지 않은 생각인 것 같다.

내 은근한 협박에 통역사 놈은 하얗게 질린 얼굴로 되돌아갔고, 유선호 장관은 그놈의 뒤통수를 쳐다보면서 말했다.

"김시우 각성자께서 칼을 갈고 나오신 것 같습니다. 허허."

"할 때는 확실하게 하자는 주의라."

"저들을 죽이면 곤란해질 수도 있습니다."

"그 부분은 걱정하지 마세요."

차라리 죽는 게 더 낫다 싶을 정도로 처참하게 박살 내 줄 생각이거든요.

나는 일부러 뒷말은 삼켰다.

그리고 유선호 장관에게 말했다.

"그럼 슬슬 준비하도록 하겠습니다."

"우리 대표단의 선전을 기원합니다."

"기대하셔도 좋을 겁니다."

무대는 완벽하게 준비되었다.

이제 남은 건 그 무대 위에서 환상의 공연을 펼치는 것뿐.

그렇게 훗날 중국에서 '일산국치'라고 불리게 되는 성대한 공연의 막이 올랐다.

공한증

　첫 경기로 예정되어 있던 나와 왕 웨이의 경기가 뒤로 밀리는 바람에, 우리의 선봉은 레오가 되었다.

　"대한민국의 레오 루멘과 중화인민공화국의 장 민. 두 각성자는 대련을 위해 앞으로 나와 주시기를 바랍니다."

　유선호 장관이 마이크를 통해서 말했고, 그 말을 들은 레오가 천천히 자리에서 일어났다.

　"그럼 다녀오겠습니다."

　레오에게 딱히 해 주고 싶은 말은 없었다.

　처음부터 긴장감 따위는 없는 대련이었다. 저쪽은 모르는 것 같지만, 나는 중국의 헌터들이 레오와 루나에게 대적할 수 있을 거란 생각은 하지 않았다.

힘의 격차는 이미 뚜렷하다.

사실, 지난번 환영식 때 이미 이번 대련전의 결과를 직감했다.

나, 레오, 루나를 제외하고서도 마찬가지였다.

"레오 대주교. 너무 돋보이면 내가 곤란합니다. 애들한테 오늘 큰 거 한 건 하고 오겠다고 장담하고 왔어요. 무슨 말인지 아실 거라 생각합니다! 흐하하! 맛있는 걸 혼자만 드시진 마십쇼!"

지난 1달 동안 에이든으로부터 특훈을 받았다는 우리의 최서진 대표는 물론이고.

"제가 민폐가 될 수는 없어서, 준비를 많이 해 왔습니다. 믿으셔도 좋습니다."

류진영과의 재회 이후로 부쩍이나 실력이 상승했다는 대한민국 대표 마법사, 강채아도 마찬가지였다.

그 둘은 현재 상황에서 대한민국이 낼 수 있는 최선의 카드들인 건 틀림없었다.

게다가 한 달 사이에 몰라보게 성장한 둘을 보고 있자니, 기분이 마치 국밥처럼 든든했다.

왕 웨이를 제외하고 이번 중국 대표단의 쌍두마차라고 불리는 실력자 둘을 레오와 루나가 각각 상대하는 상황.

"레오야."

"예, 성하."

우리교황님좀
말려주세요

"가서 보여 줘라."

레오는 고개를 숙이면서 나에게 인사를 한 다음, 본인의 외눈 안경을 사제복의 주머니에 잠시 넣어 두었다.

그리고 성큼성큼 앞으로 걸어 나갔다.

중국 측의 장 민도 레오를 따라서 천천히 훈련장의 중앙으로 향했다.

축구장의 절반 크기 정도 되는 넓은 훈련장 위.

레오와 장 민은 그 넓은 곳의 중앙에 서서 서로를 바라보았다.

연녹색 빛깔의 경갑을 착용한 장 민의 손에는 기다란 창이 들려 있었다.

"장 민. 중국 내부에서는 무결점의 창술사로 유명한 인물입니다. 외부로 공개된 중국의 디재스터급 귀환자 중 한 명이기도 합니다."

팔짱을 끼고 있던 최 대표가 장 민을 주시하면서 말했다.

"동시에 초인부 국제협력국 내부에서 왕 웨이의 오른팔로 유명한 인물입니다. 철저한 실력주의를 주장하는 검귀의 오른팔인 만큼, 실력 역시 출중한 것으로 유명하죠. 별호는 창룡. 중국 내부에서는 삼국지의 조운을 빗대어 표현한다고 들었습니다."

중국 쪽 각성자에 대해서 잘 모르는 나를 위한 최 대표의 배려였다.

나는 최 대표의 설명을 들으며 가볍게 고개를 끄덕였다.

"최 대표는 누가 이길 것 같습니까?"

"고민할 여지도 없습니다. 레오 대주교입니다."

"이유는?"

"지금 이렇게 장 민을 바라보고 있으면, 딱히 저자가 무섭다는 생각이 안 듭니다. 하지만 레오 대주교는⋯⋯ 흐흐, 말을 아끼도록 하겠습니다."

에이든으로부터 최 대표가 큰 성과를 얻었다는 걸 들었다.

특히, 전투 감각에 있어서만큼은 엄청난 진보를 이루었다고 한다.

그 말은 곧 에이든이 쉴 새 없이 최 대표와 겨루어 주었다는 것을 의미한다. 전투 감각은 강자와 싸워야지만 성과를 얻을 수 있으니까.

투쟁심을 폭발시키며 싸우는 최 대표에게 있어서 전투 감각, 더 나아가 직감은 가장 효과적인 스펙 업 수단이다.

레오와 장 민은 제자리에 서서 묵묵히 서로를 바라보고 있었지만, 그 둘 사이에는 묘한 기류가 흐르고 있었다.

그리고 최 대표는 본능적으로 그 기류를 포착해 낸 것이다.

"레오 대주교가 어떤 대련을 보여 줄지 벌써부터 기대됩니다."

"기대하시면 좀 곤란할 것 같은데요."

"예?"

"시시하게 끝날 테니까요."

나는 피식 웃음을 지었다.

그리고 잠시 후, 대련의 시작을 알리는 부저가 울렸다.

삐이이이익—!

부저가 울렸음에도 둘은 서로를 탐색하기라도 하는 듯, 가볍게 자세만 잡은 채로 대치를 유지했다.

특히, 장 민은 창을 두 손으로 쥔 채로 창끝을 자신의 정면에 놓았다.

마치 레오에게 들어올 테면 들어오라고 도발하는 모양새였다.

"장 민의 창술은 적의 공격을 방어하고, 반격하는 것을 우선시한다는 특징을 지니고 있다고 합니다. 창이라는 무기의 우월한 리치를 이용해서……."

"최 대표님, 제가 에덴에서 레오의 칭호가 뭐였는지 말했습니까?"

상대의 무기가 창이든, 검이든.

레오에게 있어서 그딴 건 하나도 중요하지 않다.

"교황청의 광견. 레오에게 그런 살벌한 별칭이 붙게 된 것에는 이유가 있죠."

광견이라는 단어는 신의 뜻을 따르는 성직자와 어울리지 않는 단어다.

성직자에게 미친개라는 비속어가 별칭으로 붙는 것만큼 치욕스러운 일도 없겠지만, 레오가 진심으로 나서는 전투를 한 번이라도 본 사람들이라면 그 별칭을 수긍할 수밖에 없었다.

"레오는 자신이 정해 둔 선을 넘은 자들에게 자비 따윈 베풀지 않습니다."

드디어 레오가 몸을 움직이기 시작한다.

거대한 몸집의 사제가 천천히 장 민을 향해 다가갔고, 장 민은 그런 레오를 바라보면서 자세를 바꾼다.

장 민의 창끝이 레오의 가슴팍을 조준한다. 그와 동시에 장 민의 창끝에 마력이 빠르게 모여들었다.

투우욱.

레오는 눈 깜짝할 사이에 발을 내디디며 장 민의 공격 범위 안으로 파고들었고, 장 민도 그에 질세라 창을 찔렀다.

창술의 꽃이라고 할 수 있는 찌르기.

마력이 응집된 창끝이, 완전히 개방된 레오의 흉부를 파고들었다.

승부가 결정된 것은 그 자그마한 찰나의 순간이었다.

장 민의 창끝이 검은색 사제복을 가르고, 레오의 살갗을 파고들었다.

얼핏 보면 공격이 성공한 듯 보였으나 장 민의 표정은 전혀 그렇지 않았다.

장 민의 표정은 다급했다.

그것은 녀석의 창이 원래 목표였던 레오의 가슴팍이 아닌, 레오의 어깨에 박히는 것에 그쳤기 때문이다.

"으아아아아!"

어깨에 박힌 창은 장 민이 안간힘을 쓰더라도 미동조차 하지 않았다.

레오의 상처에서 흘러나온 피가 장 민의 창대를 타고 흘러내렸고, 장 민은 공포에 질린 표정으로 레오를 바라볼 뿐이었다.

그리고 레오는 무표정한 얼굴로 장 민의 양쪽 어깨를 붙잡았다.

나는 레오의 손아귀에 들어온 장 민을 향해 히죽거리면서 말했다.

"미친개를 단숨에 절명시키지 못한다면, 결국 물어뜯기는 겁니다."

셀 수 없이 많은 마수들의 이빨과 마족들의 병장기가 몸에 박힌 채로도 싸움을 이어 나갔던 레오다.

녀석은 전장의 한복판에서, 자신의 피를 뒤집어쓴 채로 수백, 수천, 수만의 적을 찢어발겨 왔다.

지금도 레오의 몸에는 강적들이 새긴 흉터들이 고스란히 쌓여 있었다.

맞고 더 강하게 때린다.

그 단순하면서도 우직한 레오의 방식이야말로 레오에게 광견이라는 칭호를 선사한, 레오의 정체성이라고 할 수 있었다.

그런 레오를 단번에 죽이지 못했다면?

상대가 맞이하게 될 결말은 뻔했다.

우드드드드득–!

우드드득.

"끄아아아아아아아아악! 끄아아아아악!"

레오는 거침없이 장 민의 어깨를 부러뜨렸고, 말 그대로 접어 버렸다.

장 민의 어깨뼈가 뒤틀리고, 부러진 뼈들이 장 민의 살을 찢고 밖으로 튀어나왔다.

"끄르르르륵."

고통 앞에서는 디재스터급 귀환자고 뭐고가 없었다.

장 민은 눈을 뒤집으면서 혼절했고, 레오는 여전히 무표정한 얼굴로 장 민을 내려다보았다.

"연습 부족이다."

조금 전까지만 하더라도 장 민의 이름을 연호하고 있던 중국 측 대표단의 분위기가 급속도로 냉각되었다.

레오는 그런 중국 대표단을 슬쩍 쳐다본 다음, 다시 장 민을 내려다보면서 말했다.

"서로의 실력을 겨루기 위한 대련이니만큼, 특별히 펴 주도록 하지. 영광인 줄 알아라, 불신자."

우드드득—.

다시금 울려 퍼지는 섬뜩한 소리에 유선호 장관이 다급하게 소리쳤다.

"경, 경기 종료!"

"장 민 니이이이이이이임!"

"의료지이이인! 의료지이이이인!"

순식간에 혼란스러워진 훈련장.

나는 그 아수라장을 바라보면서 입꼬리를 슬쩍 올렸다.

"서막 좋고."

오프닝으로는 더할 나위 없었다고 생각한다.

⁂

첫 번째 경기가 끝나자마자 우리 대표단이 있는 곳으로 왕 웨이가 찾아왔다.

왕 웨이는 우리 앞에 도착하자마자 얼굴을 붉히면서 목소리를 높였다.

"소국은 대련의 의미도 모르는가! 네놈들에게 한 수를 가르쳐 주기 위해 온 귀인들을 죽이려고 해?"

다짜고짜 와서 한다는 소리가 개소리였다.

나는 왕 웨이의 헛소리를 들으며 귀를 후볐다. 그리고 능글맞은 목소리로 되물었다.

"그래서, 먼저 우리 레오의 흉부를 향해 창을 찔러 넣는 건 괜찮고? 아까 그거 레오가 아니라 다른 각성자였으면 죽었을 텐데, 죽일 생각을 품은 건 오히려 너희 쪽 아니야?"

레오가 창이 닿는 순간 몸을 비틀지 않았다면, 장 민의 창은 여지없이 레오의 가슴팍을 꿰뚫었을 것이다.

의심의 여지가 없는 치명적인 공격이었다.

단지 레오가 몸을 비틀면서 최소한의 피해로 공격을 받아 냈을 뿐이다.

"게다가 레오가 곧바로 AS해 준다면서 뼈 다시 맞춰 줬잖아. 신성력으로도 슬쩍 치료해 주고. 네 눈으로 직접 봐. 장 민이라는 놈, 아까 전보다 어깨도 더 넓어졌잖아? 레오가 어깨를 넓혀 준 셈인데, 정신 차리면 와서 감사의 인사라도 전하라고 그래라."

대련의 의미를 먼저 퇴색시킨 것은 저쪽이었다.

그럼에도 레오는 마지막 순간까지 자비를 베풀었다. 그대로 쇼크사할 수도 있는 놈의 목숨은 살려 줬으니까.

물론 깔끔하게 치료해 준 것 같진 않았다.

목숨은 붙어 있을 정도로만, 딱 그 정도였다.

"각오하는 게 좋을 거다, 소국의 각성자들이여. 대국의 분노는 쉽게 가라앉지 않을 테니까."

할 말이 없어진 왕 웨이 놈은 마지막까지도 개소리를 지껄이면서 자신이 있던 곳으로 되돌아갔다.

나는 멀어지는 왕 웨이를 바라보면서 말했다.

"저럴 거면 뭐 하러 온 거냐?"

"에이, 성하. 저쪽 분위기 봐 봐요. 자기 수하들이 저렇게 충격받았는데, 가만히 있으면 체면이 살겠어요? 뭐라도 해 야지."

루나의 말대로 현재 중국 대표단은 아직까지도 충격에서 못 헤어 나온 상태였다.

그도 그럴 것이, 녀석들의 두 번째 가는 전력이 1분도 채 되지 않아서 리타이어되었기 때문이다.

그것도 압도적이고 처참하게 말이다.

거기에 레오가 인사불성의 상대를 치료해 준다는 핑계로 한 번 더 손봐 줬으니, 나 같아도 그 잔혹함에 치를 떨 수밖 에 없었을 것 같다.

공포란 건 원래 쉽게 전염된다.

특히, 자신들이 자랑하는 전력이 허무하게 꺾인 순간부터 그 공포는 삽시간에 퍼져 나갈 수밖에 없었다.

"하여간에 우리 동생, 북부 출신 아니랄까 봐 무식하게 싸 운다니까?"

루나는 어느새 우리에게 돌아온 레오를 향해 웃으면서 말 했고.

"원래는 끝까지 접을 생각이었습니다."

"왜 끝까지 안 접었는데?"

"엄살이 심한 친구더군요. 반쯤 접었을 때 이미 정신을 잃은 상태였습니다. 그 상태에서는 스스로의 죄를 회개할 수 없습니다, 성하."

레오는 마지막까지도 살벌한 멘트를 치면서 묵묵히 본인의 외눈 안경을 다시 착용했다.

창에 꿰뚫린 어깨는 이미 회복된 후였다.

그 상처를 살펴본 루나가 레오의 등짝을 후려치면서 말했다.

"이 누나는 가끔 내 동생이 트롤은 아닌가, 하는 생각을 한단다."

"저를 낳아 주신 부모님은 당연히 인……."

"알지, 알지. 하지만 지구에 넘어와서도 그렇게 피를 튀기며 싸우면 어떻게 하니? 에덴에서는 몰라도, 지구에서는 너무 야만적이라고 손가락질 받을걸. 안 그래요, 성하?"

"레벤톤 경. 내로남불이라는 사자성어가……."

"레오야. 내가 지난번에 그냥 넘어갔는데, 내로남불은 사자성어가 아니야. 내가 하면 로맨스, 남이 하면 불륜. 자매품으로 자강두천, 낄끼빠빠 등등이 있다."

내 지적에 레오는 묵묵히 자리에 앉았다.

그리고 조용히 스마트폰을 꺼내는 걸 보면 내 말의 진위를 확인하려는 모양이다.

내 말을 의심하다니.

……나쁜 놈.

아무튼 그렇게 레오의 차례가 마무리되었고, 그다음 차례는 루나였다.

루나는 천천히 자리에서 일어선 다음, 부드러운 목소리로 말했다.

"성하, 제가 아름다운 전투라는 게 무엇인지 저들에게 똑똑히 보여 주고 올게요. 저만 믿으세요."

"철퇴로 대가리 뭉개 버리면 안 된다. 그거 즉사야. 치료 못 하는 거 알지?"

"애초에 철퇴를 들 생각도 없었어요. 오늘을 위해 따로 준비한 비장의 무기가 있다고 했잖아요? 한번 지켜보세요. 성하의 마음에 쏙 들 거니까."

그렇게 루나는 가벼운 발걸음으로 나섰다.

그리고 1분 뒤.

나는 루나가 꺼내 든 무기를 바라보며 고개를 천천히 끄덕였다.

"그럼 그렇지."

루나가 평범한 걸 준비해 왔을 리가 없지.

뽀옥뽀옥—!

뿅망치에서 튀어나온 우스꽝스러운 소리가 훈련장에 울려 퍼졌고, 루나가 활짝 미소를 지으며 말했다.

"내가 재밌게 놀아 줄게. 기대해."

중국의 치욕은 이제 막 시작되었을 뿐이다.

※

-우리의 계획을 위해서라도 한국이 성장하는 것을 막아야만 한다. 왕 웨이. 우리가 무리를 해서라도 너를 저 조그마한 나라로 보내는 이유는 그것뿐이다. 김시우라는 이레귤러가 등장했지만, 너라면 충분히 그 싹을 제거할 수 있으리라고 본다. 가서 대련을 핑계로 김시우를 제거해라. 네가 반드시 완수해야만 하는 임무다.

왕 웨이는 이곳에 오기 전, 외교부장과 나눴던 이야기를 떠올렸다.

아시아의 지역 패권을 확실하게 굳히기 위해서 그에게 내려졌던 임무.

김시우를 제거할 것.

외교부장을 통해 내려왔던 그 은밀한 지시의 기원은 분명 외교부장의 윗선이었을 것이다.

왕 웨이는 그러한 임무가 자신에게 주어진 이유 역시 짐작하고 있었다.

'위험의 싹을 제거하고, 지역 패권을 공고히 한다.'

우리 교황님 좀
말려 주세요

디멘션 오프닝 이후, 중국은 세계에서 가장 많은 각성자를 보유한 나라가 되었다.

그들은 엄청난 맨 파워를 기반으로 오히려 디멘션 오프닝 이전보다 높은 위치를 선점했다.

각성자와 일반인을 대놓고 차별하는 정책들을 통해서 각성자들을 포섭했으며, 그들을 바탕으로 빠르게 새로운 질서를 재편해 나갔다.

그 과정에서 일부 인민들의 반발이 있었지만, 각성자를 앞세운 권력 앞에서 그저 작은 소란으로 그칠 뿐이었다.

2년 전에 지구로 귀환한 왕 웨이 역시 새로운 중국의 수혜자 중 하나였다.

무공이라는 힘이 존재하는 세계에서 20년을 보냈던 왕 웨이에게 있어서 새롭게 변화한 자신의 조국은 그야말로 천국이나 다름없었다.

힘이 있으면 무엇이든 용서가 되었으며, 당에서 직접 나서서 편의를 챙겨 줬었기 때문이다.

그렇기 때문에 왕 웨이는 기꺼이 명령을 받아들였다.

한국행을 준비하는 과정에서 약간의 불협화음이 발생하긴 했지만, 그때까지만 하더라도 왕 웨이는 대수롭게 생각하지 않았다.

하지만 지금.

콰아아아아아아아앙!

콰아아아아아앙!

왕 웨이는 눈앞에서 펼쳐지고 있는 장면을 바라보며 자신의 생각이 틀렸다는 것을 여실히 깨달을 수 있었다.

'사이비 교주와 교단의 힘까지 빌릴 정도로 나약한 소국이라고 생각했다.'

더불어 미국 역시 오로지 중국을 견제하기 위해서, 자격도 안 되는 놈을 이레귤러로 인정해 줬을 거라 예상했다.

세간에서 화제가 되었던, 김시우와 에이든 하워드 사이의 결투는 아무리 봐도 에이든이 일방적으로 져 준 것 같았으니까.

하지만 막상 두 눈으로 마주해 보니까 모든 생각이 바뀌었다.

그가 제일 아끼던 부하인 장 민은 어깨의 뼈가 으스러진 채로 겨우 목숨만 부지했고, 다시는 창을 잡을 수 없을 거란 선고를 받았다.

그뿐만이 아니었다.

뽀옥뽀옥―.

콰아아아아아앙!

"꺄하하하!"

이번 대표단의 삼인자이자 중국 내 최상위급 헌터인 허 창조차 빨간색 머리의 미친년에게 일방적으로 당하고 있었다.

검과 방패를 균형 있게 사용하며 전천후 헌터라고 평가받던 허 창이었으나, 아이들 장난감을 들고 설치는 저 붉은 머리의 미친년 앞에서는 속수무책이었다.

쩌저저적-.

허 창의 방패는 오우거의 괴력조차 견뎌 낼 수 있게 설계된 방패였다.

초강도 합금과 미스릴을 이용해서 만들었기에, 결코 쉽게 부서지지 않는 방패였다.

거기에 수많은 실전으로 단련된 허 창의 방패술이 접목되면, 같은 레벨의 상대에게는 절대로 뚫리지 않는 방패라고 부를 수 있었다.

그러나 그 단단한 방패는.

뾰옥뾰옥-.

쩌저저저저적-!

어린아이들이나 사용할 법한 뿅망치 앞에서 철저하게 박살 나는 중이었다.

뿅망치가 방패를 후려칠 때마다 방패가 쪼개지고 찌그러진다. 그와 동시에 뿅망치의 가운데에 박힌 핑크색 모양의 하트도 반짝거린다.

"제, 제발!"

허 창은 감히 반격할 엄두조차 내지 않았다. 아니, 못 했다고 표현하는 것이 더욱 적합했다.

막아 내기에 급급했으며 오른손으로 쥐고 있던 검은 이미 목표를 잃었다.

그만큼이나 압도적인 힘이었고, 광기였다.

번들거리는 눈빛으로 뿅망치를 무자비하게 내려치는 빨간 머리의 성기사는, 그 장면을 지켜보고 있던 사람들을 경악시키기에 충분했다.

'우리의 전력분석팀은 도대체 뭘 하고 있었던 거지?'

한국에 심어 뒀던 정보원들이 언제부턴가 소리 소문 없이 사라지고 있다는 이야기는 들었다.

그로 인해 리멘 교단의 전력을 평가하기에는 자료가 부족했다는 것 역시 알고 있었다.

그렇기에 동원할 수 있는 최고의 전력을 이용해서 체급으로 찍어 누를 생각이었지만, 이건 애초부터 성립되지 않는 싸움이었다.

콰아아아아앙!

"항복……."

"뭐라고? 잘 안 들리는데!"

저 빨간 머리 여자는 최상위급 헌터로도 상대할 수 없는 괴물이었다.

최소 멸(滅)급. 외국에서는 디재스터급이라 평가되는 귀환자쯤은 되어야 겨우 감당할 수 있는 수준.

그러나 앞서 레오라는 대주교에게 처참하게 박살 난 장 민조차 멸급 귀환자였다는 걸 고려한다면, 레오라는 남자와 루나라는 여자는 확실히 그 위의 실력자인 것은 틀림없었다.

'초월자와 멸급 귀환자 사이. 그쯤인가.'

왕 웨이는 머릿속으로 그들의 수준을 대강 가늠했고, 크게 한숨을 뱉어 냈다.

이미 물은 엎질러졌다.

저들을 완벽하게 제압하고 싶었다면 애초에 다른 초월자를 데려왔어야만 했다.

리멘 교단은 단순한 사이비 교단이 아니었다.

한국이 그들을 이번 교류전에 동원한 이유는 단순히 한국의 힘이 부족해서만이 아니었다.

'그냥 저들이 말도 안 되게 강한 거다.'

레오와 루나.

중국 내에 저 둘과 비견될 만한 실력자가 있던가?

왕 웨이가 아무리 궁리해 보아도 쉽사리 답이 나오지 않았다. 그만큼 저 둘은 강했다.

왕 웨이는 마침내 결론에 이르렀고, 오만상을 찡그린 채로 한국 대표단이 있는 곳을 바라보았다. 정확히는 대표단의 가운데서 여유롭게 앉아 있는 김시우를.

'대세는 기울었다.'

그의 부하들은 이미 공포에 잠식되어 버렸다. 사기는 저하되었으며, 다음 차례의 각성자들조차 다리를 떠는 중이었다.

이 상태로 백 번 붙는다면, 백 번 질 것이 자명했다.

그렇다면 남은 것은 하나, 무슨 수를 써서라도 김시우를 제거하는 것.

만약 이 상태로 본국으로 귀환할 경우, 아무리 초월자라고 할지라도 책임에서 자유롭지 못할 것이다.

"리 지에."

"……예."

"지금부터 내가 말하는 것들을 신속하게 준비해라."

왕 웨이는 주먹을 꽉 움켜쥐었다.

이대로 권력에서 밀려날 수는 없었다.

이대로는 절대.

❀

루나의 광란의 뿅망치 쇼는 피아를 가릴 것 없이 충격을 선사했다.

상대방이 기절하기 직전까지 뿅망치로 두드려 대는 광기.

그 광란의 쇼는 상대가 입고 있던 갑옷이 모두 박살 나고, 방패가 걸레짝이 되고 나서야 막을 내렸다.

대련이 끝난 훈련장 위에는 '한때는 인간이었던 것'이 입가에 피를 흘린 채로 겨우 숨만 붙어 있었으며, 그 앞에서 루나는 뿅망치에 묻은 피를 닦아 냈다.

아무리 내 부하라지만, 보는 것만으로도 공포스러운 장면임에는 틀림없었다.

대련을 끝내고 돌아온 루나가 나에게 던진 멘트도 아주 장관이었다.

"고작 뿅망치도 못 견디는 놈이라니, 실망이 이만저만 아니네요. 성하, 나중에 저랑 같이 그 게임 하실래요? 가위바위보 해서 이기는 사람이 뿅망치로 때리고, 진 사람이 막는 게임 있잖아요. 시연이가 가르쳐 줬거든요?"

이제는 대놓고 나를 암살하겠다고 공언하는 루나였다.

하여간에 레오와 루나가 환상적인 공연을 펼쳐 준 덕분에, 그 이후의 순서는 놀랍도록 손쉽게 흘러갔다.

레오의 차력 쇼와 루나의 뿅망치쇼를 관람한 중국의 관객들은 전의를 상실해 버렸고, 그것은 그 뒤의 순서였던 최 대표와 강채아의 경기에도 마찬가지였다.

"한국의 최서진 승!"

"한국의 강채아 승!"

대련에 나선 중국의 각성자들은 대련을 하는 와중에도 우리의 눈치를 볼 수밖에 없었다.

전력을 다해서 붙어도 승리를 장담하기 힘든 마당에, 대련에 집중하지도 못했으니 결과는 불 보듯 뻔했다.

그렇게 순식간에 대한민국은 4승을 적립했고, 마지막으로 나와 왕 웨이의 대련만이 남게 되었다.

"한쪽은 축제고, 한쪽은 장례식 분위기네요."

루나는 우리 쪽과 중국 쪽을 번갈아 보면서 입꼬리를 올렸다.

"장례식 분위기를 만들어 버린 장본인 중 하나가 너세요. 일본 애들 봐 봐라. 쟤네는 피해자도 아닌데 저렇게 잔뜩 질려 있잖아?"

내가 턱짓으로 가리킨 곳에서는 조용히 대련을 관람하고 있던 일본의 각성자들이 앉아 있었다.

그들은 우리와 눈이 마주치자마자 화들짝 놀라면서 시선을 돌렸다.

그만큼이나 충격적인 공연이었다는 뜻이다.

쟤네가 내 밑에 있어서 다행이지, 나쁜 길로 들었어 봐. 아주 그냥 천직이었을 거다.

"그런데 성하."

"왜?"

"아까 전부터 저쪽에서 뭔가를 준비하고 있는 것 같던데, 제가 가서 손 좀 보고 올까요?"

루나의 말대로 중국 측 각성자들의 움직임이 불온하기는 했다. 리 지에를 포함한 일부 인원들이 쉬는 시간을 틈타 활발하게 움직이고 있었기 때문이다.

하지만 나는 그런 그들의 움직임을 제지할 생각은 없었다.

"냅둬라."

"진짜요?"

"할 수 있는 데까지는 전부 하게 해 줘야지. 그래야 더 비참해지는 법이거든."

내 대답을 들은 루나가 한 수 배웠다는 듯이 고개를 끄덕였다.

"오늘도 이렇게 가르침을 받네요. 매번 감사합니다, 성하."

"누가 들으면 오해하겠다."

"사실인걸요. 항상 제 마음속의 롤 모델은 성하랍니다."

계속 대화하고 있다가는 왕 웨이와 싸우기도 전에 심신이 상하겠다.

나는 귀찮다는 듯이 손을 내저은 후, 우리 대표단을 돌아보면서 말했다.

"빨리 끝내고 올 테니까 이따가 회식이나 합시다. 전승으로 끝내면 유선호 장관님께서 쏜다고 하셨거든요? 다들 허리띠 풀고 대기하고 계세요."

이제 화룡점정을 찍는 일만 남았다.

그렇게 나는 곧바로 훈련장의 중앙으로 올라섰고, 곧 중국 측에서도 왕 웨이가 걸어 나왔다.

왕 웨이의 표정은 참으로 볼만했다.

처음 만났을 때의 오만함 따위는 사라진 지 오래였다. 그리고 오만함의 자리를 대신하는 건 나를 향한 적개심이었다.

"네 부하들이 강하다는 건 인정하겠다. 하지만 그렇다고 해서 자만하지 마라. 네놈이 나를 이길 수 있다는 뜻은 아니니."

"혓바닥이 왜 이렇게 기실까? 어차피 한 판 붙어 보면 알 텐데, 뭘 자꾸 떠들어."

"네놈이 초월자라는 것은 나도 인정하겠다. 그러니 한 가지를 제안하마. 대련은 본디 서로의 실력을 가늠하고, 한 단계 더 나아갈 수 있도록 하는 것에 의미를 둔다. 전력을 다하지 못한 대련이 무슨 의미가 있겠느냐?"

왕 웨이는 그렇게 말하며 자신의 부하들을 향해 손짓을 했다.

그러자 리 지에를 비롯한 인원들이 훈련장 위로 무언가 담긴 상자들을 가져왔다.

"내 별호는 검귀다. 내 능력을 전력으로 발휘하기 위해서는 검이 주변에 많을수록 좋지."

"그래서, 이 주위에 검을 배치하게 해 달라?"

"우리는 손님이다. 그리고 이곳은 네 조국이고. 나에게는 불리한 전장이란 소리다. 이런 상황에서 정말 후회 없는 대련이 가능할까?"

그 말에 나는 단호하게 대답했다.

"될 것 같은데?"

"……뭐라고?"

"싸움이란 게 어떻게 자기가 원하는 곳에서만 일어나겠

어. 그래도 뭐, 네가 그렇게 원한다면 그 정도는 들어줄게. 내가 모시는 분은 자비의 여신이시거든."

아까부터 뭘 준비한다고 했더니만, 검을 바리바리 싸 들고 오는 거였나?

하지만 저 속내 검은 놈이 단순히 그런 꿍꿍이만 있을 것 같지는 않은데 말이지.

어쨌거나 왕 웨이는 얼굴을 찌푸리며 가볍게 손을 휘둘렀다.

그러자 녀석의 몸에서 지난번에 보았던 그 기운이 흘러나왔고, 닫혀 있던 나무 상자가 일제히 열렸다.

그리고 곧 그 상자 속에서 각기 다른 모양의 검 다섯 자루가 모습을 드러냈다.

하나같이 휘황찬란한 보검들이었다.

토비가 저 검들을 보았다면 관심을 보였을지도 모르겠다.

"내가 지구로 돌아올 때 함께 가져온 내 애검들이다. 나와 아주 오랜 시간을 함께한 녀석들이지."

"아, 그래?"

그렇다면 부수는 맛이 있겠는걸?

"너희는 이만 물러가라."

"예."

훈련장에 검을 가져온 중국의 각성자들이 빠르게 이탈했고, 왕 웨이는 자신의 장포를 가볍게 휘날리면서 말했다.

"준비는 끝났다. 시작해도 좋다."

"좋……."

그때였다.

내가 말을 채 끝내기도 전에 검 하나가 내 목을 겨냥하고 날아 들어왔다.

불시에 이루어진 치졸한 기습.

그러나 나는 기다렸다는 듯이 신성력을 흩뿌려서 그 검을 막아 세웠다.

이런 걸 보고 무협 소설에서는 보통 어검술이라고 불렀던 것 같은데, 내 눈에는 그저 겉멋에 불과할 뿐이었다.

검이 날아드는 것까진 좋았지만 실속이 없었다.

검은 내 주위에 얇게 형성된 신성 보호조차 뚫어 내지 못했다.

"이건 이기어검술이 아니라 완전 애기어검술이잖아. 좀 귀엽네."

"좋구나. 상대할 맛이 나는 놈이겠어."

왕 웨이는 끝까지 여유로운 말투를 유지했다. 마치 나 따위는 언제라도 이길 수 있다는 듯, 끊임없이 블러핑을 이어 나가는 중이었다.

나는 그런 왕 웨이를 바라보면서 비릿하게 입꼬리를 올렸다.

그리고 내 목 바로 옆에서 정지한 회색빛의 검을 손으로 움켜쥐면서 말했다.

"사실, 나는 중국을 정말 좋아해. 그런 의미에서 너에게 작품을 하나 주고 싶어."

우우우우우웅!

내 손에 잡힌 왕 웨이의 검은 내가 밀어 넣는 신성력에 의해 거칠게 공명하기 시작했다.

그리고 잠시 후.

째애애애애앵!

순식간에 한계에 도달한 회색빛의 검신이 산산조각 나며 바닥에 흩뿌려졌다.

나는 그 조각들을 가리키면서 미소를 지었다.

"작품명. 내가 꿈꾸는 중국."

"……뭐라고?"

당황한 표정의 왕 웨이.

그런 그를 향해 더욱더 짙게 웃으면서 말을 맺었다.

"나는 중국이 너무 좋아서, 중국이 이 조각들처럼 여러 개였으면 좋겠어. 너는 어떻게 생각해?"

❧

처음부터 그다지 위협을 느낄 수 없는 상대였다.

에이든을 처음 만났었을 때의 그런 위압감은 찾아볼 수도 없었다.

녀석에게서 느껴졌던 것은 자만심, 허영, 그따위의 쓸모도 없는 것들뿐이었다.

진정으로 강한 자들은 그런 허상들로 자신을 감싸지 않는다.

스스로의 강함을 뽐내려 든다는 것.

그것은 역설적이게도 스스로의 약점을 가리기 위해서 일부러 몸을 부풀리는 것이나 다름없었다.

그러니까 지금 내가 하고 있는 이 이야기들은.

째애애애애애앵!

"빈 수레가 요란하다는 게 딱 네 꼴이야."

"이노오오오오옴!"

모두 왕 웨이를 두고 하는 말이다.

대련이 시작된 지 3분째.

바닥에는 한때 검이었던 조각들이 유리 조각처럼 흩어져 있었다.

내 필생의 역작, '내가 꿈꾸는 중국'이 몇 차례 진화한 것이다.

그 모습은 내가 보기에는 참 흡족했지만, 왕 웨이에게는 아니었던 모양이다.

부우우우우우웅!

왕 웨이가 아까 전보다 더욱 신경질적으로 검을 내지른다.

자신이 아끼는 보검 다섯 자루가 싸그리 박살 나서 그런가, 검 끝에 숨길 수 없는 분노가 실려 있었다.

그래도 꼴에 이레귤러라고, 지난번에 상대했던 디재스터급 귀환자 이은혁보다는 훨씬 위협적인 검이었다.

그때처럼 대놓고 몸으로 때울 수는 없었다.

날파리처럼 달려들던 다른 보검들과는 다르게, 녀석이 직접 손으로 쥐고 있는 검에 깃들어 있는 기운은 충분히 위협적이었다.

카아아아아앙!

"너클 만들어 달라고 하길 잘했다니까."

물론 너클을 낀 채로 가볍게 튕겨 내면 그만이었지만 말이다.

원래라면 너클에 맞닿는 즉시 다른 검들처럼 박살이 났어야겠지만, 직접 들고 있는 검이라서 그런가 다른 검들에 비해 확실히 좋아 보였다.

"언제까지 승부를 피할 셈이냐!"

왕 웨이가 거칠게 소리치면서 발을 굴렀다.

그러자 녀석의 몸을 중심으로 거대한 파동이 퍼져 나갔고, 그 파동은 내 몸의 균형을 일순간 무너뜨렸다.

그리고 그 순간, 왕 웨이의 검로가 한 번 더 변화한다.

지금까지는 집요하게 내 상체를 노리고 있던 검이 균형을 잃은 하체를 파고 들어온다.

1초도 되지 않는 짧은 시간에 부드럽게 이어지는 연계 공격.

마침내 왕 웨이의 검이 내 무릎에 닿았으나.

화르르륵–!

파아아아아앙!

너클에서 피어오른 응축된 성화가 검을 받아 내었다. 그리고 검이 성화에 닿자마자 거대한 폭발이 일어나며 왕 웨이의 몸이 다섯 발자국 떨어진 곳으로 튕겨 나갔다.

"쿨럭."

충격이 어느 정도 누적되었는지 왕 웨이의 입가에서 피가 흘러내렸고, 나는 너클을 가볍게 쓰다듬으면서 입꼬리를 올렸다.

"이게 끝이야?"

"건방진……."

"이레귤러라고 부르기에는 좀 부끄러운 것 같은데…… 이것도 한번 막아 봐."

우우우우우웅–!

액티브 스킬 〈성창 Lv. Max〉를 시전합니다.

눈 깜짝하는 사이에 천장을 빼곡하게 채운 성창들이 왕 웨이를 향해 차례대로 쏟아져 내렸다.

왕 웨이는 숨도 고르지 못한 채로 검으로 반투명한 막을 만들어 냈고, 곧이어 폭격이 시작되었다.

예전에 에이든을 상대했을 때보다 훨씬 강력해진 성창이었다.

그만큼 나에게 할당된 인과율의 범위가 넓어졌다는 것을 의미했고, 신도들이 늘어난 효과가 여실히 드러났다.

콰아아아아앙!

성창이 훈련장에 꽂힐 때마다 거대한 구덩이가 파인다.

바닥이 뒤집어졌고, 바닥에서 피어오른 먼지가 시야를 뿌옇게 가렸다.

에이든은 20개 가까이 맨몸으로 버텨 냈었지만, 왕 웨이에게는 10개로도 벅찬 모양이었다.

먼지 사이로 보이는 왕 웨이의 형체가 조금씩 비틀거리기 시작했다.

"재미없네."

그렇게 내가 남아 있는 성창들을 일제히 꽂아 버리기 바로 직전, 왕 웨이가 일순간 시야에서 사라졌다.

그리고 잠시 후, 아무것도 느껴지지 않았던 내 바로 뒤에서 짙은 살기가 전해져 왔다.

나는 부드럽게 몸을 돌리면서 오른손을 들었다.

파카아아앙!

손가락 틈 사이에 낀 너클에서 꽤 묵직한 충격과 함께 불씨가 피어올랐다.

왕 웨이가 전력을 다해 내려친 검은 허무할 정도로 쉽게 너클에 가로막혔다.

그와 동시에 먼지구름이 걷히고, 악에 받친 왕 웨이의 얼굴이 그대로 드러났다.

붉게 충혈된 눈.

귀, 코, 입, 얼굴에 뚫려 있는 구멍이란 구멍에서 흘러내리고 있는 피.

그 모습이야말로 녀석이 지닌 검귀라는 별칭이 더할 나위 없이 어울리는 것 같았다.

"얼굴 좋네."

나는 그 상태로 왼 주먹을 쥔 다음, 곧바로 왕 웨이의 얼굴 옆면을 가격했다.

콰지지지직-.

콰아앙!

너클을 낀 주먹이 왕 웨이의 얼굴 좌측을 강타했고, 왕 웨이의 몸이 순식간에 훈련장의 옆벽에 처박혔다.

손 끝에 묵직한 감각이 전해진 걸 봐서는 최소한 좌측 안면은 함몰되었을 것이다.

왼손의 너클에 왕 웨이의 피가 진득하게 묻혀 있는 것을 보면 공격은 제대로 들어갔다.

화르르륵-.

나는 너클에 묻은 피를 성화로 증발시키면서 가볍게 목을 풀었다. 그리고 왕 웨이의 몸이 처박힌 훈련장의 벽면을 주시했다.

최소 뇌진탕.

숨은 끊기지 않을 정도로 후려쳤으니까 죽지는 않았을 거다.

거친 굉음이 가득하던 훈련장에 순식간에 침묵이 내려앉았고, 숨 죽여서 대련을 지켜보고 있던 유선호 장관이 급히 마이크를 통해 외쳤다.

"대련 종⋯⋯!"

그러나 유선호 장관은 끝내 마무리를 선언하지 못했다.

왜냐하면 왕 웨이가 박살 난 벽에서 비틀거리며 걸어 나오고 있었기 때문이다.

녀석의 좌측 얼굴은 눈에 띄게 함몰되어 있었으나 정신을 잃지 않은 걸 보면 마지막 순간에 어떻게든 충격을 줄였던 모양이다.

하지만 멀쩡하지는 않았다.

녀석은 자꾸만 비틀거리면서 걸었다.

그 와중에도 손 끝에 검을 쥐고 있는 것을 보면, 그 정신력만큼은 인정해 줄 만했다.

무인의 자존심인 건지, 아니면 나에게 질 수 없다는 승부욕인지, 자세히 알 수는 없었지만 확실히 인상적인 모습인 건 틀림없었다.

"아직…… 아직 끝나지 않……."

기괴하게 비틀린 입 사이에서 바람 소리가 섞인 중국어가 튀어나왔다.

왕 웨이는 떨리는 손으로 장포의 소매에 손을 넣었다. 그러자 곧 은색의 작은 상자 하나가 소매에서 튀어나왔다.

잠시 후, 왕 웨이의 손에 놓인 은색 상자가 자동으로 열렸고, 그 안에서 둥그런 검은색 경단이 모습을 드러냈다.

그리고 이해할 수 없는 메시지가 눈앞에 떠올랐다.

경고! 강력한 마기가 감지됩니다.

아까까지만 하더라도 감지되지 않았던 강력한 마기가 저 조그마한 경단에서 느껴지기 시작했다.

갑작스러운 상황에 내가 당황하는 것도 잠시, 왕 웨이가 경단을 입에 넣었다.

그리고 비릿한 미소를 지으면서 나를 바라보았다.

"네놈만큼은…… 커허어어어억!"

나는 순식간에 다가가 녀석의 목을 움켜쥐었다. 그리고 나지막한 목소리로 녀석에게 말했다.

"변신하는 시간이 무적인 줄 알았냐?"

"끄르르르르륵."

"요새는 악당들도 영웅한테 변신하는 시간 안 줘. 그것도 모르냐?"

먹을 거면 시작부터 먹었어야지.

멍청하기는.

❧

'……끝났어.'

리 지에는 자신의 눈앞에서 벌어지고 있는 광경에 눈을 질끈 감았다.

중국이 자랑하는 네 명의 초월자 중 하나, 왕 웨이.

비록 초월자들 사이에서도 가장 약하다고 평가받았지만, 초월자는 초월자였다.

그의 손에 의해 정리되었던 게이트와 던전은 이미 셀 수도 없었으며, 몇 차례의 비밀 임무들을 통해서 이미 다른 국가의 디재스터급 귀환자들을 제거한 전적도 있는 인물이었다.

하지만 지금 이 순간, 그 모든 것들이 무의미해졌다.

'상대하면…… 안 되었던 거야.'

한국에 등장한 이레귤러, 김시우.

지난번 한국에 왔을 때 그녀에게 두려움과 공포를 심었던 그 존재가, 이번에는 왕 웨이의 목을 움켜쥔 채로 서 있었다.

대련은 이미 패배했다.

준비해 온 모든 카드들이 처참하게 찢어졌고, 왕 웨이의 목숨마저 김시우의 손에 매달려 있었다.

심지어 그 과정조차 최악이었다.

어른이 어린아이를 가지고 놀 듯이 일방적이었던 대련.

일전에 이루어졌던 다른 리멘 교단 간부들의 경기도 그러했지만, 김시우가 직접 나선 마지막 대련은 유독 그 차이가 극명했다.

검귀는 검은 교황에게 그 어떠한 상처조차 남기지 못했다. 그 뿐만이 아니라, 그들이 한국에 가져온 최후의 수단을 사용하고서도 결과를 바꾸지 못했다.

'흑단을 이렇게 허무하게 노출시켜서는 안 되었던 건데⋯⋯.'

흑단.

일시적으로 힘을 대폭 강화시켜 주는 강화제로, 급한 경우가 아니라면 사용이 금지되어 있는 비밀 병기.

그녀로서는 이번 교류전을 통해 처음으로 접하게 되었던 비밀의 환약이었다.

리 지에는 왕 웨이의 판단이 틀렸다고는 생각하진 않았다.

그녀가 보기에도 김시우는 그 어떠한 희생을 감수하고서라도 제거해야만 하는 타깃이었으니까.

하지만 흑단을 사용한 타이밍이 잘못되어도 한참 잘못되었다.

'병신 같은 새끼!'

스스로의 힘을 과대평가했던 것이 틀림없었다.

그렇지 않고서야 다 죽어 가는 마당에 흑단을 사용하겠다는, 머저리 같은 생각 따위는 하지도 않았을 것이다.

"리…… 지에 님. 저희는 이제…… 어떻게?"

넋이 나가 있던 부하 직원 하나가 리 지에를 바라보았다. 리 지에는 그제야 상념에서 깨어나 주위를 둘러보았다.

왕 웨이마저 저렇게 처참하게 깨진 순간, 대표단의 최고 명령권자는 그녀였다.

그녀보다 윗순위에 있던 인물들 모두가 정신을 잃은 채로 실려 갔기 때문이다.

"왕 웨이 님을 모셔 와야……."

"그럼 네가 저기로 걸어갈래?"

리 지에는 아직도 대련이 진행 중인 훈련장 위를 가리켰다.

그곳에서는 여전히 김시우가 왕 웨이의 목을 움켜쥔 채로 서 있었다.

"저렇게 두면 왕 웨이님의 목숨이……."

"우리가 지금 누구 목숨을 걱정할 처지로 보여?"

"예?"

"무슨 수를 써서라도 이 나라에 돌아오지 말았어야 했는데…… 씨발."

팔을 잘라서라도 이번 교류전에서 빠졌어야만 했다.

목숨을 살리는 대가로 팔 한쪽이라면 차라리 싼 가격이었다. 적어도 팔은 의수라도 붙일 수 있었을 테니까.

리 지에는 입술을 깨물면서 훈련장 위를 바라보았다. 흑단까지 노출된 이상, 퇴로는 없었다.

그녀에게도 상부에서 지급한 흑단이 한 알 있었지만, 차마 그것을 복용할 용기는 없었다.

흑단을 통해 힘을 강화시킨다고 한들, 저 괴물들을 이겨낼 용기가 없었기 때문이다.

'차라리 흑단에 대한 비밀이라도 지켰다면······.'

그들에게 흑단을 지급해 준 '그'는 리멘 교단의 간부들이라면 흑단을 보고서 그냥 지나치진 않을 것이라 경고했다.

최악의 상황이었다.

흑단은 아무런 의미 없이 사용되었고, 그 정체를 김시우가 알아차렸다.

그리고 김시우가 알아차렸다는 그 말은.

"우리 귀여운 지에. 나는 그 때 우리가 비밀을 공유할 정도로 친해진 줄 알았는데, 아니었나 봐?"

"루, 루나 언니."

"어머. 그래도 언니라고는 불러 주는구나? 나는 또, 아까 전에 알은척도 제대로 안 하길래 우리 사이의 좋은 추억을 잊어버린 줄 알았잖니."

한 달 전, 리 지에에게 끔찍한 기억을 선사했던 이 괴물도 알아차렸을 거라는 말과 일맥상통했다.

루나는 잔뜩 얼어붙은 리 지에를 향해 여유롭게 다가왔다.

그리고 리 지에의 어깨에 팔을 두르면서 작은 목소리로 속삭였다.

"지에야. 아까 언니 뽕망치 어땠어. 나름 신경 써서 들고 온 건데, 마음에 들었어?"

"……예."

"다행이네. 맞다. 그거 알아? 그거 뽕망치, 마음만 먹으면 대가리 한 방에 터트릴 수 있다?"

철저하게 학습된 공포가 다시 발밑을 기어오른다.

리 지에는 몸을 벌벌 떨면서 루나의 두 눈을 바라보았다.

"지난번에는 네가 날 대접해 줬으니까, 이번에는 내가 너를 대접해 줘야겠네. 우리 신전으로 정식으로 초대할까 하는데, 혹시 싫어? 싫으면 미리 말하고. 싫다는 사람 강제로 데려가지는 않아."

차마 거절할 수 없었다.

거절의 대가가 무엇일지, 리 지에는 본능적으로 깨달았다. 그렇기 때문에 그녀는 가까스로 고개를 끄덕일 뿐이었다.

한 달 전의 악몽이 다시 그녀를 부르고 있었다.

접선

10전 10승 0패.

대한민국의 동북아 교류전은 전승으로 막을 내렸다.

결과만 보아서는 축제 분위기라고 할 수 있었지만, 분위기가 마냥 그렇게 밝지만은 않았다.

왜냐하면 교류전의 마지막에 불미스러운 사고가 발생했기 때문이다.

"흑단이라."

나는 루나가 리 지에로부터 압수한 검은색 환약을 손으로 만지작거리면서 눈살을 찌푸렸다.

마기가 응축되어 있는 작은 환약.

이 정도로 응축된 환약이었다면 진작에 감지했어야 정상

이었으나, 환약을 보관하고 있던 은색 보관함이 문제의 핵심이었다.

"확실한 건 에덴의 금속도, 지구의 금속도 아니란 겁니다. 마기를 완벽하게 차폐하는 성질을 가지고 있다는 것 외에는…… 이것저것 연구를 더 해 봐야 할 것 같습니다."

내 호출에 따라 급히 헬기를 타고 현장에 도착한 토비가 자신의 수염을 쓰다듬으면서 말했다.

나는 토비의 말에 미간을 찌푸리면서 답했다.

"토비도 모르는 금속이란 겁니까?"

"인위적으로 만들어진 금속인 건 틀림없습니다. 그렇지 않고서야 마기를 이렇게 완벽하게 차단하는 건 불가능합니다."

마기란 쉽게 감출 수 없는 기운이다.

욕망에 근원을 둔 기운인 만큼, 그 어떤 기운보다 빠르게 사방으로 퍼져 나가기 때문이다.

그런 마기를 완벽하게 차폐할 수 있는 금속?

나 역시 에덴에서도 본 적이 없었다. 마기는 그 어떤 금속이든 잠식하려 들었고, 반드시 흔적을 남겼으니까.

그런 의미에서 봤을 때,

"위험하네."

"위험합니다."

이 이름 모를 금속이 내포하는 위험성은 상상을 뛰어넘는다.

마기를 숨길 수 있다는 것. 그것은 다르게 말하자면 마기를 추적하는 것이 불가능할 수도 있다는 뜻이었으니까.

만약 이 금속을 대량 생산하는 것이 가능하다면, 이 금속을 개발한 놈들은 언제든지 마기를 이용해서 테러를 감행할 수도 있다는 소리였다.

지난번 이능관리부 2청사에서의 테러 미수 사건보다 더 거대한 사건을 일으키는 것도 충분히 실현 가능성이 있었다.

게다가 이 자그마한 흑단이 지니고 있는 위력도 무시할 수가 없었다.

"내가 마기를 빠르게 제압했음에도 이놈 배꼽 쪽에 위치한 마력 기관이 단 2초 만에 마기에 잡아먹혔어."

나는 신성력으로 만든 바늘 수십 개가 박혀 있는 왕 웨이의 복부를 바라보면서 눈살을 찌푸렸다.

아마 가만히 내버려 뒀으면 마기에 중독되어서 미쳐 날뛰었을 것이다.

그리고 최후에는 마기와 함께 자폭하면서 그 일대를 쑥대밭으로 만들었겠지.

왕 웨이가 배꼽 쪽에 쌓아 뒀던 기운들을 고려한다면, 아주 가능성이 높았던 시나리오였다.

"어쩐지. 뒤통수가 쎄하다 했다."

"그래도 어떻게 잘 수습은 된 것 같지 않아요? 적어도 정보원은 확보했잖아요. 아무 소득도 없이 끝나는 것보다는 훨씬 낫지 싶은데…… 안 그래, 지에야?"

"예, 예."

루나와 레오는 내가 따로 지시를 내리지 않았음에도 알아서 중국 측 대표단을 잡아 두었다.

이곳은 이능관리부의 지하 깊숙한 곳에 위치한 대각성자 전용 구금 시설.

신전까지 데리고 가기에는 아직 꺼침칙한 부분이 있어서, 유선호 장관에게 미리 허가를 받은 사항이기도 했다.

중국 측 대표단과 마기가 관련이 있다는 것이 밝혀지게 되면, 대한민국 정부로서는 중국 측에 지난 테러 사건에 대한 책임을 정식으로 물을 수 있는 상황.

따라서 정부로서도 리멘 교단이 그 둘의 인과관계를 명백하게 밝혀 주기를 바라고 있는 것이다.

"리 지에."

내가 리 지에의 이름을 부르자 리 지에는 눈물까지 글썽이면서 답했다.

"저도, 저도 정말 자세히는 모릅니다. 파견되기 전에 지급받았을 뿐입니다."

"누구한테 지급받은 건데?"

"상부로부터 지급받았습니다. 초인부는 아니고, 저조차도 이름을 모르는 비밀 기관이 있습니다. 유사시에…… 사용하라는 명령만 받았을 뿐입니다."

리 지에가 이런 상황에서까지 거짓을 말할 정도로 담이 크진 않을 것이다.

말하는 와중에도 나와 루나의 눈치를 끊임없이 살피는 걸 보면, 이미 우리에게 완벽하게 굴복한 상태.

이 자리에서 거짓을 말하는 게 어떤 의미일지 모를 정도로 멍청한 여자도 아니었다.

"유사시라면?"

"……자력으로 리멘 교단의 인원들을 제거하지 못하는 경우를 의미합니다. 저희 대표단의 첫 번째 목표는 리멘 교단을 제거하는……."

"목표를 달성하진 못했네. 너는 왜 흑단을 사용하지 않았지? 나머지 인원들도 그렇고."

"그것은 왕 웨이의 명령이었습니다. 흑단을 복용하는 순간 돌이킬 수 없기 때문에, 그는 일단 김시우 교황님을 제거하는 것을 우선순위에 두었습니다."

대련을 빙자해서 이레귤러를 살해한다.

중국이라면 확실히 해 볼 법한 생각이었다. 따지고 보면 비단 중국만의 일은 아니었다.

나는 내 옆에서 가만히 상황을 지켜보고 있던 에이든을 바라보면서 고개를 끄덕였다.

"사돈 남 말할 처지는 아닌 것 같긴 해. 안 그래, 에이든?"

그러자 에이든은 아주 뻔뻔한 목소리로 대답했다.

"우리도 무차별적으로 제거하진 않았다. 빌런이 될 가능성이 높은 놈들만 제거했을 뿐이라고."

"에이든, 네가 살아 있는 게 네 말이 거짓말이라는 증거야."

"무슨 말을 하는지 잘 모르겠어."

뻔뻔한 놈.

"하여간에 리 지에. 네 말은 흑단을 지급받았으나, 흑단을 제작한 놈이 누군지는 잘 모른다는 거지?"

"제발 믿어 주세요. 저는 진짜 아무것도 몰라요. 쉽게 노출해서는 안 된다고만 들었지, 알고 있었다면 바로 말씀을……."

"믿어."

"……예?"

"왕 웨이도 아닌 일개 피라미에게 그런 비밀을 말해 줬을 리가 없잖아? 내가 속상한 건 네가 이 환약의 정체에 대해서 모르고 있어서가 아니야."

나는 루나에게 가볍게 손짓을 했다. 그러자 루나가 슬쩍 리 지에의 어깨에 팔을 둘렀다.

"이런 심상찮은 환약을 지급받고 입국했는데도, 우리에게 환약에 대해서 알려 주지 않았다는 게 괘씸한 거지. 아무래도 우리 루나의 교육이 충분하지 않았나 봐."

"죄송해요, 성하. 많이 친해졌다고 생각했는데, 일방적인 짝사랑이었나 봐요."

"이번에는 내가 허락해 줄 테니까, 가서 좋은 시간을 다시 보내고 와."

"신전으로 데려가도 될까요?"

"거기에 린 타오도 있다고 했지? 같은 중국인끼리 친분을 쌓을 수 있게 해 주면 더 좋을 것 같네. 좋아, 그렇게 해. 그리고 레오, 너는 중국 대표단이 억류된 장소로 이동해서 이능관리부 직원들 좀 도와줘."

"알겠습니다, 성하."

리 지에로부터 뽑아낼 수 있는 정보는 처음부터 제한되어 있었다.

리 지에를 더 추궁해 봤자 당장 쓸 만한 정보는 없을 것이다.

내 명령을 받은 레오와 루나는 나에게 묵례를 취한 뒤, 각자 할 일을 위해서 빠르게 방에서 나갔다.

그렇게 방 안에는 에이든과 나, 그리고 정신을 잃은 왕 웨이만이 남게 되었다.

"좋아, 이제 본론인가?"

"에이든, 너도 나가."

"시우, 우리 사이에 왜 이래? 우리는 운명 공동체야. 좋은 건 같이 듣고……."

"한 것도 없는 놈이 어디서 날로 처먹으려고."

"음, 그렇게 말하면 어쩔 수 없지. 대신에 합당한 대가를 치를 테니 나중에 꼭 공유해 주는 거다. 알겠지?"

자본주의의 총본산답게 이야기가 빠르군.

에이든은 아쉽다는 듯이 볼을 긁적이며 물러났고, 결국 방 안에는 나와 왕 웨이, 단둘만 남게 되었다.

마침내 모든 방해꾼이 사라졌다.

나는 쥐 죽은 듯이 누워 있던 왕 웨이를 향해서 말했다.

"야만인한테도 들킨 것 같던데, 언제까지 그러고 있을 거냐? 슬슬 나와라."

그러자 왕 웨이가 천천히 눈을 떴다.

그와 동시에 녀석의 몸에서 은은한 마기가 흘러나오기 시작했다.

그것은 녀석이 흑단을 복용하자마자 터져 나왔던 마기와는 근본부터가 다른 기운이었다.

마기 주제에 완벽하게 절제되어 있으며, 지구로 돌아와서 경험했던 저급한 마기들과는 비교조차 할 수 없이 순수한 마기.

최상급 마족은 되어야 보유할 수 있는 마기였다.

그리고 잠시 후, 왕 웨이의 입에서 어울리지 않게 부드러운 목소리가 흘러나왔다.

"이렇게 만나 뵙게 되어서 영광입니다, 교황 성하. 이렇게 오붓하게 대화할 수 있게 해 주셔서 감사할 따름입니다. 제

우리 교황님 좀
말려 주세요

가 이 순간을 얼마나 기다려 왔는지 모르실 겁니다."

"나는 보통 직접 만나서 이야기하는 걸 선호하는데, 그쪽은 아닌가 봐?"

"아직 제가 검은 교황과 대면해서 이야기할 수준은 아니라고 생각합니다. 무례를 용서해 주시기를."

분노의 마왕, 교만의 마왕 등, 내가 에덴에서 상대했던 놈들의 마기가 동시에 전해져 온다.

익숙하면서도 낯선, 처음 경험해 보는 기묘한 마기.

나는 눈을 뜬 왕 웨이의 멱살을 잡아 들어 올렸다. 그리고 마기에 물든 녀석의 눈동자를 직시하면서 말했다.

"처음 보는 새끼인데, 넌 도대체 누구냐?"

"저희는 앞으로 오랜 시간을 함께하게 될 겁니다. 통성명이라도 할까 하여 이리 실례를 무릅쓰고 찾아뵈었지요. 처음 인사드리겠습니다. 정화자를 이끌고 있는 무명이라고 합니다."

예상외의 거물이 모습을 드러냈다.

❧

정화자.

마기를 흩뿌리고 다니는 놈들이고, 하필이면 그 마기가 에덴에서 경험했던 일곱 마왕들의 마기였기에, 당연히 그들과 관련되어 있을 거라고 생각했다.

하지만 눈앞에 나타난 이 녀석은 절대로 그 마왕 놈들과 동류가 아니었다.

마왕으로부터 느껴졌던 욕망.

한 세계를 정복하여 집어삼키겠다는, 그 원초적이면서도 적나라한 욕망은 이 녀석에게서 찾아볼 수가 없었다.

"교황 성하께서 친히 지구로 내쫓아 주신 우리 마왕분들은 제 훌륭한 동반자가 되어 주고 계십니다. 아직 완전지는 않지만, 조만간 만족스러운 수준에 이를 것이라 생각합니다. 이 모든 것이 성하께서 제게 베푸신 은혜입니다."

"마왕과 계약을 했으면 그냥 하수인이지, 동반자는 무슨."

"저는 그들과 동등한 관계입니다. 저는 그들에게서 필요한 것을 얻고, 그들 역시 저로부터 필요한 것을 받아 갈 뿐입니다."

"마왕 새끼들이 그걸 용납할 리가 없을 텐데?"

"그래서 감사하다는 겁니다. 마왕분들의 힘이 예전과 같았다면 꿈도 꾸지 못했을 일이지요. 하지만 그들은 성하에 의해 영혼이 갈가리 찢겨 나간 상태. 급한 놈이 우물을 파게 되듯, 그들 역시 마찬가지입니다."

마왕에게 영혼이 종속된 존재는 그들을 함부로 깎아내릴 수 없다.

그것은 마왕과 필멸자의 계약이 영혼을 담보로 이루어지

는 것이기 때문이다.

하지만 이 녀석은 대놓고 마왕과 자신을 동급의 존재라고 설명한다.

적어도 내가 아는 상식에서는 벗어난 놈이란 뜻이었다.

"그런데 이걸 어쩌나? 나 죽이라고 보낸 놈들이 싸그리 박살 났는데, 기분은 괜찮고?"

"버러지들이 잡혔다고 한들, 달라지는 것이 있겠습니까? 처음부터 기대조차 하지 않았습니다. 이렇게 교황 성하와 대화를 나눌 수 있게 해 준 것만으로도 이 버러지들은 목적을 달성한 셈입니다."

이 녀석이 바라는 것이 무엇인지가 가늠이 안 잡힌다.

속을 알 수 없는 놈.

왕 웨이의 몸을 빌려 쓰고 있던 그놈은 내 눈을 바라보면서 말을 이어 나갔다.

"협상을 하고 싶습니다. 현재, 성하가 계신 땅에 자리 잡은 또 하나의 이교, 백명교에 관한 정보를 제가 알고 있습니다. 만약 성하께서 원하신다면, 얼마든지 그 정보를 내어 드릴 용의가 있습니다. 그리고 이 제의만 받아들이신다면, 저희는 그 한반도에서 손을 완전히 떼겠습니다."

"협상이 아니라 협박을 하는 것 같다만."

"그렇게 들리셨다니 유감입니다."

마기를 완벽하게 차폐할 수 있는 금속은 일부러 보여 준 것이다.

언제라도 테러를 일으킬 수 있는 능력이 자신들에게 있다는 것을 과시하기 위해서 말이다.

"하지만 백명교, 그자들은 성하나 저에게도 그리 득이 되는 집단이 아닙니다. 이미 중국 내부에서도 빠르게 번져 나가고 있는 종양이기도 합니다."

"백명교를 함께 견제하자?"

"적의 적은 친구 아니겠습니까? 성하께서는 잘 모르시겠지만, 그들은 생각보다 훨씬 더 위험한 존재들입니다. 제 즐거움을 방해하는 최악의 방해꾼들이지요."

녀석의 말에 나는 실소를 지었다. 그리고 신성력을 왕 웨이의 몸속에 주입했다.

그러자 회색빛의 불꽃이 피어오르며, 왕 웨이의 전신을 장악하고 있던 마기가 조금씩 희미해지기 시작했다.

"적의 적이 친구는 무슨. 그냥 적이면 적인 거고, 친구면 친군 거지. 걱정하지 마라. 너희나 백명교나, 내가 공평하게 박살 내 줄 거야."

"백명교가 어떤 놈들인지 궁금하지 않습니까?"

"궁금하기야 하지. 하지만 우리 교단에는 이런 교리가 있단다."

화르르륵-!

성화가 왕 웨이의 온몸을 뒤덮었고, 나는 나른한 목소리로

우리 교황님 좀
말려 주세요

말을 맺었다.

"악의 길을 걷는 자들과는 타협하지 말라."

"과연, 기대했던 그대로입니다. 조만간 다시 찾아뵙도록 하겠습니다."

"그때는 부디 직접 오길 바란다. 그래야 찢어 죽이는 맛이 있잖냐. 알겠지?"

"후후, 노력해 보겠습니다. 그럼 이만."

그 말을 끝으로 왕 웨이에게서는 더이상 마기가 느껴지지 않았다.

나는 힘없이 축 늘어진 왕 웨이의 몸을 바닥에 대충 던지면서 한숨을 내쉬었다.

"피곤하게 생겼네."

아무래도 교류전이 깔끔하게 마무리되기는 글러 먹은 것 같았다.

※

동북아 교류전이 끝난 다음 날 아침.

정부에서 언론사들에 걸어 두었던 엠바고가 해제되자마자, 대한민국의 모든 언론사들이 일제히 동북아 교류전에 대한 기사를 쏟아 내기 시작했다.

〈속보 대한민국, 동북아 교류전 전승!〉

〈중국의 이레귤러, 왕 웨이. 대련 도중 불의의 사고로 폐인이 되다?〉

〈익명을 요구한 일본의 각성자, '한국과는 절대로 싸우고 싶지 않다. 특히, 리멘 교단의 각성자들을 상대할 일이 있다면 할복하거나 독약을 마시겠다. 그편이 인간의 존엄성을 지킬 수 있는 유일한 방법.'〉

〈흠잡을 곳이 없던 승리, 동북아의 판세가 재편되다〉

〈외신들, 일제히 리멘 교단을 '폭풍의 핵'으로 지목〉

난리도 보통 난리가 아니었다.

정부 측에서 자료를 제공받은 기자들은 쉴 새 없이 기사들을 써 내려가기 시작했다.

그 선봉에는 당연히 우리 교단을 대표하는 스피커, 세종일보의 서 기자가 자리잡고 있었다.

레오와 루나로부터 직접 인터뷰를 딴 서 기자의 기사는 순식간에 포털 사이트를 장악했고, 외신들 모두가 서 기자의 기사를 참고해서 세계 각지로 소식을 퍼뜨렸다.

기자들의 개성에 맞게 재해석되는 부분도 있었지만, 그들이 쓴 모든 기사들은 한 가지 사실을 가리켰다.

—중국이 한국에 패배했다!

디멘션 오프닝 이후, 동북아시아의 패권을 움켜쥐고 있던 중국의 패배.

심지어 숨기고 숨겼던 이레귤러조차 잃어버리는 최악의 결과.

일부 국제정치학자들은 전쟁이 일어날지도 모른다는 추측을 내놓기는 했으나, 그들은 곧 이어진 중국 정부의 공식 발표로 인해 입을 다물 수밖에 없었다.

〈중국 외교부 대변인, '한국의 비약적인 발전을 축하한다. 이번 교류전에서는 우리가 완벽하게 패배했다. 다음 교류전은 쉽게 패배하지 않을 것.'〉

〈교류전 막바지에 발생했다는 '불미스러운 일'에 대해서는 말을 아껴⋯⋯ '대표단에 속한 인원들의 개인적인 일탈일 뿐, 중국 정부와는 관련이 없음.'〉

〈'잃어버린 땅'을 두고 이어지던 신경전, 한국의 승리?〉

"얘네가 뭘 잘못 먹었나? 패배를 순순히 인정하네요. 나는 또 끝까지 잡아뗄 줄 알았는데."

"패배만 인정하겠다는 거지. 전형적인 꼬리 자르기잖아? 하나는 인정하지만, 하나는 인정할 수 없다. 딱 그거잖아."

"이런 게 먹혀요?"

"불리해졌으니까 외교로 풀어 나가겠다는 거지. 흑단으로 인해 희생자가 없었잖아? 다행히 대련 녹화 영상이 있으니까 우리 정부 측도 대응을 할 거야. 쉽게 넘어가 주진 않을걸."

나는 루나의 말에 대답해 주면서 커피를 한 모금 넘겼다.

내가 아는 서 대통령이라면 이번 기회를 통해 중국을 탈탈 털어먹으려들 것이다.

이레귤러 하나를 잃은 상황임에도 저쪽에서 적극적으로 나서지 않는 이유 역시 거기에 있었다.

이레귤러나 되는 놈이 자폭을 각오하면서 달려들었다.

비록 흑단에서 흘러나온 마기로 인해서 녹화가 깨끗하게 이루어지지는 않았지만, 책임을 물을 정도의 증거는 확보되었다고 들었다.

거기서부터는 이제 대통령을 비롯한 정치인들의 영역.

지금까지 서 대통령이 보여 준 역량을 생각해 본다면, 중국의 실수를 두고도 가만히 넘어갈 거란 생각은 안 든다.

분명히 속옷까지 털어먹겠지. 그러고도 남을 사람이다.

거기에 에이든 하워드라는, 걸출한 미국의 이레귤러가 보증까지 서 줬으니 잡아뗄 여지도 없었다.

"중국에서는 외교부장까지 파견한다고 했으니까…… 발등에 불똥이 떨어졌다고 봐도 된다."

"복잡하다, 복잡해. 국제정치. 그 사람들 올 때 대표단도 수습해 가나?"

"그렇겠지? 왕 웨이를 비롯한 대표단들은 아직 치료 중이

우리교황님좀
말려주세요

잖아. 그런데 솔직히 데려갈지는 잘 모르겠네."

그들에게 신병을 인도하는 대로 서해 바다 어딘가에 던져지지만 않으면 다행이다.

이미 중국 쪽에선 노선을 정했다.

대표단의 돌발 행위는 어디까지나 그들의 개인적 일탈일 뿐, 당과는 상관없다는 스탠스.

사실, 충분히 예상하고 있던 범위라서 그리 놀랍지도 않았다.

나는 루나와 이야기를 나누며 고개를 살짝 끄덕였다. 그리고 아까 전부터 나를 부담스러운 표정으로 바라보고 있던 중국인, 린 타오를 향해서 말했다.

"린 타오. 부담스러우니까 그만 좀 쳐다봐."

그러자 린 타오가 무릎을 꿇으면서 대답했다.

"중국으로 돌아가게 되면 교황 성하의 존안을 더 이상 볼 수 없다는 생각을 하니, 차마 시선을 뗄 수가 없습니다. 죄송합니다, 성하!"

눈물까지 흘려 대며 말하는 린 타오에게서는 일종의 광기마저 느껴지는 것 같았다.

광신도 그 자체.

라파르트 대주교에 의해 완벽하게 회개하고 다시 태어난 린 타오는, 언제라도 우리 교단의 미래를 위하여 몸을 던질 각오가 되어 있는 듯 보였다.

그 모습을 옆에서 흡족하게 지켜보고 있던 라파르트 대주
교가 녹차를 마시면서 싱긋 미소를 지었다.

"리멘께서 보시기에 참으로 흡족한 장면입니다. 리멘을
믿지 않던 친구가, 이제는 리멘을 위해 기꺼이 순교할 것을
각오하고 있습니다. 이 역시 리멘의 축복이 아니겠는지요."

"라파르트 대주교."

"예, 성하."

"지구에서는 보통 그걸 보고 세뇌라고……."

"세뇌가 아닙니다. 이건 영접이라고 불러야 마땅합니다."

도대체 어떻게 영접을 하면 신앙심이 하나도 없던 놈이 광
신도가 되어 버리는 걸까?

육체적인 고통은 전혀 주지 않는다고 들었는데 말이다.

나는 꺼림칙한 표정으로 라파르트 대주교를 바라보았다.

"그래서 정말 이 친구를 중국으로 돌려보내실 생각입니
까?"

"그래야지요. 이미 린 타오 군은 각오를 끝냈습니다. 선교
를 위해 에덴의 북부로 향한 수행 사제들처럼, 린 타오 군이
라면 마땅히 제 역할을 할 것입니다."

"대주교의 말씀대로 저는 이미 모든 준비를 끝냈습니다.
대륙 전역에 리멘의 찬송가가 울려 퍼지기 전까지, 저는 쉴
새 없이 노력할 것입니다!"

중국에서 포교 활동이 잘 이루어지지 않는다면, 라파르트

대주교를 직접 파견하는 것도 나쁘지 않을 것 같았다.

나는 린 타오에게서 시선을 거둔 다음, 그의 옆에서 조용히 앉아 있던 리 지에를 향해 말을 건넸다.

"리 지에, 너는 어떻게 할 계획이냐? 중국으로 돌아갈 생각이야?"

"······저는 돌아가면 무조건······ 숙청을 당할 겁니다. 가능하다면 이곳에 남는 쪽을······."

"에이든과 이야기를 대충 끝내 뒀어. 네가 원한다면 미국으로 망명할 수 있을 거다."

리 지에는 린 타오와는 경우가 달랐다.

린 타오는 흑단조차 지급받지 못했을 정도로 낮은 위치에 있었지만. 리 지에는 흑단을 지급받았다.

즉, 책임 소지가 있는 책임자란 뜻이었다.

아마 그녀는 중국으로 귀국하는 대로 소리 소문 없이 사라지게 될 것이다.

그래도 나름 중국인치고는 우리에게 협조적이었는데, 살길은 하나 열어 주는 게 좋지 싶었다.

그쪽이 우리 교단에게 득이 되는 선택이기도 했으니까.

리 지에는 내 말을 듣자마자 눈시울을 붉히며 물었다.

"정, 정말입니까?"

"내가 그런 걸 가지고 거짓말을 왜 해? 미국 정부 측에서 먼저 제의한 거야."

미국으로서는 이번 기회에 중국 초인부에 대한 정보를 확보할 생각인 것 같았다.

루나에게 허구한 날 쥐어 터져서 그렇지, 따지고 보면 리지에의 전투력도 쓸 만한 편이다. 그리고 무엇보다 갈 곳을 잃은 자들은 살아남기 위해 절박해지는 법.

물론 리 지에의 신병을 미국 측에 인도하는 대가로 리멘 교단이 약속받은 게 몇 가지 있었지만, 그건 굳이 리 지에에게 말해 주지 않았다.

모르는 게 약이라는 말은 이때 사용하는 것 아니겠어?

"대한민국에 남는 것보다는 아예 미국으로 망명하는 게 훨씬 안전할 거다. 어떻게, 고민 좀 해 볼래?"

"아닙니다! 아닙니다. 미국으로 망명…… 꼭 하고 싶습니다. 감사합니다, 감사합니다."

"섭섭하네, 지에야. 우리 둘 사이 좋았잖아? 언니랑 그렇게 떨어지고 싶었어?"

"죄송합니다……."

"후후, 장난이야. 괴롭히는 맛이 아주 쏠쏠해. 그렇죠, 성하?"

"네 변태적인 취향을 나에게 강요하지 않아 줬으면 한다."

나는 루나의 공격을 여유롭게 받아 낸 다음, 집무실의 창문 밖을 쳐다보며 한숨을 뱉어 냈다.

"이제 남은 건 정화자, 그놈들인데."

하루아침에 해결할 수 있는 문제가 아니란 말이지.

서 대통령과도 진지하게 이야기를 나눠야 할 문제인 건 틀림없었다.

어디서부터 손을 대야 할까?

꒰꒱

중국.

상해에 위치한 어느 빌딩의 최상층.

동방 명주가 한눈에 보이는 그곳에서, 흰색 머리카락이 돋보이는 미청년이 조용히 창문 밖을 바라보고 있었다.

똑똑똑─.

"들어오세요."

청년의 나긋한 목소리에 한 중년의 남자가 조심스럽게 방 안으로 들어왔다.

방으로 들어온 남자는 청년을 보자마자 무릎을 꿇으면서 절을 올렸다.

"위대한 분을 뵙습니다."

"날이 참 좋습니다. 이런 날은 창문 밖을 바라보는 것만으로도 즐거운 법이죠."

"3시간 뒤, 외교부장이 직접 한국에 방문할 예정입니다. 혹, 따로 지시할 사항이 있으신지요."

"카이사르의 것은 카이사르에게, 이런 말이 있습니다. 위정자들의 일은 위정자들에게 맡기도록 하세요. 저희는 그저 지금까지 해 왔던 것처럼 지켜보고만 있으면 됩니다."

백발의 청년은 부드러운 목소리로 말했다.

그리고 그런 청년의 대답을 들은 남성은 다시 한번 허리를 숙였다.

"쓰촨성의 청두시에서 마왕의 화신체를 발견, 곧바로 확보하였습니다. 보고된 바에 따르면 음욕의 마기를 강하게 타고난 여성체라고 합니다."

"상태는요?"

"마기에 의해 반쯤 미쳐 있다고는 하지만, 완전히 붕괴된 것은 아닌 듯합니다."

"우리 천박한 음욕의 마왕께서 흡족해하시겠군요. 곧바로 실험실로 보내도록 하세요."

"예, 알겠습니다."

간단하게 상황을 보고한 남성은 천천히 자리에서 일어났다.

그리고 여전히 정중한 목소리로 청년에게 물었다.

"위대한 분이시여. 리멘 교단을 가만히 내버려 두실 생각이십니까? 그들은 한국에서 진행되고 있던 계획 대부분을 수포로 만들어 버렸습니다. 이대로 두면 장차 저희의 가장 큰 적이 될 것입니다."

리멘 교단.

별 볼 일 없던 한국에서 등장하여, 최근 동북아시아의 판세를 뒤흔들고 있는 신흥 종교 집단.

김시우라는 이레귤러를 중심으로 모습을 드러낸 그들은 껍데기만 남아 있던 한국을 뿌리부터 변화시켜 버렸다.

동시에 그들은 정화자의 구성원들이 사용하는 '마기'와 정반대의 기운인 '신성력'을 사용하는 존재들이었다.

내버려 두면 내버려 둘수록 큰 화근이 되는 존재들.

"참초제근이 필요한 때가 아닌가, 이 못난 놈이 무례를 무릅쓰고 의견을 전합니다."

"일 장로가 무엇을 걱정하는지는 제가 잘 알고 있습니다. 김시우. 그는 잠깐 대면하는 것만으로도 온몸을 찌릿하게 만드는 괴물이 맞습니다. 그가 단신으로 에덴의 일곱 마왕들을 처리했다는 게 믿어지더군요."

청년은 왕 웨이의 몸을 통해서 만났던 김시우를 떠올렸다.

두려움이란 찾아볼 수 없을 정도로 자신감으로 가득 차 있던 인물.

근거가 없는 자신감은 자만에 불과할 뿐이나, 김시우의 자신감에는 분명한 근거가 있었다.

압도적인 신성력과 그것을 바탕으로 기꺼이 몸을 움직이고자 하는 왕성한 활동력.

거기에 그의 뜻을 도와줄 강력한 조력자들까지.

"그는 사람을 끌어모을 줄 아는 자입니다. 그런 부류의 적은 제거할 수 있을 때 제거하는 것이 가장 좋은 방법인 것도 맞습니다. 하지만 일 장로. 그들을 제거하는 것이 도대체 무슨 의미가 있겠습니까?"

일 장로라고 불린 사내는 청년의 말에 그저 고개를 숙일 뿐이었다.

"위대한 분에 비하면 한없이 부족한 저로서는 감히 당신의 뜻을 가늠할 수 없습니다. 가르침을 주십시오."

"가르침이랄 것도 없습니다, 일 장로. 나는 일 장로의 그 욕망을 존중합니다. 욕망이야말로 인간을 가장 진실 되게 만들어 줍니다. 위선으로 가득 찬 세상을 정화해 줄 수 있는 유일한 가치지요."

청년은 천천히 의자에서 일어났다.

그가 입고 있던 하얀색의 긴 장포가 바닥을 쓸었다.

"그러니 나는 일 장로가 내 욕망을 존중해 주었으면 합니다. 익지 않은 과일은 맛이 없습니다. 달콤한 과일을 얻기 위해선 충분히 기다려야 합니다."

청년은 책상 위에 올려져 있던 붉은색의 사과를 한 입 베어 물었다.

"나는 그 달콤한 과일을 원합니다. 그 과일이 우리를 죽일 독을 품고 있다고 한들 어떻겠습니까? 입 안 가득 달콤함을 품은 채로 죽을 수 있다면, 그 또한 행복이지 않겠습니까?"

일 장로는 자신이 모시는 이의 입가에 가득한 미소를 보았다.

순수한 어린아이의 미소.

그 미소를 앞에 두고 그는 그 어떠한 말조차 내뱉을 수 없었다.

"그래도 우리 일 장로가 걱정하고 있으니, 그냥 넘어갈 수는 없겠지요?"

청년은 넓은 벽에 덩그러니 달려 있던 지도를 향해 사뿐사뿐 걸어갔다. 그리고 어느 한 지점을 손가락으로 가리키면서 말했다.

"슬슬 다음 단계로 넘어가도록 할까요? 일 장로. 밑의 것들 중 일부를 이곳으로 보내도록 하세요. 벌집을 마음껏 쑤실 시간입니다."

"그곳은……."

일 장로는 말끝을 흐렸고, 청년은 그런 일 장로를 바라보면서 더욱더 짙게 미소를 지었다.

"이 정도면 그들에게도 충분한 선물이 되지 않을까 생각합니다. 안 그렇습니까?"

⚜

중국의 외교부장이라는 사람이 대한민국에 갑작스럽게 입

국한 이후, 동북아 교류전이라는 이슈는 아주 빠른 속도로 몸집을 키워 나갔다.

대한민국의 전승.

국뽕도 이만한 국뽕이 없다.

이 거대한 이슈에 기자들과 전문가들이 깡그리 붙어서 장작을 집어넣고 있으니, 대한민국이 조용할 리가 있나?

"중국과의 협상 과정에 대해 간단하게 말씀드리겠습니다. 중국 측에서는 잃어버린 땅에 대해 지속적으로 주장하고 있던 본인들의 권리를 포기한다고 말했습니다."

"권리? 무슨 권리요."

"북한과 맺었던 상호방위조약이 있습니다. 사실상 유명무실한 조약이었으나, 그 조약을 핑계로 지속적으로 관여하려는 움직임을 보였습니다. 그 움직임의 중심이 바로 시우 님께서 이번에 처리하신 왕 웨이를 중심으로 하는 국제협력국 동북아 팀이었습니다."

나는 집무실에 앉아서 김 실장의 이야기를 가만히 듣는 중이었다.

대한민국 정부와 중국 정부가 이어 나가고 있는 협상.

내가 김 실장을 통해 그 협상의 내용에 대해 들을 수 있는 건, 서 대통령의 배려기도 했다. 그로서는 이번 협상을 이끌어 내 준 나에게 뭐라도 해 주고 싶은 심정일 거다.

"생각보다 중국 반응이 얌전한 것 같네요. 왕 웨이 폐인 만들었다고, 침 질질 흘리면서 달려들 줄 알았는데."

한 나라의 이레귤러를 폐인으로 만들어 버린 사건이다.

평소의 중국 친구들이라면 분명히 날뛸 것이라 생각했는데, 저쪽 반응이 뭔가 꺼림칙했다.

아무리 리 지에가 제공해 준 정보를 통해 흑단의 위험성이 입증되었다고 한들, 너무 순순히 따르는 모양새.

우리가 알던 중국의 이미지와는 좀 다르다.

어떻게든 꼬투리 잡고 질질 늘어지는 것이야말로 '중국st' 아닌가?

"저희는 크게 두 가지 이유로 분석하고 있습니다. 첫째, 중국 내부에서 진행 중인 권력 다툼. 둘째, 대한민국의 국력을 약화시키기 위해서."

"권력 다툼?"

"겉으로는 그 어느 때보다 단단한 힘을 보여 주는 중국이지만, 내부로는 그렇지 않습니다. 현재 중국은 왕 웨이를 비롯한 초월자들이 만들어 낸 파벌로 인해서 여러모로 골치 아픈 상황입니다."

"……보기 좋네요."

여차하면 내 소원이 실현될지도 모른다.

더 많은 중국.

초월자들을 중심으로 파벌이 나뉘었다면, 치열한 권력 다툼이 진행 중일 것이다.

왕 웨이도 초월자로서 그 싸움에 관여되어 있었을 테니, 녀석들로서는 내가 정적을 하나 줄여 준 셈이나 마찬가지였다.

거기에 흑단까지 사용해서라도 나를 죽이려고 들었으니까, 아예 그 책임까지 왕 웨이에게 넘겨 버렸겠지.

"최소한 세 개의 중국까진 기대해 볼 만한 건가?"

"예?"

"아아, 아닙니다. 계속해 주세요. 권력 다툼에 대한 건 대충 알겠고, 대한민국의 국력을 약화시키겠다는 이야기는 또 뭡니까?"

내 질문에 김 실장은 물을 한 모금 마신 다음, 천천히 말을 이어 갔다.

"잃어버린 땅을 수복하는 과정에서 발생한 손실. 중국은 그쪽에 집중하고 있는 듯합니다. 특히, 백두산에 자리 잡은 국가 위기급 마수. 베히모스에 기대를 거는 듯한 눈치였습니다."

"중국에서 백두산 쪽으로 유도했다던 그거?"

"예, 맞습니다."

구 북한 지역은 5년 동안 몬스터들에 의해 테라포밍이 진행되어 온 지역이다.

그곳에 얼마나 많은 마수와 적대적인 이종족들이 자리 잡고 있는지에 대해서는 미국에서조차 자세히 모른다고 하

우리 교황님 좀
말려 주세요

더라.

그만큼 베일에 싸인 지역이란 뜻이었다.

"미지를 극복하기 위해서는 희생을 감수해야 합니다."

"그러니까 중국 놈들이 지금 우리가 위쪽을 되찾으면서 자멸하길 바라고 있다, 그 뜻이네요?"

"자멸까진 아니더라도 몬스터들이 시간을 벌어 주길 원할 겁니다."

"시간?"

"왕 웨이가 무너진 이상, 대한민국을 견제하기 위해서는 새로운 방법이 필요할 테니까요."

한마디로 대한민국이 잃어버린 땅 수복에 국력을 쏟는 사이에 자기들은 재정비를 시도하겠다는 소리다.

그러니까 저렇게 순순히 물러나는 중인 거고.

그 밖에도 여러 자잘한 이유가 있겠다만, 확실히 내가 듣기에도 저 두 가지 이유가 가장 합리적이다.

나는 천천히 고개를 끄덕였다. 그리고 김 실장을 바라보면서 말했다.

"그래도 정부에서는 잃어버린 땅을 수복할 계획 아닙니까?"

"그럼에도 불구하고, 수복해야만 하는 지역이기 때문입니다. 잃어버린 땅은 그 존재만으로도 대한민국의 가장 큰 리스크니까요."

"하기는."

애매한 불확실성보다는 피해를 입더라도 확실히 정리하는 것이 옳은 선택이다.

후자는 피해 규모를 예측할 수라도 있지만, 전자의 경우에는 예측이 불가능하다.

뭐든지 확실한 것이 좋다는 건 나도 인정한다.

"현재, 수복 작전에 관한 작전 회의가 시작되었습니다. 늦어도 한 달. 한 달 안에 선발대를 파견하여 거점을 마련하는 것이 1차 목표입니다."

"제가 도와드리면 빠르게 진행할 수는 있을 것 같은데."

적어도 전투에서만큼은 인과율의 제한이 대폭 완화되어 있는 상황이다.

한 번에 휩쓸어 버리는 것도 괜찮을 것 같기도 하다.

내 말에 김 실장이 힘겹게 웃으면서 고개를 끄덕였다.

"백두산에 자리 잡은 국가 위기급 마수, 베히모스의 토벌과 관련되어 도움이 필요할 것 같기는 합니다. 추후에 작전 계획이 수립된 후에 의견을 여쭙겠습니다."

"야마타노오로치도 국가 위기급 마수였죠."

"베히모스는 이미 2년 전, 국가 위기급 마수로 분류된 상태로 백두산에 자리 잡았습니다. 그 이후로 별다른 움직임이 없었던 것을 고려하면…… 충분히 정보를 수집하고 움직이는 것이 좋을 것 같습니다."

신중하게 움직여서 나쁠 건 없다.

나는 김 실장의 말에 빠르게 수긍했다. 잃어버린 땅을 수복하는 것의 주체가 되는 것은 어디까지나 대한민국 정부다.

지금까지 나에게 괜찮은 인상을 심어 준 사람들이니 굳이 터치할 필요까진 없을 것 같다.

영토 수복이라는 게 주먹구구식으로 이루어지는 것도 아니고, 적절한 계획이 있어야 매끄럽게 진행될 것이다.

"그럼 이야기는 끝났네요. 당분간 큰 이벤트는 없을 거다, 이렇게 알고 있으면 되겠죠?"

"그렇습니다. 추후 확정되는 사안이 있으면 이렇게 제가 직접 찾아뵙도록 하겠습니다."

"자주 놀러 오세요. 김 실장님이라면 언제든지 환영입니다."

나는 그렇게 말하며 유난히 풍성해진 김 실장의 머리를 바라보았다.

내 앞에서 티를 별로 안 내고는 있지만, 그로부터 리멘을 향한 신앙이 느껴진다. 지난번에 내가 따로 선물해 준 신성석 팔찌가 그의 신앙에 반응하여, 꽤 탁월한 효과를 보여 주고 있는 듯했다.

얌전한 고양이가 부뚜막에 먼저 올라간다더니, 그 말이 딱 맞다.

저 정도면 꽤 독실한 신앙인데 말이지. 공무원으로서의 중

립, 뭐 그런 건가 보다.

그래도 본인이 숨기고 싶다는데, 속아 주는 것도 예의다.

나는 집무실 밖으로 나가는 김 실장을 바라보면서 슬쩍 미소를 지었다.

"꼭 데려와야지."

당분간 에덴에서의 인력 충원은 기대하기 힘드니까, 자체 조달이 답 아니겠어?

아, 침 좀 닦아야겠다.

❦

김 실장이 돌아가고 난 다음, 여유를 찾은 나는 곧바로 책상 한구석에 자리 잡고 있던 〈꿈틀거리는 조각〉을 확인했다.

〈꿈틀거리는 조각〉
*성장률: 97%

거의 막바지에 이른 성장.

처음에는 그냥 촉수 비스무리했던 놈이 어느새 둥그런 모양으로 성장한 상태였다.

약간 혐오감을 자아내는 형태기는 했지만, 뭔가 내가 잘 아는 물건과 비슷한 생김새였다.

"나침반?"

성장이 모두 끝난 상태는 아니었으나, 그것은 나침반에 가까웠다.

자침이 없는 나침반과 비슷한 형태.

성장률을 보아서는 늦어도 이번 주 안에 성장을 끝낼 것 같은데, 아마도 이걸 이용해서 무언가를 찾아가는 퀘스트가 생성될 것 같다.

무언가 착실하게 진행되어 가고 있다는 건 분명해 보였다.

그건 그렇고, 지난번 신탁 이후로 리멘에게서는 또 감감무소식이다.

라파르트 대주교와 토비를 보내 주면서 뭔가 무리라도 한 모양인지, 영 연락이 없다.

그만큼 차원 간의 연결이 불안정하다는 뜻일 테지.

이런 상황에서는 여태까지 그래 왔듯, 내가 할 일만 성실하게 해 나가면 된다.

그렇게 내가 〈꿈틀거리는 조각〉이 담긴 병을 만지작거리고 있을 때였다.

똑똑똑.

누군가 내 집무실의 문을 두드리더니, 곧 그 너머에서 앳된 목소리가 들려왔다.

"교황 성하, 진승우입니다. 용무가 있어서 찾아왔습니다."

"승우? 들어오렴."

곧이어 집무실 안으로 자그마한 소년 하나가 걸어 들어왔다.

라파르트 대주교가 직접 재봉한 하얀색의 사제복을 입고 있는 귀여운 소년.

우리 교단의 첫 선지자이자, 교단 간부들의 사랑을 듬뿍 받고 있는 승우였다.

나는 집무실 안으로 들어온 승우를 바라보면서 싱긋 미소를 지었다.

"우리 승우, 학교 다녀왔니? 겨울방학인데도 학교에 가느라 고생이 참 많아."

일반 학교를 다니고 있는 시연이와는 다르게, 승우는 각성자 아카데미의 초등반에 진학 중이다.

대한민국은 미성년 각성자들에 대해서는 꽤 엄격한 커리큘럼을 지니고 있는 편이라, 방학이라고 하더라도 보충 수업이 있다고 들었다.

어릴 때는 마음껏 뛰어놀아야 하는데, 방학 기간에도 보충 수업을 나가는 승우를 지켜보고 있으면 딱하다.

"아닙니다. 리멘 교단의 선지자로서 당연히……."

"둘이 있을 때는 말 편하게 해도 괜찮아. 내가 허락할게."

"그래도……."

우리교황님좀 말려주세요

"라파르트 대주교한테도 비밀로 해 주면 되잖아? 내가 불편해서 그래, 내가."

원래는 레오가 승우의 교육 담당이었지만, 최근 들어 라파르트 대주교로 바뀌었다.

라파르트 대주교로부터 교단에서 지켜야 할 예의범절을 교육받고 있다고 들었지만, 솔직히 승우에게까지 경어를 듣고 싶지는 않았다.

승우는 기껏해야 시연이 또래.

항상 말하지만 아이들은 아이들다운 귀여움이 있어야 하는 법이다.

이런 내 뜻을 빠르게 캐치한 승우가 활짝 웃으면서 고개를 끄덕였다.

"네! 교황님."

"그래, 아버지에게 인사는 드리고 왔고?"

"오기 전에 뵙고 왔어요!"

승우의 아버지인 진서준 씨는 아주 열성적으로 신전을 관리하고 있다.

그것도 모자라 최근에는 자발적으로 신입 교육생들의 훈련에 참가한다는 이야기도 들었다.

아들을 지키고 싶어 하는 아버지의 노력을 막을 수야 있나.

오준우로부터 듣기로는 꽤 성과가 괜찮다고 하던데, 역시 아버지란 위대한 존재다.

"승우가 벌써 차 맛을 알리는 없고, 음료수라도 마실래? 콜라 있는데."

"……콜라 마시면 이빨 썩는다고, 아빠가……."

"괜찮아, 괜찮아. 우리는 걱정 없어. 승우, 콜라 좋아하는 구나?"

충치란 우리 교단 사전에 없다.

라파르트 대주교만 보아도 알 수 있듯이 우리 교단의 사제들은 모두 건강한 치아를 지니고 있다.

승우는 내 말에 눈을 둥그렇게 뜨면서 되물었다.

"진짜요?"

"그럼. 내가 거짓말하는 거 본 적 있어?"

"아……니요?"

뭔가 목소리에 확신이 없어 보인다?

하지만 어린아이는 어린아이.

승우는 내가 미니 냉장고에서 꺼낸 콜라를 기분 좋게 들이 켰다.

그리고 입을 가리면서 작게 트림을 뱉어 냈다.

귀여운 놈은 뭘 해도 귀엽구나.

내가 승우만 했을 때는 콜라 먹고 양치 안 했다고 할머니 한테 등짝을 후려 맞았었지.

"휴우."

승우는 가볍게 숨을 뱉어 낸 다음, 만족스럽게 고개를 끄덕였다.

나는 그런 승우의 머리를 쓰다듬어 주었다.

"그런데 우리 성자님이 어쩐 일로 집무실에 오셨을까?"

"교황님께 허락받고 싶은 일이 생겼어요."

"음, 허락?"

"네."

"무슨 일인지부터 들어 볼게."

승우가 이렇게 직접 찾아와서 허락을 구하는 건 처음 있는 일이었다.

평소에 딱히 승우에게 제약을 걸어 두지는 않았는데, 도대체 무슨 일일까 궁금하긴 하다.

나는 조용히 승우를 바라보았고, 승우는 천천히 이야기를 시작했다.

"같은 반 친구 아버지에게 문병을 다녀오고 싶어요, 교황님."

"기특하네. 다녀오고 싶으면 다녀오면 되지. 친한 친구 아버지셔?"

"아니요. 며칠 전에 싸우기도 했던 친군걸요. 엄청 친하지는 않아요."

"친한 친구도 아닌데 문병을 가? 음, 왜일까."

내 질문에 승우는 희미하게 웃으면서 답했다.

"싸우기는 했어도 친구잖아요. 그저께부터 표정이 엄청 안 좋아 보여서……. 아버지가 크게 다치셨다고 해요. 그 친구가 선생님이랑 이야기하는 걸 우연히 들었거든요. 엿듣고 싶었던 건 정말 아니었어요."

나는 그 말을 듣고서야 승우가 왜 문병을 허락받으려는지를 깨달을 수 있었다.

얼마 전, 라파르트 대주교가 승우와 관련해서 나에게 해 줬던 말이 떠올랐다.

―아직 발현되지는 않았지만, 승우 군이 치유와 관련된 은 총을 받았을 가능성이 높아 보입니다.

많은 선지자를 교육한 라파르트 대주교의 안목이라면 틀림없을 것이다.

그러니까 지금 승우는,

"친구의 아버지를 도와주고 싶은 거구나?"

본인의 능력을 친구를 위해 사용하고 싶다고 나에게 요청한 것이다.

내 말에 승우가 부끄럽다는 듯이 고개를 끄덕였다.

"……네."

나는 그런 승우를 바라보면서 활짝 미소를 지었다. 그리고 다시 한번 녀석의 머리를 쓰다듬어 주면서 말했다.

"리멘이 너에게 내려 준 힘을, 네가 필요한 곳에 쓰겠다는데, 그걸 내가 왜 막겠어?"

아무래도 이번에는 승우의 시간이 찾아온 것 같다.

다음 권으로 이어집니다

꿈의 도약, 로크에서 하십시오
(주)로크미디어에서 신인 작가를 모십니다

즐거운 세상, 로크미디어는 꿈을 사랑하고 도전을 두려워하지 않는 작가 분들의 참신한 작품을 기다리고 있습니다. 21세기 장르 문학계를 이끌어 갈 차세대 선두 주자 (주)로크미디어에서 여러분의 나래를 활짝 펴 보시길 바랍니다.

모집 분야 판타지와 무협을 포함한 장르 문학
모집 대상 아마추어 작가, 인터넷 작가
모집 기한 수시 모집
　　작품 접수 시 유의 사항
　　　1. 파일명은 작가명_작품명.hwp형식을 갖춰 주십시오.
　　　1. 파일에 들어갈 내용은 다음과 같습니다.
　　　　— 성명(필명인 경우 실명을 밝혀 주세요), 연락처, 이메일 주소
　　　　— 제목, 기획 의도
　　　　— A4용지 1장 분량의 등장인물 소개
　　　　— A4용지 2장 분량의 전체 줄거리
　　　　— 본문
　　　1. 작품이 인터넷에 연재되고 있다면, 게시판명과 사이트의 구체적이고
　　　　정확한 주소를 기재해 주십시오.

선택된 작품은 정식 계약 후 출판물로 간행되어 전국 서점에 유통됩니다.
작가 분은 (주)로크미디어의 전폭적인 지원하에 전속 작가로 활동하시게 됩니다.
※ 자세한 내용은 로크미디어 홈페이지(rokmedia.com)를 참조하세요.

(04167)서울시 마포구 마포대로 45 일진빌딩 6층
(주)로크미디어 편집부 신간 기획 담당자 앞
전화: 02) 3273 - 5135
www.rokmedia.com　　이메일 : rokmedia@empas.com

One for all
원포올

일라잇 스포츠 장편소설

작렬하는 슛, 대지를 가르는 패스
한계를 모르는 도전이 시작된다!

축구 선수의 꿈을 품은 이강연
냉혹한 현실에 부딪혀 방황하던 중
운명과도 같은 소리가 귓가에 들어오는데……

당신의 재능을 발굴하겠습니다!
세계로 뻗어 나갈 최고의 축구 선수를 키우는
'One For All' 프로젝트에, 지금 바로 참가하세요!

단 한 번의 기회를 잡기 위해
피지컬 만렙, 넘치는 재능을 가진 경쟁자들과
최고의 자리를 두고 한판 승부를 벌인다!

실력만이 모든 것을 증명하는
거친 그라운드에서 당당히 살아남아라!

기갑천마

거짓이슬 퓨전 판타지 장편소설

종말을 막지 못한 절대자
복수의 기회를 얻다!

무림을 침략한 마수와의 운명을 건 쟁투
그 마지막 싸움에서 눈감은 무림의 천하제일인, 천휘
종말을 앞둔 중원이 아닌 새로운 세상에서 눈을 뜨는데……

"천휘든 단테든, 본좌는 본좌이니라."

이제는 백월신교의 마지막 교주가 아닌 평민 훈련병, 단테
그럼에도 오로지 마수의 숨통을 끊기 위해
절대자의 일 보를 다시금 내딛다!

에이스 기갑 파일럿 단테
마도 공학의 결정체, 나이트 프레임에 올라
마수들을 처단하고 세상을 구원하라!